Diogenes Taschenbuch 21047

de
te
be

Georges Simenon

Antoine und Julie

Roman

Deutsch von Eugen Helmlé

Diogenes

Titel der Originalausgabe:
›Antoine et Julie‹

Umschlagfoto: Wilfried Bauer

Deutsche Erstausgabe

80/83/8/7
ISBN 3 257 21047 7

Erster Teil

1

Diesmal machte es klick, als er, ohne besonderen Grund, ohne dem irgendeine Bedeutung beizumessen, zwischen die Ringe des Fakirs und den wandernden Würfel die Nummer mit der magischen Uhr einschob. Sie stand zwar nicht auf dem Programm, aber es gehörte zu seiner Gewohnheit, selbst für eine so unbedeutende Abendvorstellung wie diese hier einige zusätzliche Kunststücke vorzubereiten, so daß er je nach Reaktion des Publikums Änderungen vornehmen konnte.

Bis dahin hatte alles gut geklappt. Er hatte schon einmal, elf oder zwölf Jahre zuvor – es war vor Julies Zeit –, eine Vorstellung der gleichen Art in Bourg-la-Reine gegeben, aber der Festsaal war anders; er hatte auch die Straße nicht mehr wiedererkannt, so wenig wie das Viertel, in dem damals weniger Miethäuser standen. Man hatte ihm mitgeteilt, daß er um Punkt neun Uhr drankäme. Um acht war er mit dem Autobus angekommen, mit seinen beiden flachen Koffern, die seine Arbeitsgeräte und seinen Frack enthielten.

Seine Plakate hatte man an beiden Seiten der Tür angeschlagen. In der Kälte und im Halbdunkel hatte er sie kaum angesehen. Seit zwanzig Jahren waren es die gleichen Plakate. Vom Korridor aus hörte man Stimmengewirr in dem allzu großen Saal, wo die zusammenlegbaren Sitze einen unseriösen Eindruck machten und wo das Licht kalt war.

Er war daran gewöhnt, auch daran, auf den ersten Blick die wichtigste Persönlichkeit des Komitees unter den geschäftigen Personen zu erkennen, die eine Armbinde trugen.

Man führte ihn in die Kulissen. In Wirklichkeit war die Bühne nur ein Podium, auf das man über eine Trittleiter gelangte, dahinter blieb zwischen der bemalten Leinwand und der Mauer ein Raum von etwas mehr als einem Meter frei.

»Es ist nicht komfortabel«, hatte sich das Mitglied des Komitees entschuldigt. »Wenn Sie irgend etwas brauchen, geben Sie mir ein Zeichen. Der erste Teil beginnt gleich.«

Der Mann stand unter Druck. Alle Herren mit Armbinde liefen mit wichtigen Gesichtern hin und her, wobei sie von einem Ende des Saals zum andern laut miteinander redeten. Die Zuschauer saßen unterdessen auf ihren Klappstühlen und warteten.

Es war wieder eine gute Viertelstunde vergangen, bevor jemand mit einem Hammer dreimal auf den Fußboden schlug und auf dem Klavier einige Weisen geklimpert wurden, deren grelle Töne von den kahlen Wänden abprallten.

»Meine Damen und Herren, liebe Freunde vom Unterstützungsverein, ich habe das Vergnügen, Ihnen heute abend . . .«

Antoine brauchte seine Hose nicht zu wechseln, da

er gleich mit einer schwarzen Hose von zu Hause gekommen war. Er war im Augenblick damit beschäftigt, allein und ungestört, zwischen der Leinwand im Hintergrund und der Mauer, eine steife Hemdbrust an seinem Hemd anzubringen. Seine Bewegungen waren ruhig und genau, und was auf der anderen Seite der Bühne vor sich ging, nahm sein Geist nur als Einblendung wahr.

Von neuem spielte das Klavier. Ein Bariton sang. Langsam befestigte Antoine an seiner Weste, an seiner Hose und dann im Futter des Fracks die verschiedenen, für seine Zauberkunststücke notwendigen Taschen. Er machte jetzt schon seit so vielen Jahren die gleichen Bewegungen an zweihundert oder zweihundertfünfzig Abenden im Jahr, daß sie automatisch geworden waren, in einer genau festgelegten Reihenfolge ineinandergriffen.

Er baute seinen Tisch mit den Nickelbeinen und der mit einem A aus Goldfaden geschmückten roten Samtdecke auf.

Als der Bariton sein Lied beendet hatte, streckte das Mitglied des Komitees den Kopf hinter den Vorhang.

»Brauchen Sie nichts?«

»Danke.«

Er überließ nichts dem Zufall. Die Requisiten für jedes der Zauberkunststücke hatten ihren Platz in seinen Taschen und in den verschiedenen unsichtbaren Versenkungen des Tisches, und wie immer fügte er vorsichtshalber die Requisiten von drei oder vier zusätzlichen Nummern hinzu.

Er hatte nicht die Absicht, die Nummer mit der Uhr vorzuführen, die stets riskant ist, weil man dazu einen Zuschauer um seine Mitarbeit bitten muß und es passieren kann, daß man an den Falschen gerät. Es kommt ganz auf das Milieu, auf die Atmosphäre an. Manche Burschen wollen ihren Freunden unbedingt zeigen, daß sie sich nicht an der Nase herumführen lassen. Einmal hatte ein Metzger in einem Dorf plötzlich die Samtdecke mit dem Monogramm vom Tisch hochgehoben und war in schallendes Gelächter ausgebrochen, als er die Filztasche entdeckte, in der ein lebendiges Kaninchen steckte.

Ein junges Mädchen sang, blieb mitten in der dritten Strophe stecken. Er war der einzige Professionelle im Programm, dessen erster Teil von den Vereinsmitgliedern bestritten wurde.

Der letzte war ein Wundergeiger, ein Junge von acht oder neun Jahren, danach zeigte ein Geräusch von Sohlen auf dem Fußboden und das Quietschen der Klappstühle die Pause an.

»Wollen Sie nichts trinken?«

»Danke.«

»Nicht vor Ihrer Nummer, wie? Ich verstehe.«

»Nie.«

Er war aufrichtig. Die Wahrheit war zwar komplizierter, doch im Prinzip log er nicht. Kinder, Männer, einige Frauen riskierten einen Blick hinter den Vorhang, um ihn von nahem zu sehen, wie er im Frack neben seinem Tischchen saß, schon für seinen Auftritt bereit, nur daß er noch nicht die schwarze Halbmaske vorgebunden hatte. Vielleicht wunderten sie sich, daß er ein Allerweltsgesicht hatte? Oder daß er älter war als auf dem Plakat?

Er hatte das leichte Make-up aufgelegt, wie er es in Sälen wie diesem zu tun pflegte. Er war daran gewöhnt, daß man ihn angaffte, und ließ sich nicht unsicher machen, blieb natürlich, schlug die Beine übereinander, rauchte eine Zigarette.

Bei den Amateurvorstellungen dauert die Pause immer länger als in den richtigen Theatern, und die Organisatoren haben Mühe, die Leute dazu zu bewegen, ihre Plätze wieder einzunehmen.

»Geh du mit gutem Beispiel voran, Louis. Nimm schon mal Platz mit deiner Familie. Ich werde draußen die übrigen holen.«

Er ließ nicht zu, daß ihm jemand half, sein Tischchen auf die andere Seite des Vorhangs zu tragen, wartete, bis man aufhörte zu husten, mit den Füßen zu scharren und in den Programmheften herumzublättern, lächelte unter seiner Samthalbmaske, und sprach schließlich das feierliche:

»Meine Damen und Herren, ich habe die Ehre und das Vergnügen . . .«

Er sah die Gesichter in einem gräulichen Licht, das die Einzelheiten nicht verwischte, sondern sie noch hervorhob, und er hätte anschließend die besonderen Kennzeichen eines jeden einzelnen aufzählen können. Ganz hinten im Saal blieb eine gewisse Anzahl von Männern an einer Theke stehen, die aus auf Böcken gelegten Brettern bestand, und manchmal hörte er das Geräusch einer Bierflasche, die aufgemacht wurde. Dieses Geräusch hatte keinerlei Wirkung auf ihn. Auch nicht der Anblick der Flaschen, dieser hohen, schmalen, häßlichbraunen Flaschen, die es bei Wohltätigkeitsveranstaltungen und Volksfesten gibt.

Er hatte Julie angekündigt, daß er spätestens gegen Mitternacht nach Hause kommen würde. Sie hatte ihn wie gewöhnlich bis zum Treppenabsatz begleitet, seinen Schal gerichtet, den er um den Hals geschlungen hatte.

»Erkälte dich nicht.«

»Nein.«

Sie hatte ihn geküßt. Dann, als er gerade mit seinen beiden flachen Koffern in den Händen die Treppe hinuntergehen wollte, hatte sie gemurmelt:

»Antoine . . .«

»Was?«

Er befand sich auf der dritten oder vierten Stufe und sah hinauf. Trotz der schwachen Beleuchtung hatte er gesehen, daß ihre Lippen zitterten, daß sie sich zwang, tapfer zu lächeln:

»Nichts . . . Geh . . . Komm schnell wieder.«

Er hatte mit kleinen, leichten Kunststücken angefangen, die Eindruck machen, wie etwa der Zauberstab, der magische Atem, die drei Halstücher. Er sprach wenig, da er nicht zu denen gehörte, die ihre Nummer mit prahlerischen Anpreisungen oder gar mit Witzen ausschmücken. Was sprach, wenn man so sagen kann, waren seine langen, weißen Hände, die aus den bis zum halben Handgelenk hochgestreiften Manschetten sahen und die, wenn sie einmal im Zug waren, ein autonomes Leben zu führen schienen. Hier kamen sie nicht ganz zur Geltung, weil es an einer Beleuchtung fehlte, die man eben nur in einem gut ausgestatteten Theater haben kann. Nichtsdestoweniger sah er, wie sich bei jeder seiner Bewegungen alle Blicke auf seine Hände konzentrierten.

»Ich nehme einen Ring wie diesen, einen zweiten wie den, und . . .«

Das übrige sagten die Hände, und bald hörte man ein Ah! der Verblüffung, ein Lachen, einen Beifallssturm.

Warum beschloß er plötzlich, die magische Uhr zwischen die beiden vorgesehenen Nummern zu schieben? Nur so. Um ihnen eine Freude zu machen. Weil es brave Leute waren, die so glücklich waren, daß sie hier in ihren besten Kleidern saßen.

»Würde einer der Herren im Publikum die Freundlichkeit besitzen, auf die Bühne zu kommen, um mir seine Uhr anzuvertrauen?«

Die Reaktion war mechanisch. Reihenweise sahen sich die Zuschauer nach den folgenden Reihen um, und dabei entstand so etwas wie eine Welle. An den Namen, die nun gerufen oder geflüstert wurden, konnte man die beliebtesten Personen erkennen. Von Reihe zu Reihe erreichte die Aufmerksamkeit auch den hinteren Teil des Saales, um sich schließlich auf einen großen Burschen von etwa dreiundzwanzig bis fünfundzwanzig zu konzentrieren, der an der Theke lehnte, eine Flasche Bier in der Hand.

»Geh schon, Eugène!«

Er schüttelte den Kopf, lächelte, sagte einige Worte, die man nicht verstand, und ließ sich am Ende in den Mittelgang stoßen, auf dem er mit wiegenden Schritten nach vorne ging.

»Es stört Sie doch wohl nicht, daß sie aus Gold ist?« rief er und stolperte dabei über die Stufen des Podiums.

Als er dann dem Publikum gegenüberstand, wiegte er sich immer noch hin und her und warf seinen Freunden Blicke zu.

In diesem Augenblick machte es klick, einfach so, zum ersten Mal seit mindestens drei Wochen, seit der Reise nach Le Havre, auf die anzuspielen oder an die auch nur zu denken Antoine und Julie so hartnäckig vermieden. Der junge Mann hatte eine goldene Uhr aus seiner Uhrentasche geholt, eine dicke Uhr mit Gehäuse, die seinem Vater und wahrscheinlich sogar seinem Großvater gehört haben mußte. Als Antoine danach griff und aufsah, um seinem Gegenüber zu danken, schlug ihm ein warmer Bierhauch ins Gesicht. Gewiß, damit war noch nichts entschieden. Er hatte in diesem Augenblick den festen Willen zu widerstehen. Er hätte schwören können, ohne unaufrichtig zu sein, daß er widerstehen, gleich nach der Vorstellung in die Rue Daru zurückkehren würde.

Aber es gibt eine andere Art von Wissen, ein Wissen, das tiefer reicht, obgleich es schwerer auszudrücken ist. Er nannte es den Klick, ein Wort zu seinem persönlichen Gebrauch, das er nicht mit den Lippen auszusprechen brauchte.

Die Zuschauer merkten nichts. Auch der junge Koloß mit der Uhr nicht. Er atmete laut, weil er aufgeregter war, als er zugeben wollte, und er roch immer noch nach Bier. Selbst ohne die Maske hätte man auf Antoines Gesicht nichts lesen können. Die Uhr wurde auf ein rosaseidenes Taschentuch gelegt, wie ein Bonbon darin eingewickelt, und als Antoine den auf dem Tischchen zurechtgelegten Hammer ergriff, lief das übliche kleine Frösteln durch den Saal. Als man hörte, wie unter den Hammerschlägen das Glas zerbrach, das Metall zermalmt wurde, verging dem Burschen, den man Eugène nannte, das Lächeln, und es gab kein Geräusch, keinen Schnaufer mehr.

Nun mußte alles schnell gehen, um einen Zwischenfall, eine unangenehme Reaktion zu vermeiden.

»Und jetzt, Monsieur, muß ich Sie um die Erlaubnis bitten, Ihre Uhrentasche zu durchsuchen . . .«

Er zog die unbeschädigte Uhr daraus hervor. Bravorufe brachen aus. Zuschauer erhoben sich von den Plätzen. Ganz rot geworden, drückte Eugène die Hand, die man ihm entgegenstreckte, und entfernte sich, wobei er sich mehr denn je in den Hüften wiegte.

Es standen noch drei andere Kunststücke auf dem Programm, mit der Fahnennummer am Ende, und alles verlief ohne Zwischenfall. Als dann die Vorstellung zu Ende war, kamen Kinder zehn Minuten lang aufs Podium, um ihm Fragen zu stellen.

Er zog sich hinter der Leinwand im Hintergrund um, nahm in einem Umschlag seine Gage in Empfang.

»Jetzt, wo Sie fertig sind, werden Sie doch sicherlich ein Gläschen mit uns trinken? Einer unserer Kameraden, der aus Falaise stammt, hat eine Flasche alten Calvados mitgebracht . . .«

»Ich danke Ihnen vielmals, aber ich kann die Einladung leider nicht annehmen.«

»Die Leber?«

Er sagte ja. Es war einfacher.

»Hüten Sie sich vor den Ärzten!«

Er ging weg, ohne etwas getrunken zu haben, während nur noch einige Männer mit lebhafter Gesichtsfarbe um die Theke hinten im Saal standen, wo man einen Teil der Lampen gelöscht hatte.

Er hatte bis zur Route Nationale, wo sein Autobus abfuhr, zweihundert Meter zurückzulegen. Er schlug den Kragen seincs Mantels hoch. Der Wind blies. Nur in jeder vierten oder fünften Wohnung brannte noch Licht. Das Haus an der Ecke war eine Kneipe mit einem einzigen Gast an der Theke, dem Fahrer eines Lasters, der etwas weiter geparkt war.

Der Autobus mußte von einer Minute zur andern kommen. Er ging hinein, stellte nur einen der Koffer ab.

»Einen Cognac. Ganz schnell.«

Er hatte Cognac gesagt wie er irgend etwas anderes gesagt hätte, einen Calvados oder einen Trester oder Weißwein oder Rotwein. Es war unwichtig. Er sah sich in dem blindgewordenen Spiegel, über dem eine Reklameuhr hing, die elf Uhr fünf anzeigte.

Er trank einen tüchtigen Schluck, suchte nach Geld in seiner Tasche.

Er wußte es. Als er bezahlte, sagte er:

»Das gleiche.«

Der Mann mit dem Lastwagen betrachtete neugierig sein Gesicht, seine Koffer, seinen Mantel und seine schwarze Hose.

»Wieviel?«

Er mußte laufen, um seinen Autobus noch zu bekommen. Sie saßen zu fünft darin, zu weit voneinander entfernt, wußten nicht, wo sie hinschauen sollten und zuckten auf die gleiche Weise bei jedem Ruck des Fahrzeugs zusammen. Häuser flogen vorbei, waren sich alle mehr oder weniger gleich, mit dunklen Fenstern und einigen erleuchteten Fenstern. Manchmal erblickte man Leute, die sich hinter den Vorhängen bewegten. Vor den Geschäften waren die eisernen Rolläden heruntergelassen, aber von weitem vermittelte ein Lokal, das noch geöffnet hatte, einen Eindruck von Wärme und Gemütlichkeit.

An der Porte d'Orléans brauchte er nur die Metro zu nehmen. Oder den Autobus, der zu den Ternes fuhr, zwei Schritte von seiner Wohnung entfernt. Wenn er die Metro nähme, würde er unterwegs nicht haltmachen. Mit dem Autobus würde er über den Boulevard Sébastopol fahren.

»Wenn bei der Ankunft der Autobus nicht an der Haltestelle steht, nehme ich die Metro.«

Er wünschte sich, daß er nicht da sei. Er wünschte aber auch, unterwegs haltzumachen. Es war der schlimmste Augenblick, der Augenblick, in dem er noch hellsichtig war, in dem er noch mit sich rang und sich verachtete, daß er nicht willensstärker war.

Nachher ginge es besser. Sogar physisch. Dieser Ekel, den er empfand, diese Leere im Magen, diese unangenehme Fiebrigkeit würde nach einem dritten Glas verschwinden. Wer weiß, vielleicht lag der Klick weiter zurück als der Mann mit der Uhr und dem bierschweren Atem? Warum hatte sich Julie bemüßigt gefühlt, ihn zurückzurufen, als er schon auf der Treppe war und an nichts dachte?

Gewiß, sie hatte nichts gesagt. Sie hatte ihm zugelächelt. Sie hatte, wohl eher, um etwas zu sagen, gemurmelt:

»Komm nicht zu spät nach Hause . . .«

Das war ein Fehler. Er hatte es ihr schon einmal erklärt. Er hatte sie angefleht zu schweigen, gewisse Wörter zu vermeiden, kein erschrecktes oder resigniertes Gesicht zu machen.

Er würde die Metro nehmen, ob nun ein Autobus an der Porte d'Orléans stünde oder nicht. Aber zuvor würde er noch etwas trinken, um den Geschmack des Cognacs zu vertreiben. Bier zum Beispiel. Ein Glas. Die Lokale an der Porte d'Orléans gehören nicht zu der für ihn gefährlichen Art. Es sind große, moderne, nickel- oder chromglänzende Theken, wo einen die Kellner am Fließband bedienen, ohne einen zu sehen, und in den Raum rufen:

»Ein Export, eins!«

Wenn er nach Hause käme, würde er sich die Tatsache zunutze machen, daß er ruhig, im Vollbesitz seiner Beherrschung war, um Julie zu warnen.

»Ich weiß, daß du es gut meinst. Ich verstehe dich. Bloß möchte ich dich bitten, versuche, auch mich zu verstehen. Ist das so schwer? Ich bin ein Mann. Mein ganzes Leben lang habe ich den Eindruck gehabt, wie ein Mann zu leben. Und nun fängst du auf einmal grundlos an, mich zu belauern, weil du dir einbildest, ich würde . . .«

Er stieg als letzter aus, und der Autobus stand nicht an der Haltestelle. Eine junge Frau, die seit Bourg-la-Reine mit ihm im Bus gesessen hatte, ging die Treppe zur Metrostation hinunter. Beinahe hätte er es ihr gleichgetan, und sei es auch nur gewesen, um nicht mehr seine Koffer mit sich herumschleppen zu müssen, die trotz ihrer geringen Größe sehr schwer waren. Bloß, er hatte sich ein Glas Bier versprochen. Die Bierzapfstelle war da, hinter den Scheiben des Bierlokals, mit dickem Schaum, der von einem Glas herabtropfte. Das würde seinen Magen wieder in Ordnung bringen. Es war keine Ausrede. Es war wirklich so.

Da gab es noch etwas, was Julie nicht verstand. Auch wenn er nun seit dreißig Jahren die gleichen Kunststücke vorführte, empfand er doch jedesmal ein gewisses Lampenfieber. Andere als er, darunter die berühmtesten, die in den Lehrbüchern zitiert werden, haben es ihr ganzes Leben lang gehabt. Man ist dem leichtesten Zwischenfall, einer Zerstreutheit, einer Gebärde, die nicht so präzise ist wie die andern, schutzlos ausgeliefert. In manchen Fällen kann ein Hustenanfall, ein Niesen die Katastrophe auslösen.

»Du arbeitest mit einer solchen Ruhe!«

Äußerlich ja. Aber innerlich? Er würde ihr die nervliche Anspannung klarmachen, die die kleinste Vorstellung ihm abverlangte. Und hinterher kann man dann eben nicht von einer Sekunde zur andern abschalten. Es bleibt eine große Müdigkeit zurück, eine Art Abgestumpftheit.

»Glaubst du«, würde sie ihm zur Antwort geben, »daß das Trinken dich darüber hinwegbringt?«

Aber ja. Vorausgesetzt natürlich, er hielt sich an . . .

»Ein Bier, Ober.«

»Export?«

Das Exportbier war stärker. Er nickte. Das war alles, was sie erreichte: daß er sich einer so einfachen Geste wie dieser schämte. So sehr, daß er beinahe den Kellner zurückgerufen hätte, um ein gewöhnliches Bier zu bestellen.

Auch hier gab es Spiegel. In den Cafés oder in den Kneipen gab es immer Spiegel. Er konnte es nicht vermeiden, sich anzusehen. Das machte ihn ganz düster, wenn er sich so blaß und alt sah.

Fünfundfünfzig Jahre. Kann man sich vorstellen, wenn man klein ist, dann, wenn man ein junger Mann ist, daß ein Herr von fünfundfünfzig Jahren in einem Bierlokal stehen kann, eine Viertelstunde vor Mitternacht, und Skrupel, ja sogar Gewissensbisse hat, weil er sich gerade ein Glas Bier bestellt hat?

Und doch war es die Wahrheit, und das Bier bekam einen schlechten Geschmack davon. Wäre es klüger, nicht zu trinken, das Getränk zu bezahlen und sich voller Scham in die Metro zu stürzen? Ein Paar stützte sich mit den Ellbogen auf die gleiche Theke, genau an der Ecke. Der Mann war zwar noch keine fünfundfünfzig Jahre alt, aber er ging doch stark auf die Fünfzig zu, und seine Gefährtin war fünfundzwanzig. Sie tranken beide einen gelblichen Likör, vielleicht eine Chartreuse, und der Mann machte ein Zeichen, die Gläser neu zu füllen, während die Frau das ihre mit gieriger Zunge ausleckte, auflachte, sich an die Brust des Mannes lehnte.

Sie hatten beide keine Skrupel. Sie waren bereits beschwipst und fröhlich.

Lautlos war der Autobus von der Place des Ternes

auf seinen dicken Gummirädern angekommen und stand nun gegenüber der Theke.

»Ober, wieviel?«

Er zögerte. Wenn er noch ein Bier trank, würde er den Autobus verpassen.

Jetzt ist er entschlossen. Noch ist es ihm nicht voll bewußt. Es ist immer viel komplizierter. So in etwa. Auf jeden Fall weiß er Bescheid. Und das macht ihn wild, fast bösartig. Er ergreift seine Koffer mit einer Bewegung, als ob er ein dreimal schwereres Gewicht heben würde und stößt sie gegen die Tür des Autobusses; er hat bereits eine andere Art, die Leute und die Umgebung zu betrachten.

Nach der Nacht von Le Havre hat er feierlich geschworen ... Und darin liegt sein Fehler. Er fürchtet, Kummer zu machen. Irgendwem. Vor allem aber Julie. Er liebt Julie. Sie glaubt es zu wissen. In Wirklichkeit stellt sie sich gar nicht vor, wie sehr er sie liebt. Und es ist keine romantische Liebe. Er macht sich nichts vor. Er liebt sie ehrlich, in Kenntnis der Sachlage. Nicht wegen dem, was er meinen könnte, was sie ist, sondern wegen dem, was sie ist.

Er hat gar manches Mal versucht, ihr das klarzumachen. In manchen Augenblicken glaubt er, daß es ihm gelungen ist, ist er der Überzeugung, daß sie verstanden hat und daß dadurch alles leichter werden wird. Eine Stunde später ...

Ein Wort genügt, ein Blick, wie heute abend auf dem Treppenabsatz. Sie merkt gar nicht, was das bedeutet. Sie ist im guten Glauben, hält sich für zärtlich, denkt, daß sie über ihn wacht.

Alle Lokale am Boulevard Saint-Michel haben noch geöffnet, aber sie interessieren ihn nicht, so wenig wie die am Boulevard Sébastopol. Erst an der Kreuzung zu den großen Boulevards springt er plötzlich auf und stürzt zum Ausgang, so schnell, daß die Fahrgäste sich fragen, wie es ihm gelungen ist, scine Koffer zu schnappen.

»Verzeihung. Ich steige aus.«

Noch fahren alle Viertelstunden Autobusse. Notfalls wird er die Metro nehmen, um halb eins in der Rue Daru ankommen. Wenn sie wenigstens schlafen würde, während sie auf ihn wartet, statt dem Schlaf zu widerstehen!

Ach was! Das ist doch alles zu dumm. An der Ecke der Rue Saint-Denis ist eine kleine Kneipe, wo er hin und wieder seinen Aperitif getrunken hat, als er noch keine fünfundzwanzig Jahre alt war. Die Theke ist immer noch aus Zinn, das Licht schmutziggelb. Ob noch immer ein dickes bonbonfarbenes Mädchen neben der Scheibe auf der Lauer liegt?

Das Seltsame ist, daß er nur trinken kann. Wenn es sein müßte, bräuchte er gar nichts zu trinken, nur dazustehen und vor sich hinzusehen. Nein! Denn dann würde nämlich der Kontakt nicht hergestellt werden. Und es ist vor allem eine Frage des Kontakts. Nehmen wir zum Beispiel das Mädchen. Sie ist an ihrem Platz. Es ist nicht die schlecht geschminkte dicke Blonde seiner Erinnerungen, sondern eine Magere mit schwarzem Haar, die sicherlich nach Knoblauch riecht. Direkt neben der Kneipe steht die Tür eines Hotels offen. Er ist vor fünfundzwanzig oder achtundzwanzig Jahren einmal hineingegangen, und er erinnert sich noch an den Geruch der Zimmer.

Im Augenblick bedeutet das nichts. Das Mädchen hat ihn gleichgültig hereinkommen sehen. Sein Beruf führt ihn dazu, alles mit einem Blick zu erfassen. Er weiß, daß sie ihrerseits die beiden flachen Koffer mit den Metallecken, die Frackhose und den schwarzen Mantel registriert hat, vielleicht auch die Spuren von Schminke in seinem Gesicht. In diesem Viertel ist sein Erscheinen nicht überraschend. Vielleicht hat sie sogar seinen Beruf erraten.

Sie kümmert sich nicht um ihn. Er fragt sich, was er trinken soll, und als der Wirt ihm die Frage stellt, antwortet er:

»Einen Calvados.«

Seine Koffer stehen auf dem Boden in den Sägespänen. Am Ende der Theke diskutieren zwei Männer laut miteinander.

»Darauf habe ich zu ihm gesagt:

›Siehst du, Ernest, du machst einen Fehler, daß du mich für einen Blödmann hältst . . .‹«

Er zwinkert. Der andere zwinkert ebenfalls.

»Was hat er darauf geantwortet?«

»Er ist ganz klein geworden, Mann! Patron! Das gleiche für Arthur!«

Sie tragen beide form- und farblose Kleider, haben kein Alter, kommen von nirgendwo.

Was macht's. Es gibt noch keinen Kontakt. An einem solchen Abend sollte er ein Stück Papier nehmen und die Worte aufschreiben, die ihm dann als Merkzeichen dienen würden. *Den Kontakt herstellen!* Wieder so eine wichtige Frage, die er Julie erklären muß. Nur ist er von vornherein sicher, daß sie nicht verstehen wird, weil sie mit niemand anderem Kontakt braucht als mit ihm. Sie ist gleichgültig gegenüber den Leuten, die auf der Straße gehen, die zur Metro hasten oder die im Milchgeschäft warten. Sie sieht sie kaum. Wenn er ihr die beiden Trinker am Ende der Theke zeigte, würde sie fragen:

»Na und?«

Das sind Menschen, verdammt noch mal! Auch er ist ein Mensch. Sie auch, selbst wenn sie es sich nicht eingestehen will. Und die Menschen . . .

»Patron!«

»Das gleiche?«

Wie ist es nur möglich, daß man eine so einfache Wahrheit wie diese nicht irgend jemandem mitteilen kann? Seit einer Weile schon bemerkt er die Silhouette eines Mannes, der auf dem Bürgersteig auf und ab geht und sich jedesmal nach dem Mädchen an dem Tischchen umdreht. Sie entschließt sich und steht auf. Die beiden Silhouetten treffen sich wohl etwas weiter in der Kälte. Sie tuscheln miteinander. Der Mann geht weiter, die Hände in den Taschen; sie kommt zurück, mürrisch, setzt sich wieder an ihren Platz, wo man ihr Glas nicht weggenommen hat.

Ihr Blick ist dem Antoines begegnet. Sie hat nicht gleich darauf geachtet. Erst hinterher überrascht sie das. Und da sie verstanden hat, wendet sie sich ihm zu und zuckt auf eine bestimmte Weise mit den Achseln.

Das hat eine Bedeutung. Ohne daß er fürchtet, sich zu irren, übersetzt er: »Pech gehabt! Da kann man nichts machen . . .«

Der Kontakt hat stattgefunden. Sie gehören beide zur gleichen Klasse. Julie würde sich weigern, das zuzugeben, würde protestieren. Er ist nicht nur so, weil er ein Zauberkünstler ist, der sich ständig um Engagements bemühen muß. Er gehört zu diesem Viertel. Selbst seine Frackhose ist zu dieser Stunde hier an ihrem Platz. Er könnte Kellner sein oder Kneipenmusikant oder Kontrolleur in einem Theater.

Er freut sich, daß er das gefunden hat. Er möchte nun ebenfalls eine Freude machen, ganz diskret. Als er sein Geld aus der Tasche nimmt, murmelt er:

»Wieviel?«

Leiser fügt er, mit einer Gebärde zu dem Mädchen hin, hinzu:

»Und noch ein Glas für sie.«

Sie hat es gehört. Sie hören alles, diese Mädchen. Als er an ihr vorbeigeht, seine beiden Koffer in den Händen, macht sie ihm ein kleines Zeichen.

Mit der Zeit wird Julie das eines Tages vielleicht verstehen, und dann werden sie beide vollkommen glücklich sein.

2

Er ist nicht viel gelaufen, weil man in diesem Viertel, zwischen der Rue Montmartre und der République, an allen Straßenecken Kneipen findet. Er zählt gar nicht mehr, wie oft er von der Wärme der einen in die kalte Luft von draußen gewechselt ist, und jetzt befindet sich niemand mehr im Klangfeld der Bürgersteige, außer zwei Polizisten, die ganz weit entfernt mit gleichmäßigen Schritten dahingehen und denen ihr Umhang eine Silhouette von Bleisoldaten gibt.

Es ist die letzte Kneipe. Diesmal ist es wirklich die letzte, denn nach dieser gibt es keine mehr, es ist die einzige, die die ganze Nacht über offen bleibt, wie der Wartesaal eines Bahnhofs; Ausstattung und Gegenstände haben hier das gleiche trostlose Aussehen und selbst die Gäste, weil sie an Leute erinnern, die in einem Nachtzug in den Gängen und selbst auf den Aborten schlafen.

Einmal hat er in einem Zug geschlafen, der ihn nach Verviers in Belgien gebracht hat, an die Tür der Toilette gelehnt, und alle zehn Minuten sind Fahrgäste über ihn hinweggestiegen. Ob das Julie jemals passiert ist? Sicherlich nicht.

Darin liegt vielleicht der ganze Unterschied, die Ursache für das Mißverständnis. Einmal würde er sie zum Schlafen in einen Wartesaal führen, der voller Leute wäre, deren Augen zu erraten suchen, wohin sie das Schicksal treibt, und sie würden fest aneinandergepreßt auf der Bank sitzen, sich an die gleiche Decke klammernd, der eine mit dem Kopf auf der Schulter oder im Schoß des andern, so wie er es gesehen hat; die Luft würde nach Tabak, nach Zugsrauch und nach Urin riechen, und in einer Ecke würde eine Mutter nervös die Windeln eines Neugeborenen wechseln und sich deswegen, Gott weiß warum, schämen.

Sie muß das kennenlernen. Das ist die Lösung.

Hier sieht man keine Leiber auf dem Boden liegen, aber ein Alter, ganz zugewuchert von weißen Haaren, schläft auf einem Stuhl, den Rücken an der Wand, mit einem kindlichen Ausdruck auf dem verbrauchten Gesicht. Zwei Mädchen, sicherlich Tänzerinnen in einer Nachtbar, tunken Hörnchen in Milchkaffee, und mitten auf der Theke steht so etwas wie ein Gestell aus Eisendraht, und jede Zelle enthält ein hartgekochtes Ei.

Er hat sich vorhin geirrt, von wegen dem Wartesaal. Das wahre Zeichen ist dieses hier. Er hat fast Tränen in den Augen, als er das entdeckt, was er einen Teil der Nacht hindurch so gierig gesucht hatte. Was Julie fehlt, ist nicht so sehr der Wartesaal dritter Klasse, sondern daß sie noch nie harte Eier gegessen hat. Natürlich hat sie weiche als Salat gegessen oder mit Spinat oder auch die, die man zum Picknick mitnimmt. Die richtigen harten Eier, die harten Eier, die einen Sinn haben, sind die, die man morgens mit von der Kälte blauen Händen verschlingt, wenn einem die Füße weh tun und man seine letzten Geldstücke in der Hosentasche gezählt hat, zwischen Leuten, die nach krankem Tier riechen.

Er nimmt eins. Seit einer Ewigkeit hat er so kein hartes Ei mehr gegessen, an einer Theke stehend, seine beiden Koffer zu Füßen, und sein Blick bleibt auf der anderen Seite der hufeisenförmigen Theke an einem Mann hängen, der ihn ebenfalls anschaut. Er ist schwarz gekleidet wie er, doch seine Kleider sind von besserer Qualität. Beide haben etwa das gleiche Alter, die gleiche Größe und den gleichen Bauchansatz. Der Mann hat einen kleinen, dunklen Schnurrbart. Seine rechte Hand zittert, wenn er sein Glas ergreift, und seine linke klammert sich an der Theke fest, als fürchte er hinzufallen.

Er schämt sich. Weswegen schämt er sich? Antoine möchte zu ihm gehen und ihm brüderlich auf die Schulter klopfen und ihm sagen, daß überhaupt kein Grund besteht, sich zu schämen. Schämt er sich etwa? Sein Auge starrt schließlich einen roten Punkt am Revers des Unbekannten an, die Rosette der Ehrenlegion, und der andere, der es erraten hat, wird noch verlegener.

Er hat sicherlich eine Frau, vielleicht eine ganze Familie, eine gemütliche Wohnung. Jedesmal, wenn die Tür aufgeht, zuckt er zusammen, als befürchte er, der Neuankömmling könne ihn erkennen. Seine Hände sind gepflegt, und ein großer goldener Siegelring schmückt einen seiner Finger.

»Einen Cognac«, sagt Antoine mechanisch. Er hat nur die Hälfte seines harten Eies gegessen.

Er hat keinen Hunger; er wird es aus Prinzip ganz aufessen, weil es ein symbolisches hartes Ei ist. Einmal, als er wirklich Hunger hatte, vor sehr langer Zeit, hatte er acht Stück gegessen.

»Mit Wasser?«

»Wenn Sie wollen!«

Früher hätte er um diese Stunde zum Kellner gesagt:

»Wenn du willst.«

Warum kann er das nicht mehr sagen? Er ist schließlich hier zu Hause, das müssen sie doch alle spüren, trotz seines sauberen Mantels und seiner Lackschuhe. Der andere, ihm gegenüber, befindet sich nicht in der gleichen Lage. Er schämt sich und morgen wird er sicherlich von Gewissensbissen geplagt werden.

Antoine wird keine Gewissensbisse haben. Es wird nicht mehr so sein wie nach der Nacht von Le Havre.

Er runzelt die Stirn, weil der Kerl mit dem beigen Überzieher, der gerade hereinkommt, ihn mustert und dabei in seinem Gedächtnis sucht, zu lächeln beginnt und beide Hände ausgestreckt auf ihn zukommt.

»Der alte Antoine!«

Sein Kragen ist schmutzig, ausgefranst, sein Bart zwei Tage alt. Er geht und spricht wie im Theater.

»Sag bloß nicht, daß du mich nicht wiedererkennst! Ich sage nur: Concert Pacra! Dagobert!«

Das sind mindestens schon achtzehn Jahre her, es war zu einer Zeit, wo man, wenn man zwanzig Francs brauchte, im Concert Pacra, etwas weiter oberhalb vom Boulevard, eine Nummer abzog. Dagobert ist natürlich nicht sein richtiger Name.

»Findest du mich so verändert?«

»Aber nein.«

»Los! Sag schon die Wahrheit. Wir werden eben alt, Junge. Du hast dich überhaupt nicht verändert. Man sieht, daß du ein gutes Leben führst.«

Er ist früher dick gewesen, hat erst den dummen August gespielt und dann, so wie die Mode wechselte, alle Arten von Komikern. Obgleich er zusammengeschrumpft ist, kann man auch jetzt noch seine früheren Rundungen erraten.

»Darf ich?« fragt er und streckt die Hand nach der Pyramide harter Eier aus.

Und mit einem Blick auf die beiden Koffer:

»Kommst du von der Arbeit?«

»Was trinkst du?«

Es wirkt komisch, ihn, den Mund vollgestopft mit Eigelb, antworten zu hören:

»Eine Schokolade, wenn du erlaubst. Zufrieden mit dem Leben? Verheiratet?«

»Verheiratet.«

»Kinder? Nein? Ich habe zwei. Der Älteste ist fünfzehn Jahre alt.«

Antoines Blick ist über die Theke zu dem Revers des Mannes mit dem braunen Schnurrbart gewandert, wo sich vorhin eine rote Rosette befand. Sie ist nicht mehr da. Man könnte schwören, daß der Mann, mit gesenktem Haupt, die Nase in seinem Glas, im Begriff ist, Gebete zu verrichten. Vielleicht hält er seine Tränen zurück?

In Le Havre hat Antoine vor der großen Szene ebenfalls geweint.

»Du würdest dir nie vorstellen können, was mir passiert ist . . .«

Dagobert hat das mit einer falschen Ungezwungenheit gesagt und ihm gleichzeitig einen Blick von der Seite zugeworfen.

»Oder vielleicht doch. Du bist ja vom Bau, und möglicherweise ist dir das früher auch schon passiert. Du weißt ja, wie es mit unserem verdammten Beruf steht. Mit anderen Worten, für jemanden, der was kann, gibt's nichts mehr zu tun. Gut! Heute nachmittag bietet man mir einen Vertrag für acht Tage in einem Kino in Nevers an, ein Saal, den man gerade neu instand gesetzt hat. Ich sage ja. Ich unterschreibe die Papiere. Ich schmeiße den Kumpels eine Runde. Ich sollte morgen abend anfangen. Und weißt du was?«

Er weiß es, aber er sagt es nicht.

»Ich komme nach Hause und meine Frau sagt mir mit dem unschuldigsten Gesicht von der Welt, daß sie das ganze Geld, das noch im Haus war, ausgegeben hat, um dem Jungen Schuhe zu kaufen.«

Der ehemals dick gewesene Mann lacht, mit seinem Komikerlachen:

»Zum Totlachen, wie!«

Dann überlegt er, betrachtet die Koffer zu ihren Füßen.

»Ich nehme an, du kannst mir nicht soviel leihen, daß ich den Zug nehmen kann? Tu es aber nicht, wenn es dir unangenehm ist. Du kennst mich ja. Ich habe noch nie Freunde angepumpt. Siehst du, Alter, so wie die

Dinge stehen, ist dieses Engagement für mich gewissermaßen . . .«

Seine Stimme wird heiser, und er zerdrückt flüchtig eine Träne, auch das eine Theaterträne, aber doch menschlicher als Julies Tränen. Antoine wird es ihr sagen. Er muß ihr unbedingt diese Wahrheiten sagen.

»Ober! Noch einen Cognac. Willst du wirklich keinen Cognac mit mir trinken?«

»Na ja, dir zuliebe. Was ich dir da erzählt habe, verstehst du, das ist nur, weil du und ich . . .«

»Na klar . . .«

Er gibt ihm den Umschlag, seine ganze Gage von Bourg-la-Reine. Er hat ihn nicht einmal geöffnet. Julie wird ihm deswegen böse sein. Aber nach seinen Erklärungen wird sie ein für allemal verstanden haben.

»Wird deine Frau auch nicht sauer sein?«

Warum denkt Dagobert an sie, obwohl er sie nicht einmal kennt?

»Nein. Mach dir keine Gedanken.«

»Sobald ich zurück bin, rufe ich dich an. Du hast doch Telefon?«

»Ich habe Telefon.«

»Stehst du im Telefonbuch?«

»Ich stehe im Telefonbuch.«

Und nun beginnen sie beide zu lachen, ohne zu wissen warum, als ob das so lustig sei, im Telefonbuch zu stehen.

»Auf dein Wohl.«

»Auf deins.«

Ein junger hagerer Mann mit dichten Haaren im Nacken stützt sich mit den Ellbogen auf die Theke, er trinkt Kaffee und hat bestimmt nichts gegessen. Wie hypnotisiert schaut er auf die hart gekochten Eier, aber Antoine traut sich nicht.

»Kommst du oft in dieses Viertel?«

»Manchmal.«

»Wohnst du weit?«

»Les Ternes!«

Es ist Zeit, daß er geht. Als er das letzte Mal spät nach Hause gekommen ist, hat er Julie krank vorgefunden. Sie hat es nicht getan, um sein Mitleid zu erregen. Am Morgen hat er den Arzt rufen müssen, der sehr ernst von ihren Nerven und ihrem Herzen gesprochen hat. Auch ihre Mutter ist herzkrank gewesen, was sie aber nicht daran gehindert hat, zweiundsiebzig Jahre alt zu werden und ihnen bis vor knapp drei Jahren das Leben zur Hölle zu machen.

»Fühlst du dich nicht wohl?«

Die rotumränderten Augen des Komikers sehen mehr Dinge, als es den Anschein hat.

»Aber doch.«

Der andere glaubt es nicht, aber seitdem er den Umschlag in der Tasche hat, ist es ihm sicherlich gleichgültig. Er sieht die Unterteller mit einer fast kindlichen Art an und Antoine kommt nicht umhin, zum Kellner zu sagen:

»Zweimal das gleiche.«

Das ist vielleicht das Glas zuviel. Vorhin hat er sich viel wohler gefühlt. Er hat stärker zur Umgebung gehört. Es hat den Kontakt gegeben, wie er sich ausdrückt. Jetzt denkt er nicht einmal mehr daran. Er hätte schwören können, daß er ernüchtert ist und daß er die Dinge mit einer solchen Klarsicht sieht, daß es schon tragisch ist.

So weiß er zum Beispiel, daß sein ehemaliger Kamerad – sie haben sich vielleicht alles in allem zehnmal gesehen! – ihn reingelegt hat. Vielleicht ist er gar nicht verheiratet. Was die Geschichte von Nevers angeht, so kennt Antoine sie seit Jahren.

Der Kerl von gegenüber, der heimlich seine Rosette abgenommen hat, sieht ihn plötzlich herausfordernd an. Warum? Der junge hagere Mann hat sich in Richtung der Markthallen davongemacht, wo er sicherlich um die Gemüsekarren herumstreicht. Die beiden Tänzerinnen sind schlafen gegangen. Eine alte Frau kommt herein, dick und schmutzig, schon betrunken. Sie hat wohl Veilchen verkauft, am Ausgang der Nachtlokale, und das Geld in die Tasche ihrer Schürze gestopft.

Er vergißt seine Koffer nicht. Er hat sie nie im Leben vergessen. Nicht einmal in Le Havre.

»Soll ich dir behilflich sein?«

»Danke. Ich bin dran gewöhnt.«

»Willst du nicht auf die erste Metro warten?«

»Ich werde ein Taxi nehmen.«

Er merkt, daß er schwankt, daß seine Bewegungen nicht mehr präzise sind. Aber das ist der Körper. Was macht es schon, daß sein Körper die Wirkung des Alkohols zu spüren bekommt, wenn nur sein Geist klar bleibt! Er ist es. Würde er sonst erraten, daß der Chauffeur Russe ist, und sich daran erinnern, daß am Boulevard Haussmann Bauarbeiten im Gange sind?

»Rue Daru, genau gegenüber der russischen Kirche. Sie kennen die Ecke bestimmt.«

»Ja.«

Es gibt überhaupt keinen Grund, daß Julie ihn nicht versteht. Sie liebt ihn, das ist unbestreitbar. Folglich müßte sie sich darum bemühen, sich in seine Haut zu versetzen. Er liebt sie ebenfalls, noch mehr als sie ihn. Er macht ihr ihre Fehler nicht zum Vorwurf. Im Gegenteil. Damit muß er anfangen: ihr erklären, daß er sie ihrer Fehler wegen liebt, weil sie es sind, die sie menschlich machen.

»Verheiratet?« fragt er den Taxichauffeur.

»Großvater.«

Er sieht kein Licht in den Fenstern seiner Wohnung, holt zuerst seine Koffer heraus, stellt sie an den Rand des Bürgersteigs, geht dann auf die große, braune Tür zu und zieht an dem Kupferknopf. Auch das Haus hat ein wenig Schuld. Er haßt es. Er hat es immer gehaßt. Es bringt eine falsche Würde, einen falschen Komfort zum Ausdruck. Selbst die Concierge, die ...

Er muß zweimal klingeln, und unter dem Gewölbe läßt er einen der Koffer fallen, der einen Riesenlärm macht, er ist darüber verärgert, stammelt seinen Namen, als er an der Portiersloge vorbeikommt, nimmt lieber nicht den Aufzug, weil er zu laut ist, und geht auf Zehenspitzen die drei Etagen hinauf.

Daß er die Tür ohne eine falsche Bewegung aufmacht, ist ein Beweis dafür, daß er nicht betrunken ist. Wenn er ausgeht, läßt Julie gewöhnlich eine Nachtlampe in der Diele brennen, und er knipst keine andere Lampe an, zieht sich aus, bevor er ins Schlafzimmer geht, legt sich unbemerkt ins warme Bett, ohne etwas anzustoßen.

Da sie schon schläft, wird er eben morgen mit ihr reden. Sie haben viel Zeit. Was er zu sagen hat, ist in seinem Kopf eingegraben. Er ist traurig, ohne bestimmten Grund. Er hat Mitleid, vielleicht mit sich, vielleicht mit ihr, vielleicht mit allen Menschen, die sich gegenseitig weh tun und die so viel Energie verbrauchen, um einige Lebensjahre dahinzuvegetieren, die nicht der Mühe lohnen. Er hat das Gefühl, daß es doch so leicht wäre. Man bräuchte nur ...

Julie ist glühendheiß, und er fragt sich, ob sie nicht Fieber hat. Er möchte sie gern berühren, sie zart küssen, aber er fürchtet, sie aufzuwecken. Er ist ihr nicht böse, wegen nichts. Er wird ihr nie böse sein. Er läuft über vor Zärtlichkeit, so sehr, daß er feuchte Augen bekommt. Selbst dieser zusammengeschrumpfte dicke Mann, der ihn angepumpt hat und sich im Augenblick wohl über ihn lustig macht, kommt ihm rührend vor.

Er hört ein leichtes Geräusch im oberen Stockwerk, und auch das füllt sein Herz mit einer unbestimmten Wärme. Es sind Schritte, die Schritte einer sehr alten Frau mit Pantoffeln an den Füßen, die jede Nacht zehnmal aufsteht, um ihrem kranken Mann Medikamente zu geben. Offenbar würde er sterben, wenn sie es auch nur ein einziges Mal vergäße. Er ist wie eine Lampe, in die man immer wieder Öl nachgießen muß. Seit Monaten flackert die Flamme, er ist fast tot, und er weiß es nicht, er merkt nichts, er kann sich weder bewegen noch sprechen, und seine Augen blicken mit der ein wenig erschreckten Unschuld der Augen Neugeborener um sich. Sie haben wenig Geld, gerade soviel, um sich über Wasser zu halten. Und aus Angst, die anderen Mieter zu stören, huscht sie wie eine Maus durch die Wohnung mit einem Gesicht, als bitte sie um Verzeihung, noch zu leben.

Jetzt hört er auch Julies Atem, und er hat den Eindruck, daß er anders ist als sonst. Dann zieht sie auf eine bestimmte Art die Nase hoch, worauf er den Kopf hebt, den Atem anhält, ein leichtes Zittern des Bettes wahrnimmt.

Die Bettdecke zurückschlagend, streckt er den Arm nach dem Lichtschalter aus und sagt dabei:

»Weinst du?«

Aus Furcht sie aufzuwecken, hat er sein Hemd anbehalten und sich nicht die Zähne geputzt. Er sieht nur blonde Haare von ihr, die so farblos werden, daß man kaum merken wird, wenn sie einmal weiß sind.

Er fragt noch einmal mit einem Anflug von Ungeduld:

»Weinst du?«

Und sie, ohne sich zu rühren, ohne ihr Gesicht zu zeigen:

»Mach bitte das Licht aus, ja?«

»Sag mir, warum du weinst.«

Sie muß sich ein Taschentuch auf den Mund halten, um ihre Schluchzer zu unterdrücken. Ihr Rücken hebt sich im Takt. Er hat sich im Bett aufgesetzt. Um sie herum scheinen die vertrauten Gegenstände, die Möbel erstarrt.

»Willst du mir nicht antworten?«

»Bitte, Antoine!«

»Ich bitte dich, mit mir zu sprechen, mir zu sagen, was du hast.«

»Schlaf.«

»Hör zu, Julie.«

»Hab Erbarmen, ja?«

»Nein. Ich bestehe darauf, dein Gesicht zu sehen.«

Sie schüttelt den Kopf.

»Hörst du? Ich bestehe darauf, daß du mir dein Gesicht zeigst.«

»Bitte, laß mich!«

»Weigerst du dich?«

Dabei hat er gar nicht laut gesprochen. Sie hat Angst, zeigt die Hälfte ihres Gesichts, ein Auge voller Entsetzen.

»Was erschreckt dich?«

Sie beißt sich in die Unterlippe, und ihr ganzer Körper zieht sich zusammen, als stünde er unter der Wirkung der Angst.

»Sag mir doch, was dich erschreckt.«

Man könnte meinen, daß sie ihn nicht erkennt oder daß er plötzlich ein Ungeheuer geworden ist.

»Warum schaust du mich so an? Was habe ich denn besonderes an mir? Ich habe nichts zu dir gesagt . . .«

»Ich flehe dich noch einmal an, Antoine! . . .«

»Wahrscheinlich bildest du dir ein, daß ich getrunken habe?«

Es ist lächerlich. Er hat das überhaupt nicht sagen wollen. Er versucht sich zu verbessern.

»Du glaubst, daß ich betrunken bin. Aber gerade heute abend bin ich es nicht.«

»Antoine! . . .«

Sie scheint älter zu sein als gewöhnlich. Eine Brust sieht aus ihrem Nachthemd hervor und das erinnert ihn ein wenig an den zusammengeschrumpften Komiker. Er hat Mitleid mit ihr. Er liebt sie. Sie braucht doch nichts anderes zu tun, als ruhig zuzuhören, statt vor ihm zurückzuweichen.

Warum schützt sie sich mit beiden Armen, als wolle er sie schlagen, wenn er die Hand ausstreckt, um ihr Gesicht ganz zu sehen?

Er hat sie nie im Leben geschlagen. Nur zweimal. Das war was anderes. Heute ist er ruhig, vollkommen beherrscht. Er kann nicht mehr länger unter der Bettdecke bleiben. Er muß sich bewegen, muß gehen.

»Wo gehst du hin?«

Hat sie geglaubt, er ginge weg? So kann man sich falsche Vorstellungen machen, weil man die wahren Motive nicht kennt.

»Ich gehe nirgendwo hin. Wenn ich recht verstehe, hast du nicht geschlafen. Und liegst seit gestern abend im Bett und machst dir meinetwegen Gedanken. Das ist es doch? Gib es zu. Sprich. Aber so sprich doch, verdammt noch mal!«

Sie stammelt:

»Ich habe nicht einschlafen können.«

»Aha, und deshalb bist du mir böse. Weil ich schuld daran bin. Du siehst in mir einen Unmenschen.«

»Leg dich hin, Antoine. Du wirst dich erkälten.«

Er hat Durst. Nicht aus Sucht. Er empfindet das Bedürfnis, etwas zu trinken. Sie haben immer eine

Flasche Rum im Küchenschrank. Er ist darauf gefaßt, daß Julie ihn nicht gewähren läßt, aber sie rührt sich nicht, reagiert nicht, sie weint weiter, die Augen zur Decke gerichtet, das Gesicht so entstellt wie das von Kindern, die man auf der Straße schluchzen sieht.

»Weißt du, ich nehme nur einen Schluck, um meinen Magen zu stärken. Wie du siehst, bin ich ganz ruhig. Siehst du, heute nacht ist es nämlich nicht wie sonst. Ich mußte nachdenken.«

»Willst du unbedingt weitersprechen?«

»Ach so, du willst mich wohl nicht hören, wie?«

»Das habe ich nicht gesagt.«

»Was hast du dann gesagt?«

»Wozu sollen wir uns gegenseitig weh tun, wie in Le Havre?«

»Zunächst einmal möchte ich dich darauf hinweisen, daß es in Le Havre deine Schuld war. Am nächsten Tag habe ich allerdings das Gegenteil behauptet und dich sogar um Verzeihung gebeten.«

»Du hast geschworen.«

»Weil ich befürchtete, du bekommst einen Herzanfall.«

»Hast du nicht gedacht, was du gesagt hast?«

Waren das wirklich die letzten Worte, die sie in dieser Nacht zu sagen Gelegenheit hatte? Er hätte guten Glaubens das Gegenteil behauptet. Denn er war immer guten Glaubens. Er hatte nicht den Eindruck eines Monologs und noch weniger den einer Anklagerede. Er war überzeugt davon, daß er Herr seiner selbst war und daß alle seine Sätze nicht nur von der Liebe, sondern auch vom gesunden Menschenverstand inspiriert waren.

Er hatte genau gesehen, daß Julie es wieder mit der Angst zu tun bekam, als er seinen Morgenrock anzog, denn das bedeutete, daß er nicht geneigt war, sich hinzulegen. Er hatte die Rumflasche auf die Kommode gestellt, und da er kein Glas aus der Küche mitgebracht hatte und sich auch nicht unterbrechen wollte, um eins holen zu gehen, nahm er von Zeit zu Zeit einen Schluck aus der Flasche, nur um seine Müdigkeit zu bekämpfen.

Hatte er nicht auch das Recht, müde zu sein?

Er mußte durchhalten. Das war unbedingt notwendig. Diese Aussprache zwischen ihnen war von höchster Wichtigkeit. Sie war ... wie sagt man ... wesentlich. We-sent-lich.

»Siehst du, mein Kleines, was du manchmal aus den Augen verlierst ...«

Es gab eine Menge Dinge, die sie aus den Augen verlor. Von welchen hatte er gesprochen? Man mußte ihr ein für allemal die Wahrheit sagen, ganz ruhig, ohne Groll. Es ist keine Schande, die Wahrheit zu hören.

Warum sollte sie sie nicht annehmen?

Sie sagte nichts. Nachher war es immer dasselbe Lied:

»Ich habe nichts gesagt. Du hast zwei Stunden lang ganz allein gesprochen.«

Sie behauptete das jedes Mal, aber sie vergaß zu erwähnen, daß sie eine Art hatte, sich zu verhalten und ihn anzusehen, die genauso viel sagte wie alle Reden. Selbst wenn sie sich nicht regte und die Augen geschlossen hielt, spürte man noch ihren Widerstand gegen das, was er sagte. Schlimmer: ihre Feindseligkeit.

Das war das richtige Wort: In diesen Augenblicken war sie feindselig gegen ihn eingestellt. Sie wurde eine Feindin. Sie bildeten kein Ganzes mehr. Sie sah ihn wie etwas außerhalb von ihnen Stehendes, wie einen Fremden an.

»Und siehst du, dazu hast du kein Recht. Hörst du mir zu?«

Später hatte er vielleicht gesagt:

»Hörst du mir nur aus Nächstenliebe zu?«

Das war möglich. Schließlich war das gar nicht so übertrieben. Sie gab ihm ein Almosen, so wie er Dagobert eines gegeben hatte, nur daß es ein moralisches Almosen war. So weit war er. Sie hatte Mitleid mit ihm. Sie versuchte mit naiven Tricks, wie man sie bei Kindern gebraucht, ihn dazu zu bewegen sich hinzulegen. Da ihr das nicht gelang, war sie ihm seine Pantoffeln holen gegangen, während sie selbst ostentativ mit bloßen Füßen über den Fußboden ging.

»Tust du es absichtlich?«

Auch wenn sie so tat, als verstünde sie nicht, er wußte doch, daß sie verstand. Er kannte sie lange genug, um sich nicht täuschen zu lassen.

Übrigens war er ihr deswegen nicht böse. Es war ihr ein Bedürfnis, in solchen Augenblicken ein so bemitleidenswertes Gesicht zu machen, daß jemand, der nicht Bescheid wußte, sie für eine sehr unglückliche Frau hätte halten können.

Wer aber von ihnen beiden hatte Gründe, unglücklich zu sein? Wer gab denn immer wieder nach? Wer opferte sich für den andern auf?

Er! Immer er!

Wenn sie es doch nur einsehen, wenn sie sich ebenfalls bemühen, wenn sie ihm wenigstens das Schmerzlichste ersparen würde, dann würde alles leichter werden.

Ein einfaches Beispiel. Mitten in einem Satz, den er sagte, er wußte nicht mehr welchen, aber es war ein wichtiger Satz, zeigte sie auf die Decke und machte dazu ein flehendes Gesicht, als ob er nicht wüßte, daß die alte Frau zwischen zwei Medikamentenverabreichungen ihren Schlaf brauchte. Wenn nämlich einer von ihnen beiden auf das Unglück der Leute achtete, dann war er es. Julie interessierte sich für die Alte doch nur, weil sie eine Comtesse war, die ihr ganzes Vermögen verloren hatte und sich nicht beklagte.

Wenn er ihr nun ganz plötzlich gestände, daß er seine Gage dem alten Komiker gegeben hatte, dessen richtigen Namen er nicht kannte, würde sie ihm bestimmt Vorwürfe machen. Sie würde es sogar fertigbringen, ihm Gegenstände aufzuzählen, die sie »dringend« brauchte und die sie sich nicht zu leisten traute.

»Weißt du, Julie, deine Art von Güte . . .«

Zwei Menschen waren hier in dem geschlossenen, ein wenig überhitzten Zimmer mit dem rosigen Licht, das die ersten Arbeiter, die zur Arbeit gingen, von draußen sehen konnten, zwei Menschen, die sich auszusprechen versuchten, damit das gemeinsame Leben einfacher und angenehmer würde. War es das wirklich?

Morgen würde sie wieder behaupten, daß sie den

Mund nicht aufgemacht hätte und daß er nur gegen seine Hirngespinste gekämpft hätte.

Aber er war kein Mann mit Hirngespinsten.

»Ich tue alles, um dich glücklich zu machen. Warum verweigerst du mir ein kleines Opfer? Warum versuchst du nicht, gewisse Dinge so zu sehen, wie ich sie sehe?«

Hatte sie ihn gefragt, ob er wirklich unglücklich sei? Vielleicht nicht mit Worten. Mit Sicherheit nicht, wenn man ihr Glauben schenken durfte. Und es gehörte nicht zu ihrer Gewohnheit zu lügen. Sie stellte die Wahrheiten auf ihre Weise dar, hatte eine Art, ihn anzuschauen, die Nase hochzuziehen, sich zu verhalten, die mehr aussagte als alle Fragen, und er hatte schließlich das Recht, auf die Fragen zu antworten, die nicht ausgesprochen wurden.

»Wenn du es genau wissen willst, ja, ich bin unglücklich. Nicht so unglücklich, daß ich mir eine Kugel durch den Kopf schieße oder es an allen Straßenecken hinausschreie. Aber doch unglücklich genug, daß ich manchmal . . .«

Es war seltsam: Die Welt um ihn herum hatte allmählich ihre Konsistenz verloren. Selbst sein Körper existierte praktisch nicht mehr, während sein Geist reger war als je zuvor. Er merkte kaum, daß sie in ihrem Schlafzimmer waren und daß sie lebendig waren.

Er jonglierte mit so schneidenden Ideen, daß sie metallisch glänzten, vermischte die Bilder in unerwarteten Verkürzungen mit anderen Bildern, und plötzlich bekam die Erinnerung an den Mann mit dem dunklen Schnurrbart und der Rosette ein Profil, eine Bedeutung, die ihn selber überraschte.

Voller Eifer und Wärme erzählte er Julie von ihm, denn in Wirklichkeit war es ein Bruder. Es war gleichzeitig eine Illustration seines Falles. Und hier konnte sie nicht behaupten, er plädiere in eigener Sache, denn es war ja völlig unpersönlich.

Die Frage war im Grunde eine Frage des Prinzips. Er beharrte darauf: des Prinzips. Fast lächelnd, plötzlich erleichtert, gestand er ihr zu, daß es sich hier um einen Streit handele, der so alt sei wie die Welt, um den ewigen Antagonismus zwischen dem Mann und der Frau, zwischen Adam und Eva.

»Bloß, weshalb sollten wir nicht zur Ausnahme werden? Antworte mir. Ich bitte dich inständigst, antworte mir. Wenn du einen guten Grund hast, dann ist dies der beste Augenblick, ihn mir zu sagen. Es sei denn, du bist der Meinung, daß der Travot'sche Geist um jeden Preis recht behalten muß . . .«

Travot war Julies Mädchenname. Es war der Name ihres Vaters, der an der Ecke des Boulevard de Courcelles und der Rue des Batignolles dreißig Jahre lang eine Apotheke gehabt hatte. Es war der Name der alten Frau, die in den ersten Jahren ihrer Ehe ihre Wohnung geteilt hatte. Es war eine feindliche Welt, alles das, was er an Julie nicht liebte und das, was er sich so leidenschaftlich bei ihr auszurotten bemühte. Der Travot'sche Geist.

»Wenn du das, was ich dir heute nacht in Ruhe und Liebe sagte, verdaut hast, wirst du zu mir kommen und dich in meine Arme schmiegen, wirst mich anlächeln, wirst vielleicht auch ein wenig weinen, aber gute Tränen, die trösten und . . .«

Und dann war er es, der weinte. Die Rumflasche war sicherlich leer, als er sich aufs Bett warf, ohne seinen Morgenrock auszuziehen, und schluchzend sein Gesicht ins Kopfkissen drückte.

Danach sah er sich im Badezimmer wieder, ohne seinen Morgenrock, nur sein Tageshemd auf dem Leib, und Julie, die ihm den Kopf übers Klo hielt. Es mußte draußen schon taghell sein, denn die Milchglasscheiben waren von schneeigem Weiß. Vielleicht schneite es. Das wäre keineswegs erstaunlich gewesen, denn es war Januar.

Er war sich dessen nicht ganz sicher, aber er hatte den Eindruck, daß er durch eine falsche Bewegung das Glas Wasser, das seine Frau ihm hinhielt, auf die Fliesen fallen ließ.

Bereits in diesem Augenblick befiel ihn ein Unwohlsein, das nicht nur physisch war, eine unbestimmte Furcht, während er gleichzeitig seinen schmerzenden Kopf wie eine stechende Wunde spürte.

»Leg dich hin. Schlaf.«

Hatte sie noch gesagt:

»Denk an nichts!«

Er hatte sie auf den Zehenspitzen umhergehen hören. Ein Fuhrwerk, das von schweren Pferden gezogen die Straße hinunterfuhr, durchquerte seinen Schädel und hätte ihn beinahe gesprengt, dann hörte er die Rufe eines Zeitungsverkäufers an der Ecke des Faubourg Saint-Honoré.

Er wußte wieder, wer er war. Lange danach suchte

seine Hand mit der Vorsicht eines Tieres, das umhertastet, bevor es seinen Bau verläßt, nach Julies Platz im Bett und fand nur das schon kalte Bettuch. Darauf stieg die gleiche Kälte seinen Rücken hinauf bis in den Nacken, und er krümmte sich aus Angst zusammen, zog die Decke über den Kopf.

Er merkte nicht, daß er wieder einschlief.

3

Der Geruch des Kaffees erreichte ihn durch den Schlaf hindurch und gab ihm einen Augenblick lang die Illusion von Wohlbehagen und Frieden. Mit diesem Geruch begannen für ihn die Tage, seltener mit einem Quietschen der Matratze, wenn Julie, im Winter ein milchiger Fleck im Zimmer, in das ein wenig Morgengrau durch die Vorhänge sickerte, ohne Licht zu machen aufstand und in die Küche ging.

Solange er sich nicht rührte, empfand er weder Schmerz noch Ekel. Es gab sogar, in seinem Körper verstreut, eine leichte Empfindsamkeit, eine fast wollüstige Scharfsinnigkeit. Doch die kleinste Bewegung weckte den Schmerz und den Lärm in seinem Kopf.

Aus Angst, wieder zum Leben zurückzukehren, zwang er sich, von neuem in den Schlaf zu sinken, der ihm Ruhe gab. Er erinnerte sich noch nicht an Einzelheiten der Nacht, wollte nicht daran denken, war sich nur der Tatsache bewußt, daß peinliche und demütigende Entdeckungen ihn erwarteten.

Der Geruch des Kaffees fiel an den anderen Tagen nicht mit den gleichen Straßengeräuschen zusammen. Es mußte schon sehr spät sein. Er hätte schwören können, daß er mehrmals die Glocken der Kirche von gegenüber hatte läuten hören. Es war eher die Akustik der Stadt, als die Geräusche selber, die sich von der Akustik um acht Uhr morgens unterschied.

Er hörte Julie nicht hin und her gehen. Es gab keinen Laut, keine Bewegung in der Wohnung. Als er versuchte, die Augen ein wenig zu öffnen, verletzte ihn die Grellheit des Tages, auf die er nicht gefaßt war, und er war sich dunkel bewußt, etwas Niewiedergutzumachendes angestellt zu haben, weigerte sich aber, daran zu denken, weil er nicht dazu in der Lage war, er mußte unbedingt noch schlafen.

Selbst das Reiben der Decke an seinen nackten Beinen reizte seine Nerven wie der Druck der Zunge auf einen kranken Zahn. Er würde krank werden. Das war mehr als wahrscheinlich. Vielleicht war er es schon. Das wäre die einfachste Lösung. Er wünschte krank genug zu sein, daß der Arzt gerufen werden mußte, der ihm absolute Ruhe verordnen würde.

Er schlief wieder ein, als er es nicht mehr erwartete. Sein Schlaf war nicht mehr so unruhig, war erquickender als der Schlaf zuvor, und als er wieder in die Wirklichkeit zurückkehrte, hatte der Geruch der köchelnden Suppe den des Kaffees ersetzt. Es kamen ihm Tränen in die Augen, als ob dieser Geruch eine Synthese des Glücks wäre, das ihm genommen werden sollte.

Nie zuvor hatte er ihr gemeinsames Leben so geliebt wie an diesem Morgen, und selbst die Wohnung, die immerhin die Wohnung der beiden Frauen gewesen war, der Mutter und der Tochter, bevor sie die des Ehepaares wurde. Die Zimmer waren ein wenig düster, wie der Rest des Hauses – anfangs behauptete er immer, es herrsche hier ein Zwielicht wie in einer Kirche. Doch es war weder ein trauriges noch ein bedrückendes Halbdunkel. Es gab dem Leben etwas Gedämpftes, Beruhigendes, wie die Wärme, für die Julie, die sehr verfroren war, immer sorgte. Man ging fast den ganzen Tag in Pantoffeln, wie es die alte Dame aus dem Stockwerk oben drüber tat.

Und zu jeder Stunde hatte jeder seinen Platz, von der Zeitung am Morgen, dem frischen Brot und der Flasche Milch, die Julie vom Treppenabsatz hereinholte, bevor sie ihn weckte, bis zu dem Augenblick, wo er am Abend, wenn er nicht arbeitete, im Bett las, während sie sich auszog und ihre Haare richtete.

Es stimmte nicht, daß er unglücklich war. Er wollte sich nicht mehr an seine Worte erinnern. Er schämte sich ihrer. Außerdem erinnerte er sich bei weitem nicht an alles, und das war das Beunruhigendste. Im Tun war er zwar nicht so weit gegangen wie in der Nacht von Le Havre, aber er hatte den Eindruck, daß er mehr gesprochen hatte, gerade weil er sich für ruhig und klarsichtig hielt. Wie hatte er sich nur dieser Illusion hingeben können? Hatte Julie sich etwa eingebildet, daß er klarsichtig war?

Die Augenlider einen winzigen Spalt öffnend, wagte er einen Blick zur Kommode hin und war erleichtert, daß er dort nicht mehr die Rumflasche sah. Er war sich nicht sicher, ob er sie geleert hatte. Es schien ihm, daß sie fast voll war, als er sie in die Küche holen gegangen war. Wie lange hatte seine Rede gedauert? Eine Viertelstunde? Eine Stunde?

Sein Gedächtnis war voller Löcher, und er erinnerte sich vor allem an demütigende Einzelheiten. An den Mann mit der Rosette zum Beispiel. Sicherlich irgend so ein Beamter, der sich einen Bummel leistete und nicht daran gewöhnt war. Hatte er im Zusammenhang mit ihm nicht von Bruder gesprochen? Er hatte auch schwülstig über den andern gesprochen, den zusammengeschrumpften Komiker, der ihn auf die banalste und klassischste Weise angepumpt hatte.

Alles das tat ihm weh. Er spitzte die Ohren. Julie hatte die Tür zum Schlafzimmer einen Spalt offenstehen lassen, um ihn zu hören, falls er rufen sollte. Der Deckel des Suppentopfes bewegte sich in gleichmäßiger Vibration. Ob seine Frau in der Küche saß, ohne sich zu rühren, auf ihn wartend? Ob sie noch weinte?

Feige wäre er am liebsten wieder eingeschlafen, um das Gespräch unter vier Augen auf später zu verschieben. Er erinnerte sich nicht, je mit soviel Zärtlichkeit an ihr gemeinsames Leben gedacht zu haben. Warme Wogen verschlangen ihn. Ohne den großen Burschen, der nach Bier roch, säße er jetzt in seinem Arbeitszimmer, wie sie sagten, das ehemalige Zimmer seiner Schwiegermutter, das sie für ihn hergerichtet hatten, als sie gestorben war.

Es war ein Zimmer, von dem er sein ganzes Leben lang geträumt hatte. Er hatte selber fast ringsum Regale angebracht, und zwar genau dem angepaßt, was sie enthalten sollten. In der Mitte stand ein Rollschreibtisch, auf dem er seine Korrespondenz erledigte, denn um die Agenturkosten zu sparen, pflegte er eine umfangreiche Korrespondenz und verschickte periodisch Hunderte von Prospekten.

An einer Werkbank, die er in der Nähe des Fensters aufgestellt hatte, verfertigte er selber die meisten seiner Requisiten. Er war geschickt, einfallsreich. Er hatte eine gewisse Anzahl von Tricks vervollkommnet. Eine Variante des »verschwundenen Käfigs« trug seinen Namen und wurde am Boulevard Saint-Martin verkauft.

Den ganzen Morgen über lief Julie durch die Zimmer. Wenn sie zu ihm hereinkam, machte sie nur dann den Mund auf, wenn sie sich vergewissert hatte, daß er nicht mit irgendeiner heiklen Arbeit beschäftigt war. Sie teilte ihm mit, was es zum Abendessen gäbe. Manchmal setzte sie sich in eine Ecke, um das Gemüse zu putzen, das sie in ihrer Schürze mitbrachte.

Er hatte Durst. Wenn er aufstünde, um im Bad ein Glas Wasser zu trinken, würde sie ihn hören, und so sollte es nicht ablaufen. Er zog es vor zu hüsteln, mit sanfter, demütiger Stimme zu rufen:

»Julie!«

Er wartete voller Angst auf ihr Erscheinen. Einen Augenblick lang befürchtete er, sie sei für immer weggegangen. Endlich hörte er ihren Schritt, sah sie im Türrahmen, gegen ihre Gewohnheit immer noch im Nachthemd und Morgenrock. Sie war blaß, mit abgespannten Zügen, aber sie lächelte, und ihr Lächeln war ausgeprägt genug, um glauben zu lassen, daß das Alltagsleben weiterging.

Er fragte:

»Ist es spät?«

»Halb zwei.«

Er hätte schwören können, daß es halb zwölf war, und das schien ihm seinen Fall noch zu verschlimmern.

»Ich bringe dir sofort deinen Kaffee.«

Er hätte sie beinahe zurückgerufen, ihre Hand ergriffen, angefangen, sie um Verzeihung zu bitten, aber es war besser, wenn es nicht so ablief. Sie hatte recht. Als sie mit dem Kaffee zurückkam, den sie bestimmt auf einer Ecke des Herdes warm gehalten hatte, ließ nichts, außer ihrem Teint und ihren umränderten Augen, vermuten, was in der letzten Nacht vorgefallen war.

»Hast du keinen Hunger?«

»Jetzt nicht. Bin ich nicht krank gewesen?«

»Du hast dich erbrochen.«

Eine Einzelheit, deren er nicht sicher war, beunruhigte ihn.

»Im Schlafzimmer?«

»Im Schlafzimmer und im Bad.«

»Entschuldige bitte.«

»Es war nicht deine Schuld.«

Es tat weh, diese vibrationslose, akzentlose Stimme zu hören. Er streckte den Arm aus, um nach ihrer Hand zu greifen, aber sie war etwas zu weit weg, und sie trat nicht näher.

»Julie.«

»Ja.«

»Bist du mir sehr böse?«

»Ich habe keinen Grund, dir böse zu sein.«

»Ich bin dumm gewesen, nicht wahr?«

»Aber nein.«

»Gib zu, daß ich dummes Zeug geredet hab.«

»Du hast das gesagt, was du gedacht hast.«

Plötzlich hielt er es nicht mehr aus, schlug die Decke zurück, stand auf, fand sich lächerlich mit seinen nackten Beinen, die unter seinem Tageshemd hervorsahen, und nahm seinen Morgenrock vom Haken.

»Hör zu, Julie . . .«

»Würdest du nicht besser im Bett bleiben?«

»Bitte! Sprich nicht so. Du kannst dir nicht vorstellen, wie weh du mir damit tust. Wenn ich deine Stimme höre, habe ich den Eindruck, daß eine Fremde vor mir steht und nicht meine Frau.«

»Deine Frau?«

Sie hatte dieses Wort mit einer schmerzlichen Ironie ausgesprochen.

»Aber ja, meine Frau!«

Es drängte ihn, diese dumme Geschichte hinter sich zu bringen, es regte ihn auf, daß er so ungeschickt war, und zu allem Überfluß schmerzte ihn nach wie vor sein Kopf, seine Brust wurde von Krämpfen geschüttelt, als ob sein Herz aufhörte zu schlagen.

»Hör zu. Wir sind keine Kinder mehr, sondern beide Erwachsene. Gestern abend hat man mich mehr oder weniger zum Trinken gezwungen, und ich . . .«

Es stimmte nicht. Seine Lüge demütigte ihn.

»Du weißt doch, daß ich einfach nicht mehr aufhören kann, wenn ich einmal angefangen habe. Ich habe alte Freunde getroffen . . .«

»Dagobert. Du hast mir von ihm erzählt.«

»Hast du kein Mitleid?«

»Sprich nicht mehr, Antoine. Wozu? Du bist erschöpft. Ich auch. Alles, was wir sagen können, wird doch nichts nützen. Du solltest besser ein Bad nehmen, während ich den Tisch decke.«

Ohne ihm die Zeit zu einer Antwort zu lassen, ging sie wieder in die Küche hinüber. Vielleicht war es wirklich besser so. Er war viel zu leer und ausgebrannt, um lange zu kämpfen. Sprechen verursachte ihm einen Ekel. Der Kaffee widerte ihn an, statt ihn aufzumöbeln.

Als er in der Wanne saß, wurden die Krämpfe, die sein Herz zusammenpreßten, so beängstigend, daß er beinahe gerufen hätte. Drei oder vier Minuten lang glaubte er, daß er am Sterben sei. Aber er wußte, daß es nicht stimmte. Julie auch. In Le Havre, in ihrem Hotelzimmer, hatten sie einen Arzt kommen lassen, der ihn untersucht hatte, als wüßte er von vorneherein schon, woran er sich zu halten habe, und der dann kalt verkündete:

»Keine Gefahr.«

»Was ist es denn, Herr Doktor?«

Nachdem er sie beide angeschaut hatte, hatte er gesagt:

»Ein Mordskater.«

Auch das demütigte ihn. Er ärgerte sich über sich selber, über dieses sinnlose Bedürfnis nach, er wußte selbst nicht was, das ihn am Abend zuvor in eine erste Kneipe an der Route Nationale getrieben hatte. Es war nicht das erste Mal, daß ihm das passierte, und er war um so schuldiger, als er von vorneherein schon wußte, wie es ausgehen würde.

Warum gab er *immer wieder* Julie die Schuld? Es war, als beginne er sie zu hassen, weil er einige Gläser Alkohol getrunken hatte, und als mache er sie verantwortlich für ... Aber was denn, mein Gott? Er war glücklich mit ihr. Warum versteifte er sich nur darauf, sie das Gegenteil glauben zu machen?

Er mußte diesmal weitergegangen sein als gewöhnlich. Sonst war sie traurig, niedergeschlagen, aber sie hatte nicht diesen erschreckenden Anblick geboten wie vorhin. Heute war es fast so, als ob man ihr ein wesentliches Organ entfernt hätte. Sie lebte noch, kochte den Kaffee, die Suppe, aber es war nicht Julie, es war ein unvollständiges Wesen, ohne Persönlichkeit, das seiner Tätigkeit nur nachging, weil es daran gewöhnt war.

Sobald er Hose und Hemd angezogen hatte, lief er zu ihr in die Küche und nutzte die Gelegenheit, daß sie ihm den Rücken zuwandte, um sie mit beiden Armen zu umschlingen.

»Hör zu, Julie, du darfst nichts von dem glauben, was ich dir gesagt habe.«

»Erinnerst du dich an das, was du gesagt hast?«

»Überhaupt nicht. Ich weiß nur, daß ich gemein gewesen bin.«

»Du hast gesagt, was du dachtest.«

»Aber nein! Nie im Leben! Ich habe dummes Zeug erzählt. Ich habe mich wie ein aufgeblasener Dummkopf benommen. Und der Komiker, von dem ich dir erzählt habe ...«

»Ja?«

»Der hat mich reingelegt. Ich kenne ihn kaum. Er hat mich für einen Deppen gehalten. Er hat mich angepumpt. Du kannst sicher sein, daß er kein Engagement hat, weder in Nevers noch sonstwo.«

»Das Mittagessen ist fertig. Setz dich zu Tisch.«

»Ich habe keinen Hunger.«

»Versuch ein wenig zu essen.«

»Ich würde mich so viel besser fühlen, wenn du mir glauben wolltest!«

Sie ging mit einer Pfanne mit Koteletts an ihm vorbei, die sie auf den Tisch im Eßzimmer stellen wollte. Es gab grüne Erbsen aus der Dose, denn sie war nicht aus dem Haus gegangen, um ihre Besorgungen zu machen.

»Du kannst beruhigt sein, Antoine. Heute nacht habe ich begriffen, und ich werde dich nicht mehr belästigen. Du kannst tun, was du willst. Ich habe übrigens nicht den Eindruck, daß ich dich je an irgend etwas gehindert habe.«

»Aber ich will, daß du mich hinderst!«

»Um mich dann eine Travot zu schimpfen?«

»Ich bitte dich dafür um Verzeihung. Ich wußte nicht, was ich sagte.«

»Wir wissen beide, was dieses Wort für dich bedeutet. Du hast meine Mutter gehaßt.«

»War sie nicht unausstehlich?«

»Doch.«

»Nannte sie mich nicht den Clown?«

Sie war eine komische kleine Frau, mager, beißend, die nie mit ihrer Tochter über ihn sprach, ohne zu sagen:

»Dein Mann, dieser Clown.«

Oder auch, wenn sie ihn hereinkommen sah:

»Da kommt ja Arsène Lupin.«

Zehn-, zwanzigmal am Tag fand sie mit diabolischem

Einfallsreichtum eine neue Möglichkeit, ihn zu demütigen.

»Du selbst, Julie, hast dich nicht mit ihr verstanden. Du hast mir oft genug gesagt, daß sie bewußt, aus Egoismus, aus Angst, ihre Tage allein beenden zu müssen, dein Leben verpfuscht hat.«

»Wie kommt es denn, daß wir über meine Mutter reden?«

»Du hast . . .«

Er unterbrach sich. Wozu? Schließlich war er es, der um Verzeihung zu bitten hatte und nicht sie.

»Was ich auch immer heute nacht erzählt haben mag, du sollst unbedingt wissen, daß ich glücklich mit dir bin und daß ich es nie gewesen bin, bevor ich dich gekannt habe! Hör mal! Vorhin, als ich im Bett lag . . .«

Er erinnerte sich wieder. Er hatte einmal daran denken müssen, als er zwischen Wachen und Schlafen schwebte. Einen Augenblick zuvor hatte er von einer Frau geträumt, die Alice glich, ohne daß es vollständig sie gewesen wäre. Er vermied es immer, von Alice zu sprechen, obgleich Julie Bescheid wußte. Es war übrigens nicht nötig, sie in Erinnerung zu rufen, wegen dem, was er zu sagen hatte.

»Wie alt war ich, als ich dich kennengelernt habe? Vierundvierzig, nicht wahr? In der Regel hat ein Mann in diesem Alter ein ganzes Leben hinter sich.«

Julie war damals siebenunddreißig Jahre alt und schon so dick wie jetzt. Es war seltsam, sie so drall neben einer so mageren Mutter zu sehen.

»Siehst du, vorhin, als ich im Bett lag, versuchte ich mich zu erinnern.«

»Woran?«

»An nichts Besonderes. An mein Leben von vorher. Gerade weil ich glücklich bin. Um den Unterschied zu ermessen.«

»Brauchst du das, um dich zu überzeugen?«

»Laß mich bitte meinen Gedanken erklären, wenn man überhaupt von Gedanken reden kann. Du weißt, wie das ist, wenn man erst halb wach ist. Ich sagte mir: Vor Julie war es, als hätte ich nicht gelebt. Und ich habe einen Beweis dafür. Ich erinnere mich auch, wie es gekommen ist. Ich dachte an diesen Komiker, der behauptet, daß er mich im Concert Pacra gekannt hat. Aber ich erinnerte mich nicht mehr an ihn. Ich bin über fünfzigmal in diesem Theater gewesen, ohne daß ich in der Lage wäre zu sagen, welche Farbe die Sessel hatten, auf welcher Seite der Bühne die Künstlerlogen waren. Und so ist es mit allem andern, außer für die Zeit, in der ich mit meiner Mutter zusammenlebte, bis zu meinem siebzehnten Lebensjahr.

Ich weiß, daß ich dies und jenes getan habe, daß ich in einer bestimmten Stadt gewesen bin, daß ich diesen neuen Zaubertrick gelernt habe, daß ich in jenem Haus gewohnt habe.

Warte! Ich glaube, daß ich dir erklären kann, was ich verspüre. Es ist schon vorgekommen, wenn wir im Kino waren, daß ein Film weitergelaufen ist, obgleich der Ton ausgefallen war. Man sieht dann die Personen, die sich bewegen, hin und her gehen, den Mund aufmachen, lächeln oder sich ärgern, aber das hat überhaupt keinen Sinn, kein Leben mehr.«

»Ißt du nicht?«

»Interessiert es dich nicht?«

»Doch.«

»Meinen Erinnerungen fehlt nicht nur der Ton. Selbst wenn sie von erstaunlicher Klarheit sind, wie auf einem Stahlstich, haben sie keine Wirklichkeit, sie sind ohne Stoff, ohne Geruch. Verstehst du?«

Sie antwortete nur mit einem traurigen Lächeln.

»Du glaubst mir nicht?«

»Ich glaube, daß du versuchst, glücklich zu sein. Du tust dein Mögliches, um dich selbst davon zu überzeugen. Das dauert jetzt mindestens schon fünf Jahre. Ich erinnere mich an das erste Mal, zwei Jahre vor Mamas Tod.«

»Ich hatte getrunken.«

»Ja. Vorher kam es auch mal vor, daß du getrunken hast.«

»Nicht so, daß ich betrunken war. Der Alkohol hatte nicht die gleiche Wirkung auf mich.«

»Und bevor du mich gekannt hast . . . Du hast mir selber von den Nächten erzählt, die du mit Kameraden verbracht hast . . .«

»Ich hatte keine Gewissensbisse, ich stellte mir keine Fragen, und vor allem, ich machte niemandem Kummer.«

Er ließ eine ganze Minute verstreichen, rief sie plötzlich an, mit zugleich flehendem und fast fröhlichem Gesicht.

»Julie!«

Sie zuckte zusammen, wandte ihre ausdruckslosen Augen ihm zu.

»Lächle, Julie!«

»Willst du unbedingt, daß ich so tue?«

»Weil du unfähig bist, mir zuzulächeln?«

»Weißt du, ich glaube, daß du etwas zerbrochen hast.«

Entmutigt stand er auf. Es hatte keinen Sinn, darauf zu bestehen. Er hatte recht gehabt, als er beim Wachwerden glaubte, daß sich etwas Nichtwiedergutzumachendes ereignet hatte. Mit leerem Kopf ging er in sein Arbeitszimmer, und es war mit seinem Arbeitszimmer wie mit den alten Erinnerungen, von denen er gerade gesprochen hatte. Er fand kein Leben darin. Er berührte Gegenstände, die ihm fremd zu sein schienen. Er wußte nicht, wo er sich hinbegeben sollte, spürte nicht mehr, daß sein Platz in der Wohnung war. Seine beiden nicht geöffneten Koffer lagen auf dem Boden und mechanisch räumte er sie aus, wobei er jedes Requisit an seinen Platz zurücklegte, doch bevor er fertig war, mußte er ins Bad stürzen, um das wenige, das er gegessen hatte, zu erbrechen.

Julie, damit beschäftigt, den Tisch abzuräumen, öffnete die Tür einen Spalt, um zu sehen, was ihm fehlte. Verschämt machte er ihr ein Zeichen hinauszugehen. Er hatte noch nicht hinausgeschaut, wußte nicht, wie die Farbe des Wetters war. Die Mattglasscheibe war von dem gleichen kalten Weiß wie am Morgen.

Es war besser, sich anzuziehen und auszugehen. Er würde nicht trinken. Er hatte keine Lust dazu. Auf den Bürgersteigen würde er sich an den Alltagswirklichkeiten reiben, würde zwei- oder dreimal um den Häuserblock gehen und dann wieder heimkommen.

Er band seine Krawatte um, zog seine Jacke an, ging durchs Schlafzimmer und trat an den Wandschrank in der Diele, wo sein Mantel hing. Er wollte in die Küche gehen, um Julie Bescheid zu sagen, als sie die Tür aufmachte und einen Blick auf ihn richtete, in dem er so etwas wie Wahnsinn las.

»Gehst du weg?«

»Ich schnappe ein bißchen Luft.«

»Ohne mir Bescheid zu sagen?«

»Ich wollte es gerade tun.«

Sie hatte einen Topf in der Hand, den sie gerade scheuerte.

»Bis gleich«, sagte er.

Er trat auf den Treppenabsatz, zog die Wohnungstür hinter sich zu. Dann knöpfte er seinen Mantel zu, ging die Treppe hinunter. Intuitiv spürte er, daß es ein Fehler war, wegzugehen, und er hatte sogar das Gefühl, daß er eine schlechte Tat beging. Auf der dritten Stufe zögerte er, stieg zwei weitere Stufen hinab, und in diesem Augenblick ging die Tür wieder auf, und eine Julie, die er kaum wiedererkannte, derart drückte ihr ganzes Wesen Entsetzen aus, rief ihm zu, zunächst unbeweglich:

»Antoine!«

Unfähig sich zu kontrollieren, stürzte sie sich auf ihn, so wie sie war, im Morgenrock, ungekämmt, die Hände noch fettig vom Abwasch. Es glich in nichts dem, was sie bis dahin erlebt hatten. Einen Augenblick lang glaubte er, sie würde verrückt werden oder es sei ihr in der Küche ein Unfall passiert, so wirr war sie, und das machte ihn linkisch; er blieb auf der Treppe stehen, während sie sich schreiend an ihn klammerte, gleichgültig gegenüber den Nachbarn, die sie hören konnten:

»Komm! Komm zurück! Ich bitte dich inständig! ... Verlaß mich nicht, Antoine! ... Ich will nicht ... Ich kann nicht ...«

Sie wiederholte immer wieder diese letzten Worte, unterbrochen von Schluchzern, während er ihr in die Wohnung folgte:

»Ich kann nicht ... Ich kann nicht ...«

Als die Tür zu war, brach sie zusammen, glitt zu seinen Füßen, umklammerte seine beiden Beine mit ihren Armen, legte ihre tränenglänzenden Wangen auf den dunklen Stoff der Hose.

»Verzeihung! ... Verzeih mir, wenn ich nicht immer so bin, wie du möchtest ... Es ist nicht meine Schuld ... Ich tue mein Mögliches ... Ich schwöre dir, daß ich mein Mögliches tue ...«

Sie konnten nicht in dieser Stellung verharren. Er konnte nicht zulassen, daß sie sich noch mehr aufregte.

»Steh auf, Julie.«

»Sag mir, daß du mir verzeihst.«

»Ich habe dir nichts zu verzeihen. Im Gegenteil, ich bin es, der ...«

»Du weißt genau, daß das nicht wahr ist. Du hattest recht, in der letzten Nacht ...«

»Ich schwöre dir ...«

»Ich bin nicht imstande, dich glücklich zu machen. Und doch versuche ich es so sehr!«

»Steh auf.«

Er half ihr dabei, preßte sie an sich, während sie ihr Gesicht an seiner Brust verbarg.

»Bist du mir sehr böse, Antoine?«

»Ich bin dir nie böse gewesen.«

»Haßt du mich?«

Sie schluchzte noch, und es waren tiefe Schluchzer, die ihr die Brust zerreißen mußten und die weh taten, wenn man sie hörte.

»Komm«, sagte er. »Bleiben wir nicht hier stehen . . .«

Er zog sie mit ins Schlafzimmer, mühte sich ab, sie aufs Bett zu legen, das nicht gemacht war, und sie ließ sich schließlich drauf fallen, wobei sie immer noch weinte und ihn mit ängstlicher Stimme rief, als habe er die Absicht wegzugehen.

»Verlaß mich nicht, Antoine! Siehst du, du bist mein Leben. Ich könnte es nie wieder ertragen, allein zu sein. Wenn du mich verlassen würdest . . .«

»Ich werde dich nicht verlassen.«

Er zog seinen Mantel aus, den er auf einen Stuhl legte, ließ seinen Hut auf den Boden fallen. Dann legte er sich neben sie, um sie zu beruhigen.

»Weine nicht mehr. Du darfst dich nicht erschrekken. Ich bin es, der dumm und gemein gewesen ist.«

Wild schüttelte sie den Kopf.

»Du weißt, daß das nicht wahr ist. Ich war es. Ich bin dumm. Ich will dich immer bei mir haben. Ich klammere mich an dich. Ich lasse dir keine Freiheit. Ich habe solche Angst, weißt du . . .«

Sie hatte seine Handgelenke ergriffen und sah ihn durch ihre Tränen hindurch fest an.

Sie sprach jetzt leise, es glich einem Zauberspruch.

»Bitte, Antoine, verlaß mich nie! Ich bin häßlich. Ich bin alt. Ich bin dumm! Ich bin eine Travot, wie du sagst. Aber ja! Ich fühle es genau. Ich tue mein Mögliches, um es nicht zu sein, um so zu werden wie du. Seit elf Jahren, seit wir uns kennen, versuche ich es. Du liebst mich doch noch ein wenig, sag?«

»Ich liebe dich.«

Aber als er versuchte sie zu küssen, schüttelte sie den Kopf.

»Nicht jetzt. Zuerst sollst du Bescheid wissen. Ich habe solche Angst dich zu verlieren, daß es schon vorgekommen ist, daß ich dir auf der Straße ohne dein Wissen gefolgt bin. Auf diese Vergangenheit, von der du vorhin gesprochen hast, bin ich eifersüchtig, nicht nur auf die Frauen, auf die Männer, auf deine ehemaligen Kameraden, auf alles, was du vor mir gekannt hast. Ich kann mich nicht von dem Gedanken freimachen, daß du glücklich warst, daß ich dein Leben verpfuscht habe, als ich dich zwang, das meine zu teilen.«

Er lächelte zärtlich.

»Du hast mich gezwungen?«

Und sie, ebenfalls fast mit einem Lächeln:

»Hast du es nicht gemerkt? Bildest du dir ein, daß du die ersten Schritte gemacht hast?«

Mit noch heiserer Stimme bat sie: »Küß mich.«

Sie hatten beide einen brennenden Mund, und Antoines geschlossene Augen füllten sich mit Wasser, während er sie an sich drückte.

Als sie beide wieder zu Atem kamen, stammelte sie an seinem Ohr:

»Wirst du nicht weggehen?«

»Nein.«

»Trotz allem? Selbst wenn ...«

»Wenn was?«

»Wenn ich noch dümmer und noch eifersüchtiger werden sollte?«

Er öffnete nicht die Augen. Es tat gut, sie von Kopf bis zu den Füßen an sich gedrückt zu spüren, während ihr Atem allmählich den gleichen Rhythmus annahm. Er wußte nicht, ob sie ihn ansah oder ob auch sie die Augen geschlossen hielt. Er war gerührt. Es war kein Schmerz mehr in seinem Kopf, sondern so etwas wie ein Schwindel.

»Ich liebe dich, Antoine.«

»Ich liebe dich auch.«

»Du bist schön.«

Er erinnerte sich an den Blick – den ersten –, den sie ihm in der Pension in La Bourboule zugeworfen hatte, als er im Frack, seine schwarze Halbmaske vor dem Gesicht, heruntergekommen war, um im Speisesaal, wo man die Tische an die Wand gerückt hatte, eine Vorstellung zu geben.

Er drückte sie noch fester. Sie schwiegen. Die Taxis und die Autobusse an der Ecke des Faubourg Saint-Honoré hupten alle gleichzeitig. Es war sehr warm in der Wohnung. Beiden war das Blut zu Kopf gestiegen, ihre Nerven lagen bloß und jeder hatte den Geschmack des Speichels des andern im Mund.

Sie blieben lange so liegen, fast ohne sich zu rühren, und man hätte nicht sagen können, wer von beiden die notwendige Gebärde ausgeführt hatte. Gemeinsam strafften sich ihre Körper und danach, als sie sich entspannten, gab es eine große, beruhigende Leere.

Sie flüsterte:

»Antoine!«

Um ihr zu zeigen, daß er nicht schlief, streichelte er ihre Haare.

»Es ist fast Nacht.«

Als er die Augen aufmachte, sah er auf der Wand die Zeichnung der Spitzenvorhänge, die von den Lichtern von draußen daraufgeworfen wurde.

»Sollen wir einen Spaziergang machen?« schlug er vor.

»Ich bin nicht angezogen.«

»Dann zieh dich an. Es sei denn, daß du keine Lust hast.«

»Doch. Ich habe nur ein wenig Angst, Licht zu machen.«

»Dann mach eben kein Licht.«

»Wie soll ich mich dann frisieren?«

Sie waren beide noch innerlich getroffen, einer dem andern gegenüber noch gehemmt.

»Ich beeile mich. Lies bis dahin die Zeitung.«

Er ging nicht nur ins Eßzimmer, das ihnen auch als Wohnzimmer diente, um die Tageszeitung zu lesen, sondern wärmte sich auch noch eine Tasse Kaffee auf, rief durch die Tür:

»Willst du auch?«

»Was?«

»Kaffee.«

»Danke.«

»Danke ja?«

»Danke nein.«

Das amüsierte sie wie ein Spiel. Sie hatten ein wenig den Eindruck, ihre Unschuld wiederzufinden. Durch die Geräusche im Bad und im Schlafzimmer wußte Antoine, wie weit sie mit ihrer Toilette war. Er hatte es eilig, an die frische Luft zu kommen, zu gehen, Lichter zu sehen, unbekannte Gesichter. Es war ein wenig wie der Kaffee am Morgen. Es gibt Dinge, die man nur in Augenblicken der Krise zu schätzen weiß oder wenn man befürchtet, sie zu verlieren, wie ganz einfach das Geräusch von Schritten auf einem frostharten Bürgersteig, der Anblick der Auslagen eines Gemüseladens, deren Geruch man mitnimmt, die gelben Lichter der Taxis, die um die Place des Ternes herumfahren und das ungeduldige Hupen, das schließlich eine Symphonie bildet.

Sie hatte ihr bestes Kleid angezogen, ihren neuen Mantel. Verschämt lächelnd streifte sie ihre Handschuhe über.

»Habe ich dich nicht zu lange warten lassen?«

»Nein.«

»Bin ich einigermaßen nach deinem Geschmack?«

»Ich liebe dich.«

»Selbst häßlich?«

Jetzt konnten sie einen leichten Ton anschlagen.

»Warte. Ich hätte beinahe vergessen, das Gas abzudrehen. Hast du den Schlüssel?«

»Ich habe ihn.«

Sie gingen die Treppe hinunter, wobei sie sich eingehakt hatten, und zweimal mußten sie lachen, weil Julie sich am Geländer gestoßen hatte. Draußen sprang sie unvermittelt die kühle Luft an, und in dem Augenblick, als sie sie ins Gesicht traf, als sich ihre Lungen damit füllten, sahen sie sich mit funkelnden Augen an.

»Wir sind beide dumm gewesen!« sagte er und nahm sie am Arm.

»Bist du sicher, daß du nicht unglücklich bist?«

Er tat so, als ärgere er sich.

»Schon wieder?«

»Ich weiß natürlich, daß du es nicht bist. Ich glaube es wenigstens. Aber ich muß es immer wieder bestätigt bekommen! Du hättest jede andere Frau haben können, und du bist an ein altes Mädchen geraten, das keinerlei Vorzüge aufzuweisen hat.«

»Wo gehen wir hin?«

»Wohin du willst.«

Das bedeutete, daß sie zunächst einmal die Avenue Wagram hinaufgehen würden bis zum Etoile. Es war fünf Uhr nachmittags. Die Schaufenster waren erleuchtet, die Kinos strahlten im Glanz ihrer Lichter, vor den Kneipen flackerten die Firmenschilder.

»Weißt du, was ich vorschlagen möchte?« sagte er, als sie das Schaufenster eines Radiohändlers betrachteten.

»Ja.«

»Was?«

»Sag du es zuerst.«

»Hast du es wirklich erraten?«

»Ich glaube.«

»Daß wir heute abend im Restaurant essen. Was hast du gemeint? Hast du den gleichen Gedanken gehabt?«

»Ja.«

»Würde es dir Spaß machen?«

»Wenn es dir Spaß macht.«

»Würdest du lieber zu Hause essen?«

»Nein.«

»Sollen wir zuerst ein Stück gehen?«

»Ja.«

»Gehen wir über die Champs-Elysées?«

Sie gingen über die Champs-Elysées, immer noch Arm in Arm, und ohne es zu merken, glichen sie sich dem Schritt der Menge an, die in einer Prozession auf dem Bürgersteig dahinströmte, blieben mit ihr vor den Schaufenstern stehen und gingen wie auf Signal wieder weiter.

»Zufrieden?«

»Und du?«

»Ich bin der glücklichste aller Männer. Heute morgen habe ich große Angst gehabt.«

»Wovor?«

»Daß ich etwas zerbrochen haben könnte, das sich nicht mehr reparieren läßt.«

Sie begnügte sich mit einem Druck ihrer Finger auf seinem Handgelenk.

»Pst! . . .«

»Im Grunde bin ich ein armer Wicht.«

»Sag das nicht.«

»Es stimmt aber. Und du weißt es auch.«

»Ich liebe dich.«

»Trotzdem ist nicht viel mit mir los.«

Diesmal zeigte sie, statt ihm zu antworten, auf einen dicken amerikanischen Wagen in einem riesigen Schaufenster.

»Schau mal.«

Er hatte noch das Gefühl, als seien sein Körper und sein Kopf leer, aber es war schon ein wenig wie eine Genesung. Sie kamen zu Fuß an der Madeleine an, und dort war eine verglaste Terrasse, die von einem Kohlenbecken beheizt wurde.

»Sollen wir uns einen Augenblick hineinsetzen?«

An fast allen Tischen wurden Aperitifs serviert. Er fürchtete, sie könne Angst haben. Er wurde sogar rot dabei, als er sich sagte, daß sie daran gedacht hatte und daß sie auf eine Frage antworten mußte, die ihr niemand gestellt hatte. Er murmelte:

»Ich würde gern ein Fläschchen Vichy-Wasser trinken.«

Er vermied es, sie anzusehen, aber er wußte, daß sie nicht lächelte.

4

Er trug die Hausjacke aus schwarzem Samt, die Julie ihm zwei Jahre zuvor zu seinem Geburtstag geschenkt hatte, und an seinem Halstuch aus weißer Seide steckte eine mit einem Granat geschmückte Nadel. Obgleich es schon zehn Uhr war, brannte die Lampe über seinem Schreibtisch, und in dem Lichtkreis gab er sich einer Geduldsarbeit hin, pickte mit einer Pinzette Druckbuchstaben aus Gummi aus einem Kasten, wie man sie den Kindern zu Weihnachten schenkt, um damit einen dreizeiligen Text herzustellen, den er nachher auf dreihundert mit seinem Foto geschmückten Rundschreiben vervielfältigen würde. Es war eine Angewohnheit von ihm, auf diese Weise seinen Rundschreiben ein oder zwei Sätze hinzuzufügen, und er maß dem eine große Bedeutung bei, wie er früher einmal Julie erklärt hatte, das machte sie aktueller. Heute zum Beispiel, Mitte Januar, bereitete er die Ostersaison vor.

Er hatte absichtlich diese lästige und langweilige Arbeit gewählt. Der zweite Tag war fast noch schwieriger als der erste, denn die Überschwenglichkeit war verflogen, und die Erinnerung an ihr Fieber vom Vortag war ihm genauso peinlich wie die Erinnerung an die Szene nach Bourg-la-Reine.

Für Julie war es nicht das gleiche. Sie hätte immer in dieser Überschwenglichkeit leben können. Sie verhielt sich an diesem Morgen auch weiterhin wie eine Jungvermählte, und im Augenblick sang sie gerade, während sie das Schlafzimmer machte. Dennoch blieb sie auf der Hut, achtete ängstlich auf die kleinsten Reaktionen Antoines, und während des Frühstücks hatte sie sich zweimal besorgt darüber gezeigt, ihn ein wenig einsilbig zu sehen.

Sie hatte nichts gesagt. Das hatte sich nur durch flüchtige Blicke geäußert. Damit sie nicht wieder den Halt verlor, hatte er eilig erklärt:

»Ich frage mich, ob meine Leber nicht angegriffen ist.«

»Du siehst nicht gut aus. Warum ruhst du dich nicht den ganzen Tag aus?«

Er hatte vier Tage ohne Vorstellung vor sich. Jedes Jahr war nach den Feiertagen und dem Januarende eine Flaute.

»Ich mache lieber meine Rundschreiben fertig. Das ist nicht anstrengend.«

Sie kannte nicht das gleiche Schamgefühl wie er und hätte am liebsten ihr ganzes Leben in dieser Art seligem Zustand verbracht, wie sie ihn am Abend zuvor erlebt hatten.

»Soll ich dir eine Tasse Kräutertee machen?«

Er hatte zugestimmt, um seiner Geschichte von der kranken Leber Substanz zu geben. Es war übrigens möglich, daß es tatsächlich die Leber war, obgleich sein Unbehagen ebenso sehr geistig wie physisch war. Sein Teint spielte ein wenig ins Gelbliche, und er hatte einen schlechten Geschmack im Mund.

Vor allem aber mußte er sein normales Leben wiederfinden, das Alltagsleben. Er versuchte, seine üblichen Bewegungen und Gesten wiederzufinden, seine Manien, doch er hatte den Eindruck, eine Rolle zu spielen. War das nicht lächerlich? Wegen einiger Gläser Alkohol hatten sie mit nichts ein Drama aufgeführt, und jetzt war er unfähig, wieder richtig auf die Höhe zu kommen.

»Ist dir nicht zu warm?«

»Ich fühle mich wohl.«

»Darf ich dich küssen?«

Er nickte lächelnd, und er lächelte schlecht. Er war fünfundfünfzig Jahre alt, sie achtundvierzig. Am Abend zuvor hatten sie sich verhalten wie ein junges Paar, das man umschlungen auf den Bänken sieht. Julie war so ergriffen von ihrer Liebe, daß sie nichts von dem gemerkt hatte, was sich in dem Restaurant abspielte, in dem sie schließlich zu Abend gegessen hatten.

Er hatte es ausgesucht, in der Nähe der Opéra. Er war vorher nur einmal mit ihr dort gewesen, anläßlich eines Hochzeitstages, denn es war ein teures Lokal. Anstelle des Hors-d'œuvre gab es dort an die zwanzig Wurstsorten, Schweinernes, wie es auf der Menükarte hieß, Schinken, Schweinemett, Würste aus allen Provinzen, drei oder vier Sorten Pasteten, mit einem Klumpen Butter auf dem Tisch. Julie war verrückt nach Wurstwaren.

»Glaubst du, daß ich gut genug angezogen bin, um dorthin zu gehen?«

Man hatte ihnen einen Tisch neben einer Säule gegeben, und die erste Person, die Antoine erblickt hatte, war niemand anderes als der Mann mit dem Schnurrbart und der Rosette. Er hatte sich in der Nacht zuvor geirrt, als er ihn für einen Beamten gehalten hatte, oder aber er war ein sehr hoher Beamter, vielleicht Kabinettschef. Seine Kleider waren vom besten Schneider, und alles, was er auf sich trug, war raffiniert. In seiner Begleitung war eine junge, schöne Frau, deren kleines Abendkleid die Schultern freiließ. Beide hatten einen Ehering am Finger, und an der Art, wie sie sich verhielten, hatte Antoine geschlossen, daß sie Mann und Frau waren.

»Was schaust du?«

Dann, sich in der Richtung seines Blickes irrend:

»Es sind echte Perlen.«

Der Mann hatte ihn erst etwas später gesehen. Seine Augen waren beinahe über ihn hinweggegangen, ohne an ihm hängenzubleiben, dann hatte er die Stirn gerunzelt, wie wenn man sich fragt, wo man ein Gesicht schon einmal gesehen hat. Bei ihm war keine Spur mehr von der Trunkenheit der vergangenen Nacht zu erkennen. Die Haut seiner Wangen war gespannt und rosig, er war glatt rasiert, und man hatte den Eindruck, daß ein leichtes Parfüm seinem Schnurrbart entströmte.

Antoine erriet die Worte auf den Lippen der Frau:

»Wer ist das?«

Der Mann gab wahrscheinlich zur Antwort:

»Das frage ich mich gerade.«

Er fand es nicht heraus, suchte weiter. Seine Gefährtin flüsterte ihm dann, nachdem sie Julie eingehend gemustert hatte, etwas ins Ohr, lachte darauf, während er seinerseits gleichzeitig amüsiert und nachsichtig lächelte.

Was hatte sie gesagt? Weder Julie noch er waren in diesem Restaurant ganz am Platze. Wahrscheinlich nahm man an, daß sie aus der Provinz kamen, oder aber, wie das letzte Mal, daß sie einen Hochzeitstag feierten.

»Liebst du mich?«

Das war das Spiel des Abends gewesen. Alle fünf Minuten schmetterte sie ihm diese Frage mit einem schalkhaften Lächeln entgegen.

»Eines Tages mußt du mir ganz offen gestehen, warum du mich geliebt hast.«

Das andere Paar war vor ihnen aufgebrochen. In dem Augenblick, in dem er aufstand, hatte der Mann die Zeit gefunden, sich zu erinnern. Antoine hatte gesehen, wie sich sein Gesicht veränderte, wie seine Stirn rot wurde, und als er vorbeiging, hatte er es vermieden, sich nach ihrer Seite zu drehen.

»Bist du sicher, daß du sie nicht kennst?«

»Bestimmt.«

»Sie haben dich die ganze Zeit über beobachtet. Wahrscheinlich haben sie dich irgendwo auf der Bühne gesehen.«

Warum quälte ihn diese Erinnerung? War es nicht ein merkwürdiger Zufall, dieselbe Person an zwei Abenden hintereinander an so verschiedenen Orten zu sehen? Das Verwirrendste war, daß es eine gewisse Ähnlichkeit zwischen ihnen gab, fast ebenso deutlich wie zwischen zwei Brüdern. Der Mann glich vor allem Antoine im Frack, leicht geschminkt, wenn er seine

Nummer abzog. Seine Gefährtin, mindestens zwanzig Jahre jünger als er, war eine jener Frauen, die man aus einem teuren Wagen aussteigen sieht, eingehüllt in Pelze, vor den Bars an den Champs-Elysées oder vor der Tür der Couturiers.

Hin und wieder erwischte er einen falschen Buchstaben, mußte ein Wort neu zusammensetzen.

»Brauchst du etwas?«

»Danke.«

»Fühlst du dich besser?«

»Ja.«

Sein Arbeitszimmer ging auf den Hof und langsam fiel feiner Schneestaub. Die Backsteine auf der anderen Seite waren von einem dunklen Braun. Das Fenster von gegenüber, etwas tiefer liegend, erlaubte es Antoine, in ein Modistinnenatelier hineinzublicken, in dem drei häßliche Mädchen arbeiteten, von denen jede eine elektrische Birne ohne Lampenschirm über dem Kopf hängen hatte. Acht Holzköpfe – er hatte sie oft gezählt – standen nebeneinander auf einem Tisch.

Es war die Wahrheit, was er gestern Julie über seine Vergangenheit gesagt hatte. Er mochte nur die Art nicht, wie er darüber gesprochen hatte, weil es schwärmerisch klang, aber im ganzen gesehen gab es ziemlich genau wieder, was er empfand. In allem, was er gesagt hatte, war ein Körnchen Wahrheit, bei der Szene in der Nacht übrigens genauso wie bei der am nächsten Tag.

Man sollte nie an diese Dinge denken. Wohin führt das? Hatte er sich vorher um diese Fragen gekümmert?

Er fragte es sich plötzlich, fand jedoch nicht sofort die Antwort.

»Auch vorher kam es vor, daß du getrunken hast«, hatte Julie bemerkt.

Das stimmte. Warum hatte das plötzlich eine solche Wirkung auf ihn? Sollte es etwa eine Frage des Alters sein, vertrug sein Organismus den Alkohol nicht mehr?

Aber warum gab er dann unweigerlich ihr die Schuld, immer auf die gleiche Weise, ungefähr mit den gleichen Worten?

Er hatte sie nicht angelogen, als er behauptet hatte, daß er vor ihr nicht glücklich gewesen war, außer zu Lebzeiten seiner Mutter. Er hätte nicht von der Sache mit dem Kino reden sollen – seine Geschichte von dem Film, der ohne Ton weiterläuft. Das war übertrieben, zu dick aufgetragen. Dennoch war es eine Tatsache, daß es seinen Erinnerungen an menschlicher Wärme fehlte.

Zuerst hatte er lange, über zehn Jahre lang, möbliert gewohnt, zum einen, weil er zu arm war, um sich eine Wohnung leisten zu können, zum andern, weil er nicht daran dachte, sein Leben noch zusätzlich zu erschweren. Es war die Zeit, wo er einen Teil seiner Tage in der Brasserie du Globe am Boulevard de Strasbourg verbrachte, die so etwas wie der Rummelplatz der Schauspieler und der Künstler des Music-Hall ist. Selbst wenn man kein Geld hat, um sich ein Getränk zu leisten, bleibt man doch dort, in Gruppen zwischen den Tischen stehend, in der Hoffnung, daß ein Impresario an einen denkt. Dort mußte er auch Dagobert, dem Komiker, begegnet sein.

Er hatte sein Zimmer in den meisten Hotels des

Viertels zwischen der République und der Rue du Faubourg Poissonnière für einen Monat oder eine Woche gemietet. Er hatte so ziemlich nach überall hin Tourneen unternommen, in den Süden, in die Bretagne, nach Belgien, zweimal in die Schweiz, wo der Impresario sie beim zweiten Mal ohne einen Pfennig hatte sitzenlassen und von wo der französische Konsul sie hatte repatriieren müssen.

War er in jener Zeit unglücklich? Wenn er es recht überlegte, war er da gar nicht so sicher. Man spricht von der Sorglosigkeit der Jugend, und er erinnerte sich nicht, sorglos gewesen zu sein. Woran er sich besser erinnerte, das waren endlose Märsche im Regen, weil er kein Geld hatte, um die Metro oder den Autobus zu bezahlen, mit Schuhen, die das Wasser durchließen. Er war mindestens schon dreißig Jahre alt gewesen, als er sich leisten konnte, keine Schuhe mit durchlöcherten Sohlen mehr zu tragen.

»Du hättest doch jede andere Frau haben können.«

Das stimmte auch nicht. Er hatte Julie nicht widersprechen wollen, aber sie täuschte sich. Er hatte mit einer gewissen Anzahl von Frauen Verhältnisse gehabt, doch keine hatte eine besonders starke Erinnerung in ihm hinterlassen. Sie gehörten fast alle zum Theater, zum Varieté oder zum Zirkus – denn er hatte auch im Zirkus gearbeitet. Es waren keine Stars, sondern Kleindarstellerinnen, Statistinnen, Tänzerinnen, mit denen man kameradschaftlich verkehrte.

Von Liebe war nie die Rede. Es geschah zufällig. Manchmal, weil eine von ihnen vor die Tür ihres möblierten Zimmers gesetzt worden war und nicht wußte, wo sie schlafen sollte, oder auch, bei einer Tournee, wenn in dem letztklassigen Hotel, in dem die Truppe abgestiegen war, nicht genügend Betten für alle da waren. Manchmal auch im Zug, wenn man eine ganze Nacht zu zehnt oder zu zwölft in einem Abteil zusammengepfercht war.

Er träumte damals davon, ein eigenes Zimmer zu haben, um zu arbeiten, seine Zauberkunststücke auszufeilen, seine Requisiten zu vervollkommnen. Darauf hatte er warten müssen, bis er achtunddreißig Jahre alt geworden war. Ironischerweise, weil die Konkurrenz des Kinos den Beruf immer schwieriger machte.

Irgendein Kollege, an dessen Namen er sich nicht mehr erinnerte, hatte zu ihm gesagt:

»Warum versuchst du es nicht mal bei den Wohltätigkeitsveranstaltungen, bei den Vereinen, den Amateurabenden?«

Das hieß soviel, wie sich selbständig machen, und damit hatte ihn der Ehrgeiz gepackt, eine eigene Wohnung zu besitzen. Er hatte am Boulevard du Temple eine gefunden, zwei Schritte vom Théâtre Dejazet und vom Cirque d'Hiver entfernt, nicht weit von der Rue du Faubourg-du-Temple weg, wo er auf die Welt gekommen war. Sein ganzes Leben lang, bis er Julie kennengelernt hatte, war er immer im gleichen Viertel im Kreis gegangen.

Die Wohnung hatte nur zwei Zimmer, im fünften Stock, ohne Aufzug. Er hatte ein Bett, einen Tisch und Stühle bei einem Trödler in einer Nachbarstraße gekauft. Eines Abends hatte er in einem Café am Boulevard Saint-Martin Alice getroffen, die zur gleichen Zeit wie er im Médrano gearbeitet hatte (sie waren sechs Mädchen, die sich auf den Köpfen der Elefanten, die man vorführte, im Gleichgewicht hielten) und mit der er mal einen Abend geschlafen hatte.

Er war jetzt nicht mehr in der Lage zu sagen, wie er sie nach Hause gebracht hatte. Er hatte nicht die Absicht, ein Verhältnis anzufangen. Alice war ein farbloses, bleichsüchtiges Mädchen mit Augen von durchsichtigem Blau, die immer ein marineblaues Kostüm trug und stundenlang ins Leere starren konnte.

Genaugenommen hatte er sie für einen Abend mitgenommen und sie war geblieben. Am andern Morgen war sie hinuntergegangen, um Wurst zu kaufen. Sie hatte kein Gepäck, besaß nur das, was sie am Leibe trug, und in den ersten Wochen mußte sie ihre Wäsche in einer Schüssel waschen und zum Trocknen aufhängen, bevor sie schlafenging.

Im nachhinein wunderte er sich, daß er sie nie gefragt hatte, wo sie herkam. Er wußte nichts von ihr. Sie war einfach so in sein Leben getreten, durch einen Zufall. Ihr Körper zog ihn nicht an. Er erinnerte sich vor allem an ihre übertrieben weiße Haut, an eine gewisse ungesunde Schlaffheit. Er konnte sich nicht erinnern, sie je lachen gesehen zu haben. Trotz ihrer Anwesenheit hatte sich die Wohnung nicht geändert, die Einrichtung war nie vollständig gewesen, er hatte den berühmten Schreibtisch, von dem er immer geträumt hatte, noch nicht angeschafft.

Sie lebten wie im Hotel, nur mit dem Unterschied, daß sie manchmal drei Tage lang nicht das Bett machten, und daß sie nur zu Hause aßen, wenn sie nicht genug Geld hatten, um sich das Restaurant leisten zu können. Sie schliefen lange, verbrachten ganze Tage im Bett und hörten die Autobusse unter ihren Fenstern vorbeifahren.

Eines Tages war ihm der Gedanke gekommen, da es Alice nun einmal gab, sie zu gebrauchen, und er hatte eine Nummer mit Gedankenübertragung mit ihr eingeübt. Auf dem Programm hieß das pompös Parapsychologie. Alice trug ein weißes Kleid, das ihr wie ein Nachthemd bis auf die Füße fiel und ihr irgendwie das Aussehen eines Engels aus der Rue Saint-Sulpice gab. Mit ihren Bändern im Haar hatte sie etwas Immaterielles, Beeindruckendes, vor allem, nachdem zwei Zuschauer ihr einen Schal um den Kopf geschlungen hatten, um ihr die Augen zu verbinden.

Er mußte ganze Nachmittage mit ihr üben, um ihr den Code beizubringen, und sie hatte immer solche Angst, sich zu irren, daß sie, wenn er ihr mit autoritärer Stimme befahl, sich in Trance zu versetzen, wirklich zu zittern anfing. Selbst ihre Stimme war ohne Klangfarbe, es war die Stimme eines Kindes oder einer Kranken, und sie hatte eine erstaunliche Wirkung.

In Wahrheit war er heute außerstande, sich aus dem Gedächtnis an ihre Züge zu erinnern. Er sah eine Form vor sich, einen Ausdruck, das war alles. Er sah sie vor allem auf dem Boden liegend wieder, inmitten der Passanten, wie er sie von seinem Fenster aus am letzten Morgen gesehen hatte. Es regnete. Sie waren spät aufgestanden und sollten am Nachmittag den Zug nach Rouen nehmen. Es war nichts zu essen in der Wohnung. Es war April. Es herrschte mildes Wetter. Sie hatte ihren Mantel – einen flaschengrünen Mantel, den er ihr einige Wochen zuvor gekauft hatte – über ihr Nachthemd gezogen und war mit bloßen Füßen in ihre Schuhe geschlüpft. Direkt gegenüber war eine Metzgerei. Sie brauchte nur den Boulevard zu überqueren.

»Vergiß nicht die Zigaretten!« hatte er ihr nachgerufen und sich über das Treppengeländer gebeugt.

Keiner von ihnen ahnte, daß es die letzten Worte waren, die sie hörte. Ohne Grund war er ans Fenster getreten und hatte die Gardine beiseite geschoben. Nicht um ihr mit den Augen zu folgen, sondern eher, um den Regen fallen zu sehen. Nichts Gefühlsbetontes verband sie. Er sah eigentlich nur zufällig, wie sie die Straße überquerte, und mechanisch öffnete er den Mund, um ihr zuzurufen, aufzupassen, als er einen Autobus sah, der aus der Gegenrichtung kam und den Alice wegen eines Lastwagens nicht sehen konnte. Er hörte die Bremsen quietschen, wohnte dem Drama Sekunde um Sekunde bei. Ein Verkehrspolizist, zehn Meter von ihr entfernt, hatte es ebenfalls gesehen. Nur Alice, die ihren Mantel an sich pressend über die Straße lief, merkte nichts.

Das große Fahrzeug rutschte quer über den Asphalt, wo die Räder Spuren hinterließen, und es kam zum Zusammenprall, Schreie ertönten; er machte das Fenster auf und sah, auf dem leuchtenden Schwarz der Fahrbahn, zwischen den Leuten, die einen Kreis bildeten, das Grün des Mantels, die blonden Haare, eine Hand an einem ausgerenkten Arm.

Man bekam nie heraus, wieso ihre Schuhe von den Füßen gerissen und zehn Meter weit geschleudert worden waren. Als man sie auf eine Bahre legte, waren ihre Füße nackt und schmutzig. Sie hatte keine Zeit, ihm etwas zu sagen. Ob sie ihn überhaupt erkannte? Als er sich durch die Menge drängte, war sie schon am Sterben, ein Polizist beugte sich über sie, seine Mütze in der Hand.

Er hatte Julie die Geschichte erzählt, und sie hatte geweint.

Als er Julie in La Bourboule kennengelernt hatte, war Alice die einzige Frau, mit der er länger als eine oder zwei Nächte zusammengelebt hatte. Sie hatten nie von Liebe gesprochen, denn das hätte sie wahrscheinlich beide gestört.

Trotzdem hatten sie vier Jahre lang ihr Leben miteinander geteilt, vierundzwanzig Stunden von vierundzwanzig Stunden, ohne je etwas zu beschließen. Es war ganz natürlich gekommen. Wenn er ausging, ging Alice mit ihm aus, und selbst wenn sie sich nichts zu sagen hatten, gingen sie nebeneinander her. Sie ging mit ihm ins Globe oder in die anderen Kneipen, setzte sich an den gleichen Tisch, mit abwesendem Gesicht, ohne sich in die Unterhaltung einzumischen, die er mit seinen Kameraden hatte.

Zu jener Zeit spielte er in der ersten Etage des Globe oft Billard, worin er sehr gut geworden war. Dieses Spiel brachte ihn seiner wirklichen Leidenschaft noch näher als die Zauberkunst, denn wenn er seiner Neigung hätte folgen können, wäre er Jongleur geworden.

Es kam heute noch vor, daß er statt des Trainings in seinem Arbeitszimmer mit drei Kugeln übte. Er hatte damals nur deshalb aufgegeben und sich der Zauberkunst gewidmet, weil der Mann, von dem es hieß, daß er sich am besten in ganz Frankreich auf diesem Gebiet auskenne, der Meinung gewesen war, daß sein Kreuz nicht biegsam genug sei.

Vor dem grünen Tuch des Billardtisches hatte er die Illusion zu jonglieren, und manchmal spielte er bis zwei Uhr morgens, während Alice, neben ihm vor einem Tischchen sitzend, eine Zeitung las, einen billigen Roman, irgend etwas, oder auch gar nichts tat.

Erst seit er Julie kannte, hatte er das Billardspiel aufgegeben, ohne daß sie ihn darum gebeten hatte, weil es eben nicht in den Rahmen seines neuen Lebens paßte.

Er bereute nichts. Was ihn an solchen Tagen wie heute wunderte, war die Tatsache, daß so viele Jahre, fünfundfünfzig, dahingegangen waren und so wenig zurückgelassen hatten.

Morgen würde es ihm besser gehen, würde er sich keine Fragen mehr stellen, seine Arbeit mit Geschmack und Sorgfalt verrichten, sich wieder um das kümmern, was es zu essen gab, mit Julie übers Wetter reden und über das, was in den Zeitungen stand.

An diesem Morgen war er noch nicht in seinem normalen Zustand. Er stand unter der Nachwirkung der Krise. Er war unzufrieden mit sich. Selbst seine Gesundheit beunruhigte ihn, wegen des Kneifens, das er manchmal in der Brust spürte. Die Ärzte konnten ihm noch so sehr versichern, daß er es nicht am Herz hatte, es blieb immer ein Zweifel, um so mehr, als Julie, die etwa die gleichen Symptome aufwies, tatsächlich herzkrank war.

Dieser Gedanke hatte plötzlich eine komische Wirkung auf ihn. Er war damit beschäftigt, den feuchten Stempel auf die Rundschreiben zu drücken, direkt über sein Foto, und zwar schief, um besser die Aufmerksamkeit darauf zu lenken, und er hörte, wie seine Frau in der Küche mit Schüsseln hantierte.

Was wäre, wenn sie auch sterben würde?

Es war lächerlich, aber er empfand das Bedürfnis sich zu vergewissern, indem er zu ihr ging.

»Brauchst du etwas?«

»Nein. Ich wollte dir nur guten Tag sagen.«

»Ist das wahr?«

»Ja.«

Sie hatte keine Farbe. Sie wurde immer dicker und blasse Fleischwülste bildeten sich so ziemlich überall. Er küßte sie auf den Hals.

»Weißt du auch, daß das lieb ist, was du da tust?«

Er erklärte ihr nicht den komplizierten Grund für seine Handlung. Als er an Alice dachte, hatte er an den Tod gedacht. Alice war allein fortgegangen, ohne eine Liebkosung, ohne ein Wort des Trostes. Er hatte sie nie Liebling genannt, und er fragte sich, ob es vorgekommen ist, daß er sie einmal auf den Mund geküßt hat. Darauf hatte der Gedanke, Julie könnte ebenfalls sterben ...

Er durfte nicht mehr trinken. Er hatte sich oft gefragt, wie das angefangen hatte. Am Tag zuvor hatte er von neuem mit Julie darüber diskutiert. Die Antwort darauf hatte er gefunden, als er in sein Arbeitszimmer zurückging und sich vor seine Rundschreiben setzte. Wie immer, war sie einfach. Er hatte vor etwa fünf

Jahren angefangen, hin und wieder mehr zu trinken, als gut ist, und das fiel zusammen mit der Zeit, in der seine Schwiegermutter nicht mehr aus dem Haus ging, weil ihre Beine anschwollen.

In den letzten beiden Jahren ihres Lebens war sie praktisch bewegungsunfähig und saß von morgens bis abends in dem granatfarbenen Sessel am Fenster. Es war mehr als wahrscheinlich, daß sie ihren Zustand übertrieb, so daß sie sich äußerst anspruchsvoll und unangenehm geben konnte, und das auch reichlich ausnutzte.

Julie hatte schließlich ihrem Mann geraten:

»Du solltest einen Spaziergang machen.«

Denn unter dem Vorwand, von einer Minute zur andern zu sterben, weigerte sich Madame Travot, allein in der Wohnung zu bleiben. Julie mußte ihre Einkäufe und ihre Besorgungen dann machen, wenn Antoine zu Hause war oder aber er mußte die Läden im Viertel abklappern.

»Geh! Du brauchst frische Luft. Aber komm nicht zu spät nach Hause.«

Warum hatte es ihn nie gereizt, im Viertel spazierenzugehen oder einen zu trinken? Sofort hatte er sich zu den Grands Boulevards begeben, genauer zu jenem Teil der Grands Boulevards, wo er immer gelebt hatte. Er kannte dort niemanden mehr, aber er kehrte dennoch dorthin zurück, ohne sich bewußt zu sein, was ihn anzog.

Er trank noch nicht, um zu trinken, sondern weil er ein Getränk bestellen und von Zeit zu Zeit eines nachbestellen mußte.

Damals war er auf seine Schwiegermutter böse, und wenn er Julie angriff, so geschah das nur, weil sie versuchte, sie in Schutz zu nehmen.

Julie erinnerte sich an das Datum. Alles, was er während ihres gemeinsamen Lebens zu ihr gesagt hatte, war in ihrem Gedächtnis eingegraben.

»Im Grunde bist du und bleibst du eine Travot.« Er hatte nichts gegen den alten Travot, der tot war und den er nicht gekannt hatte. Sein Foto stand auf dem Kamin. Er war ein sanfter Mann, ein wenig furchtsam und verschlossen. Er hatte sein ganzes Leben in seiner Apotheke verbracht, wo eine Herzattacke ihn hinter seiner Theke dahingerafft hatte.

Nach Jahren des Ehelebens hatte Julie ihm anvertraut, was das Geheimnis und die Schande der Travots ausmachte. Der Apotheker trank nicht, aber mit etwa fünfzig fing er an, dem Äther zu frönen. Da er den ganzen Tag welchen in Reichweite hatte, war es schwer, ihn am Einatmen des Äthers zu hindern, so daß der Gehilfe die Anweisung hatte, ihn nicht aus den Augen zu lassen, und seine Frau schließlich, unter dem Vorwand ihm zu helfen, die meiste Zeit im Laden verbrachte. Er gebrauchte anscheinend alle möglichen Tricks, versteckte den Äther in Fläschchen, die die verschiedensten Etiketten trugen, riskierte auf diese Weise schlimme Pannen.

Wenn Antoine sagte »die Travots«, dachte er nicht an ihn, sondern an die alte Frau.

War es denn nicht möglich zu leben, ohne sich um diese Dinge zu kümmern? Gestern abend zum Beispiel spazierten Julie und er die Champs-Elysées hinunter.

Die Bürgersteige waren schwarz von Menschen. Mit dem Hin und Her der wegen der Winterszeit dunkel gekleideten Leute erweckte das den Eindruck eines Ameisenhaufens. Von der Etoile bis zur Concorde waren Tausende von Personen in Bewegung, Männer und Frauen, Junge und Alte, Leute seines Alters und Familien, die Kinder hinter sich herzogen.

Die Kinos verkündeten die Filmtitel in Leuchtbuchstaben und vor den Kassen bildeten sich Schlangen. In den Schaufenstern der Geschäfte sah man Abendkleider, Röcke, Schuhe, Koffer. Leute gingen hinein, die verhandelten und kauften. Junge Mädchen zogen den Kunden die Schuhe aus, um ihnen andere anzuprobieren, wobei sie den Eindruck machten, als knieten sie vor ihnen nieder. Ein ganzes Schaufenster an der Ecke einer Straße enthielt nur Kindtaufdragées, rosafarbene für die Mädchen, blaue für die Jungens, während man im Warenhaus Prisunic Schlittschuhe und Skis ausstellte.

Durfte man annehmen, daß in dieser ganzen Menge Antoine und Julie die einzigen waren, die einen dramatischen Tag durchlebt hatten und sich mit ihren Problemen beschäftigten, die einzigen, die sich voller Angst Fragen stellten, auf die sie nicht antworten konnten?

In den Augen der andern waren sie ein glückliches Paar. Julie hing an seinem Arm und preßte beim Gehen ihre Hüfte gegen die seine. Beide lächelten sie selig. Sie hatten sich die Koffer und die Skis angeschaut, die Dragées, die sie nicht kaufen würden.

Er versuchte, seinen Gedanken weiter zu treiben. Es war noch ziemlich verschwommen. Sie schienen also sorglos zu sein, lebten das Leben, wie man es sich vorstellt, waren ein richtiges Paar, verheiratete Leute, die sich gut verstehen und Arm in Arm spazierengehen, wobei sie die frische Luft einatmen, sich dann auf eine Terrasse setzen und darauf warten, bis die Zeit gekommen ist, sich ein gutes Abendessen im Restaurant zu leisten.

Das war so wahr, daß sie fast ein wenig lächerlich wirkten. Die Gefährtin des Mannes mit dem Schnurrbart hatte gelächelt, als sie sie musterte, und ihm Bemerkungen über sie ins Ohr geflüstert. Ob sie ahnte, was sie gerade während der Nacht und noch während des größten Teils des Tages durchlebt hatten?

Warum hätten sie Ausnahmen sein sollen? Warum sollten die Tausende von Männern und Frauen, die die Champs-Elysées hinauf- oder hinuntergingen, nicht ebenfalls Probleme der gleichen Art gehabt haben?

War es Antoine, der im Fehler war, das Leben allzu ernst zu nehmen?

Gut! Er kam darüber zu einer anderen Frage, und die war wesentlich. Sie war fast der Angelpunkt seiner Sorgen. Auch er lebte tagelang, oft wochenlang, ohne an etwas zu denken, zumindest an nichts Beunruhigendes, machte die üblichen Bewegungen, sprach die fast immer gleichen Sätze und fand ein Vergnügen an einer Menge kleiner Freuden, wie etwa am Morgen seinen Kaffee zu trinken und dazu die Zeitung zu lesen, seine Hausjacke aus schwarzem Samt anzuziehen, bevor er in sein Arbeitszimmer ging, sie gegen einen grauen Baumwollkittel zu vertauschen, wie ihn die Lebensmittelhändler tragen, um an seiner Werkbank zu arbeiten.

Es war auch ein Vergnügen, wenn er in irgendeinen Saal kam, seine beiden flachen Koffer in eine Ecke zu stellen und ganz allein, sich nur undeutlich des Stimmengewirrs des Publikums auf der anderen Seite des Vorhangs bewußt werdend, seine Requisiten vorzubereiten und seinen Frack anzuziehen.

Wo war er stehengeblieben? Er durfte den Faden nicht verlieren. Er suchte hartnäckig, die Stirn in Falten gelegt, wie wenn er einen neuen Zaubertrick im Kopf hatte und es manchmal Wochen dauerte, bis er die Lösung fand. In solchen Augenblicken verstand Julie sofort und sah ihn voller Rührung an, in die sich ein wenig Unruhe mischte, denn es kam vor, daß er darüber den Appetit verlor.

»Du arbeitest zuviel«, sagte sie. »Du suchst zu sehr die Perfektion. Die andern begnügen sich mit . . .«

Wochenlang also . . . Ja. Mit einem Wort, man konnte denken, daß das das normale Leben war. Und es ist doch gerade dieses Leben, das man die andern sehen läßt, dieses Leben, von dem man spricht und dessen man sich nicht schämt.

Und plötzlich, weil er den Atem eines Mannes roch, der gerade Bier getrunken hatte, fing er ebenfalls an zu trinken, nicht weil es ihm schmeckte, nicht, weil er den Alkohol mochte, sondern weil . . .

Weil was? Gerade dies war der Kern der Frage. Und er war nicht der einzige, der sie sich stellte. Der Mann mit der Rosette sah reich aus, gesund, und er führte, nach dem zu urteilen, was Antoine im Restaurant gesehen hatte, ein angenehmes Leben. Seine Frau, falls sie es war, die sich in seiner Begleitung befand, gehörte zu jenen, nach denen man sich unwillkürlich auf der Straße umdreht.

Und dennoch war dieser Mann um zwei oder drei Uhr morgens im Begriff gewesen, sich allein und traurig in einer Kneipe zu betrinken, in dem das Strandgut der Nacht landete, und als sein Blick dem Antoines begegnet war, hatte er sich geschämt, und er war einige Minuten später sogar auf die Idee gekommen, seine Rosette abzunehmen.

Was hatte das zu bedeuten? Und der dicke Komiker, der ihm die Geschichte eines Engagements in Nevers erzählt hatte und dabei wußte, daß er ihm nicht glauben würde? Und all die andern, die in derselben Nacht durch die Kneipen von Paris und anderswo zogen?

Denn es war unmöglich zu glauben, daß Antoine und der Mann mit der Rosette Ausnahmen waren. Und Travot mit seinem Äther?

Antoine hatte getrunken. Und weil er getrunken hatte, hatte er das unwiderstehliche Bedürfnis empfunden, Julie, als er nach Hause kam, eine Rede zu halten. Am andern Morgen bildete er sich ein, er habe eine Viertelstunde, höchstens eine Stunde gesprochen. Julie hatte ihm gesagt, daß er über zweieinhalb geschlagene Stunden hochtrabende Reden gehalten hatte, ohne daß sie ihn ein einziges Mal unterbrochen habe.

Während dieser ganzen Zeit war er überzeugt gewesen, sein Herz zu erleichtern. Er fühlte sich unglücklich. Er rief um Hilfe.

Am andern Tag schämte er sich derart über das, was

er gesagt hatte, daß er seine Frau kaum anzusehen wagte und am liebsten vor ihr auf die Knie gefallen wäre, um sie um Verzeihung zu bitten.

Gab es das alles, den »menschlichen Kontakt«, den »Bruder«, den »Travot'schen Geist« nur in seiner Phantasie als Betrunkener?

Warum trank er dann? Denn wenn er zu trinken anfing, dann suchte er ja gerade diesen Kontakt, diese Art, die Menschheit zu sehen und zu spüren, daß er solidarisch mit ihr war, diesen Eindruck der Nichtigkeit und der Ohnmacht angesichts eines furchtbaren Schicksals.

Einige Stunden in seinem Bett, krank und voller Gewissensbisse, und alles änderte sich von neuem, er war gerührt über Julie und über sich selber, über ihre überhitzte Wohnung, über ihr gedämpftes Leben.

Als der Mann mit dem Schnurrbart ihn endlich erkannt hatte, nachdem er lange sein Gedächtnis zermartert hatte, war er rot geworden.

Also war er ebenfalls peinlich berührt über sein Verhalten vom Vortag.

Was mochten wohl seine Gedanken gewesen sein, während er mit gesenkter Stirn, sich mit einer Hand an der Theke festklammernd trank?

Das Wort war zwar emphatisch, aber im Grunde hatte Antoine gar nicht so unrecht, als er im Verlaufe seiner Krise verkündete, daß sie Brüder waren.

»Kannst du in zehn Minuten zum Essen kommen?«

»Wann du willst.«

Er hatte keinen Hunger. Sie hatten am Tag zuvor im Restaurant zuviel gegessen. Julie führte auch weiterhin ihr wiedergefundenes Glück durch die Wohnung, doch wenn sie ihren Mann ansah, blieb noch eine Frage in ihrem Blick, und er war sicher, daß sie sich fragte, wie lange das dauern würde.

Alices Tod damals war ihm nachgegangen, aber nicht aus Gründen der Liebe oder auch nur der Zuneigung. Die Brutalität des Ereignisses hatte ihn überrascht und auch das, was an Schäbigem in dieser Szene lag, der er von seinem Fenster aus beigewohnt hatte. So würde er zum Beispiel nie die schmutzigen Füße vergessen.

Er hatte einige Kameraden angeworben, um dem Begräbnis beizuwohnen, aus Barmherzigkeit gegenüber der Toten, die offensichtlich keine Familie hatte, aber er war nie wieder zum Friedhof gegangen, und er wäre nicht in der Lage gewesen, ihr Grab wiederzufinden.

Gab es überhaupt noch ein Grab? Wahrscheinlich nicht. Wenn er sich recht an das erinnerte, was man ihm erzählt hatte, werden die Toten im Massengrab beigesetzt, wenn die Familie nach fünf Jahren die Grabstelle nicht gekauft hat. Er war gar nicht auf den Gedanken gekommen, die Grabstelle zu kaufen. Auch nicht, sich für die Nummer mit der Gedankenübertragung ein anderes Mädchen zu suchen. Es war übrigens keine Arbeit, die er mochte, denn sie erforderte keinerlei Geschicklichkeit, keinerlei Subtilität. Es war rein mechanisch.

Er war auch nicht umgezogen und behielt die Wohnung selbst dann noch, als er Julie schon kennengelernt hatte. Was ihn in der ersten Zeit ein wenig überrascht hatte, war die Tatsache, daß er niemanden mehr neben sich hatte, und in der Kneipe oder im Restaurant kam es vor, daß er sich beim Hinausgehen umdrehte, wie jemand, der etwas vergessen hat.

»Bist du fertig mit deinen Rundschreiben?«

»Ich muß sie noch in die Umschläge stecken.«

»Soll ich dir helfen?«

An den Tagen, an denen er nichts Besseres zu tun hatte, bereitete er einige Stöße Umschläge vor. Er brachte allem, was seinen Beruf anging, die größte Sorgfalt entgegen, zeigte sich ein wenig schrullenhaft.

»Was macht deine Leber?«

Sie setzten sich zu Tisch, und der Schnee auf der Straße wurde dicker; einige Flocken blieben an dem Zwiebelturm der russischen Kirche hängen.

»Ich fühle mich besser.«

»Du solltest in den nächsten Tagen mal zu Bourgeois gehen.«

Er war ihr Arzt, ein alter Doktor aus dem Viertel, der Madame Travot bis zu ihrem Tod behandelt hatte und der mit beiden wie mit Kindern umging. Er war achtundsiebzig Jahre alt, was ihn allerdings nicht daran hinderte, den ganzen Tag umherzurennen, seine Arzttasche in der einen Hand, seinen Regenschirm in der andern, den Körper so weit vorgebeugt, daß man befürchtete, ihn fallen zu sehen.

Bourgeois verschrieb nach wie vor Pillen und Tropfen. Nach jedem seiner Besuche füllte sich der Schrank im Badezimmer mit kleinen Pappschachteln, in denen in einem gelblichen Puder Pillen lagen, und wochenlang hatte man mehrmals täglich Tropfen in ein Glas Wasser zu zählen.

»Findest du nicht, daß es gemütlich bei uns ist?«

Es waren die Möbel vom Boulevard de Courcelles, alte, massive Möbel mit sanftem Glanz. Antoine, der sie anfangs nicht mochte, hatte sich schließlich daran gewöhnt und sogar eine Zuneigung zu ihnen gewonnen, und er hatte vom Boulevard du Temple nur eine Lithographie von Robert-Houdin in einem Rahmen aus schwarzem Holz behalten.

Auf dem Kamin standen außer den Porträts der alten Travots und eines Bruders von Julie, der im Ersten Weltkrieg gefallen war, zwei schwere Leuchter aus Kupfer und eine Ansicht von Lourdes in einer Glaskugel.

»Gedenkst du heute nachmittag zu arbeiten?«

»Warum fragst du?«

»Nur so.«

»Sag mir den Grund.«

Das Essen war gut, und er mochte den Geruch, der sich in der Wohnung ausbreitete. Es war, nur nicht ganz so stark, der Geruch des Ragouts, der einem das Wasser im Mund zusammenlaufen läßt, wenn man an den Portierslogen vorbeigeht. Julie war auch eine gute Kuchenbäckerin und backte jeden Sonntag einen Kuchen.

»Nur so eine vage Idee.«

»Was für eine?«

»Das kommt auf deine Arbeit an.«

Sie hatte immer ein wenig Angst vor ihm, und das machte sie oft ungeschickt. Eines Abends, als er in dem gleichen Zustand war wie nach Bourg-la-Reine, nur weniger heftig, hatte er es ihr gesagt. Er war überzeugt, daß er freundlich mit ihr sprach, aber sie hatte ihn nicht verstanden, hatte das für eine Kritik gehalten. Vielleicht hatte er sich schlecht ausgedrückt?

»Du weißt, daß ich diese Woche nichts Wichtiges habe.«

»Im Wagram wird ein guter Film gespielt. Aber wir sind gestern schon ausgegangen. Vor allem, glaub nicht, daß ich darauf bestehe.«

Er glaubte überhaupt nichts. Oder, um ehrlich zu sein, er glaubte, daß sie immer noch erschreckt war, daß sie sich sagte, es fehle ihm an Zerstreuung, und daß es etwas Gutes sei, ihn zu amüsieren.

Das war naiv. Sie behandelte ihn wie ein Kind.

Sie erwartete seine Antwort mit einer solchen Angst, daß er so tat, als sei er fröhlich.

»Eine ausgezeichnete Idee. Weißt du, wann er anfängt?«

»Um drei Uhr und um halb sechs. Die zweite Vorstellung ist etwas später, wegen des Abendessens.«

Sie hatte also in der Zeitung nachgesehen, die übrigens auf der Seite mit den Kinoanzeigen aufgeschlagen war.

Entsprach der Zwischenfall nicht zum Teil der Frage, über die er den ganzen Morgen nachgedacht hatte? Weil sie beunruhigt war, schlug sie das Kino vor, wahrscheinlich würde es beide froh machen. Wenn es ein komischer Film wäre, würden sie wohl schallend lachen.

Einmal, kurz nach dem Tod seiner Schwiegermutter, war es zu einer häßlichen Szene gekommen, nicht zu Hause, sondern auf der Straße. Er erinnerte sich nicht mehr an den Grund. Es war immer mehr oder weniger der gleiche. Sie waren endlos durch die Straßen gelaufen und hatten dabei diskutiert, und die Leute drehten sich nach ihnen um, wenn sie vorüberkamen. Einmal, als sie an den Seinekais waren, hatte Antoine die Möglichkeit ins Auge gefaßt, über die Brüstung zu springen, um Schluß zu machen.

Kaum eine Stunde später, nachdem sie sich beruhigt hatten, waren sie in ein Kino gegangen, ohne zu wissen, was gespielt wurde, nur um ihren Gedanken zu entgehen. Er erinnerte sich nicht mehr, wer von ihnen den Vorschlag gemacht hatte, hineinzugehen.

Es waren noch keine zehn Sekunden in der Dunkelheit des Saals vergangen, als Antoine mit der Menge zu lachen anfing, und Julie, die sich noch zurückhielt, konnte ein wenig später nicht umhin, laut in ihr Taschentuch zu lachen.

Was bewies das? Vielleicht nichts. Dennoch war es ein Hinweis. Heute lag der Fall anders. Julie hatte sehr große Angst gehabt, ihn zu verlieren. Sie war sich ihrer Sache noch nicht ganz sicher. Sie wachte über ihn wie über einen Kranken, der jeden Augenblick einen Rückfall erleiden kann.

Und in der Furcht, er könne ihrer Zweisamkeit in der Wohnung müde werden, schlug sie Zerstreuung vor.

»Nimm deinen Schal. Ich bin heute morgen auf dem Markt gewesen, und die Kälte hat mir ins Gesicht geschnitten.«

Sie pflegte ihn. Wie die Gläubigen ihrem Gott, wäre sie imstande gewesen, ihm Opfer zu bringen. Brachte sie ihm nicht vom Morgen bis zum Abend das Opfer ihrer kleinen Aufmerksamkeiten? Sie wollte ihn glücklich sehen, um ihn zu behalten, damit er ihrer nicht überdrüssig wurde.

Sie war rührend am Vortag, als sie sich, ohne sich um Koketterie oder menschlichen Respekt zu kümmern, vor seine Füße warf und ihm mit verzerrtem Mund zurief:

»Geh nicht weg, Antoine! Verlaß mich nie!«

Das war ehrlich gemeint. Sie hing ihr ganzes Leben an ihn.

Sie liebte ihn.

Er liebte sie.

Aber war es nicht so, daß sie, wie ihre Mutter, vor allem Angst vor der Einsamkeit hatte?

Sie hatte am Tag zuvor gestanden:

»In La Bourboule habe ich die ersten Schritte getan.«

Es war die Zeit, wo sie eine Frau war, wo er ein Mann war und wo sie nichts gemein hatten. Um sie herum gab es andere Männer und andere Frauen.

Bei Antoine war es nicht Liebe auf den ersten Blick. Es stimmte schon, daß sie nicht schön war. Da war nicht nur ihre Mutter, die die Gutwilligen abschreckte. Auch Julie selbst, denn sie schielte ein wenig. Er merkte es jetzt gar nicht mehr. Es wunderte ihn jetzt, daß er sich daran erinnerte. Wahrscheinlich hatte er wie jedermann damals gedacht, daß sie schielte. Heute schien ihm das so normal, daß er gar nicht gewollt hätte, daß sie anders wäre.

Das war übrigens auch nicht die Frage. Die Überlegung, die er angestellt hatte, als noch nichts Endgültiges zwischen ihnen war, war die gewesen:

»Ich werde jemanden bei mir haben.«

Nicht unbedingt, um sich um ihn zu kümmern. Auf diesem Gebiet genügte er sich selber. Er hatte die Frage nicht vom praktischen Aspekt her betrachtet. Er sagte sich nicht einmal, daß er nicht mehr allein sein würde.

Aber daß jemand da wäre, um an ihn zu denken, um von ihm abhängig zu sein, für den er alles auf der Welt wäre.

Und genau das war geschehen!

»Ich drehe das Gas ab.«

Er wartete auf dem Treppenabsatz, weil er wußte, daß sie hinzufügen würde:

»Hast du den Schlüssel?«

Ein unbestimmtes Lächeln auf den Lippen, das nichts Besonderes bedeutete, in dem vielleicht aber ein Nichts an Ironie lag, ertastete er ihn in seiner Tasche.

Wegen des Wetters hatte er nicht seinen schönen Mantel angezogen, und er ging als erster hinunter, ohne daß sie versuchte, seinen Arm zu nehmen, bevor sie auf dem Bürgersteig waren.

5

Am Sonntag war der Stundenplan, vor allem am Vormittag, immer der gleiche, beständig noch in den kleinsten Einzelheiten, außer im Sommer, wenn sie den Tag auf dem Lande verbrachten. Das hatte sich nach und nach so eingespielt. Anfangs hatte es noch weiterhin Leerräume gegeben, die sie sich beide auszufüllen bemühten, als ob sie, ohne es zu wissen, das Bedürfnis nach einer Tradition empfänden.

Antoine stand später auf als an den anderen Tagen, ohne Grund, da ihn während der Woche nichts dazu zwang, zu einer bestimmten Stunde aufzustehen. Er blieb bis um neun Uhr im Bett liegen, selbst wenn er nur noch halb vor sich hindöste, während Julie schnell die Wohnung machte. Das genügte, denn samstags machte sie »gründlich« sauber. Es war das Wort, das Antoines Mutter gebrauchte und das er nicht ohne Rührung aus dem Munde seiner Frau wieder hörte, nachdem er es so lange nicht mehr vernommen hatte.

Sie weckte ihn mit einer ersten Tasse Kaffee, die sie ihm in dem Augenblick brachte, in dem die Glocken der russischen Kirche zur Neun-Uhr-Messe läuteten, und kaum war er auf, warf er einen Blick auf die Straße, die belebter war als an den anderen Morgen.

Es hatte in dieser Nacht wieder geschneit. Zum ersten Mal blieb der Schnee auf den Bürgersteigen und auf den Dächern liegen, und wenn man an die Fensterscheiben herantrat, schlug einem ein kalter Luftstrom von draußen entgegen.

Sie aßen Hörnchen statt Brötchen mit Butter, nicht so sehr, weil sie sie lieber aßen, sondern um den Unterschied zur Woche hervorzuheben. Dann machte Julie, während Antoine in dem dunkelroten Sessel, der seiner Schwiegermutter gehört hatte, die Zeitung las und dazu eine Zigarette rauchte, das Bett, brachte das Zimmer in Ordnung, holte die Sonntagskleider aus dem Schrank und verschwand schließlich im Bad.

Nahm sie ein wärmeres oder ein ausgedehnteres Bad? Sicher ist jedenfalls, daß sie mit rosigem Gesicht herauskam, das Blut in den Wangen wie Antoine, als er klein war und seine Mutter ihn samstags in der Waschbütte, die mitten in der Küche stand, wusch.

Es gab immer Braten. Sie stellte ihn auf den Herd, bevor sie zur Messe ging. Man mußte vermeiden, daß er bis Mittag zu stark gebraten war. Zum andern wollte sie diese Arbeit nicht in ihrem besten Kleid verrichten. Schließlich hatte sie es eilig. Daher war es der einzige Tag, an dem er sie für einen Augenblick im Unterrock in der Küche sah.

Antoine ging nicht zur Messe. Sie hatte deswegen nie etwas zu ihm gesagt. Das war schon in ihrer Familie so. Ihre Mutter und sie gingen in die Kirche, während der alte Travot zu Hause blieb. Der einzige Unterschied war der, daß der Apotheker äußerst antiklerikal war, während Antoine es nicht war. Wer weiß, ob der

Apotheker die Religion nicht deshalb so heftig angriff, weil es eine indirekte Art war, seine Frau anzugreifen.

Antoines Mutter war ebenfalls Katholikin. Was seinen Vater anging, so wußte er nichts über dessen Ansichten, weil er ihn nie gekannt hatte und nicht von ihm gesprochen wurde. Als Kind ging Antoine in die Messe. Dann hatte er ohne Grund aufgehört, dem Gottesdienst beizuwohnen, aber es kam noch vor, vor allem in schwierigen Augenblicken, daß er innerlich sagte: »Lieber Gott, mach, daß dies eintrifft! Oder daß jenes nicht geschieht.«

Manchmal machte er Versprechungen, schlug so etwas wie einen Handel vor: »Wenn ich morgen nicht krank bin, werde ich dem ersten Armen, dem ich begegne, hundert Francs geben.«

Er hielt seine Abmachungen. Julie hingegen war stolz, daß sie zur Pfarrei Saint-Philippe-du-Roule gehörte, der elegantesten von ganz Paris.

Wenn sie dann endlich fertig war, strömte sie ein Parfüm aus, das sie nur an diesem Tag benutzte oder auch, wenn sie ins Theater gingen.

»Guckst du mal nach dem Braten? Das Gas ist richtig eingestellt. Du brauchst nichts dran zu machen.«

Sie küßte ihn zerstreuter als gewöhnlich, vergewisserte sich, daß sie Geld in ihrer Handtasche hatte und warf, bevor sie ging, einen letzten Blick in die Küche.

»Bis nachher.«

Er hatte die Wohnung für sich allein, und das machte einen merkwürdigen Eindruck auf ihn. Als erstes ging er ans Fenster und sah hinaus. Er wußte, wie lange Julie brauchte, um die Treppe hinunterzugehen und an der

Straßenecke anzulangen. Er sah sie erst, wenn sie, an der Ecke der Rue du Faubourg Saint-Honoré angekommen, die Fahrbahn überquerte, und es war seltsam, sie so vom Fenster aus wie eine anonyme Passantin zu beobachten.

Bevor er an diesem Morgen sein Bad nahm, ging er in die Küche und machte die Anrichte auf. Er wußte, daß seit dem Abend von Bourg-la-Reine kein Rum mehr im Haus war. Wegen der möglichen Folgen tranken sie schon seit längerem keinen Wein mehr. Aber gewöhnlich war eine Flasche Madeira vorhanden, für die Soßen. Er wollte sich nur die Lippen damit befeuchten, einen kleinen Schluck davon trinken.

Die Flasche stand an ihrem Platz, enthielt aber nur noch einen kleinen Rest der Flüssigkeit, und wenn er dranging, würde Julie es mit Bestimmtheit merken. Er war sicher, daß das auch schon beim Madeira oder beim Rum geschehen war. Sie sprach nicht darüber, aber mehrere Male war sie nach der Messe in die Küche gegangen und hatte ihm dann einen beunruhigten Blick zugeworfen. Brachte sie an den Flaschen Zeichen an?

Auch er nahm, weil er allein war, sein Bad anders als an den anderen Tagen. Er hätte nicht erklären können, was daran verschieden war. So kam es sonntags zum Beispiel vor, daß er, wenn er aus dem Wasser gestiegen war, nackt in der Wohnung herumlief und sogar ans Fenster ging, wo ihn niemand sehen konnte, weil gegenüber nur die Mauern der Kirche waren.

Daß er sich die Lippen nicht hatte mit Madeira anfeuchten können, machte ihn mürrisch, doch er wollte sich das unter keinen Umständen eingestehen.

Er war Julie deswegen nicht böse. Sie konnte nichts dafür. Im Augenblick betete sie wohl für ihn beim Klang der Orgel. Wenn sie aus der Kirche zurückkam, war sie nie ganz dieselbe, so, als hätte sie gute Vorsätze gefaßt. Gleichzeitig konnte sie sich nicht verkneifen, sich ein bißchen gönnerhaft zu zeigen.

Früher betete sie sicherlich auf die gleiche Weise für ihren Vater. Auch Antoine war ein Sünder. Die alte Madame Travot griff ihn deshalb ganz offen an, mit der ganzen Macht des Vatikans, des hohen Klerus, der Millionen Gläubigen hinter ihr.

Jemand, der keine Religion hat ...

Warum dachte er daran? Es war ein Sonntagmorgen, wie er ihn liebte, und der Schnee verlieh ihm zusätzlich einen seltenen Reiz. An manchen Sonntagen vernahm man das Stimmengewirr des Chores in der russischen Kirche, an anderen Sonntagen nicht, es kam ganz aufs Wetter an, vielleicht auf die Luftfeuchtigkeit. Heute hörte man sie, die tiefen, männlichen Männerstimmen.

Er zog saubere Wäsche an, seine beste Hose, seine Samtjacke und ging schließlich in sein Arbeitszimmer, wo er die beiden Koffer auf die Böcke stellte. Er durfte sich seiner Lieblingsarbeit hingeben. Er gab am Abend eine Vorstellung im Festsaal des Bürgermeisteramtes von Bobigny. Es war ein Abend für Familien. Man hatte ihn um eine erzieherische Nummer gebeten, auf die ein Lichtbildervortrag folgen sollte.

Ob es sich nun um ein Programm von einer halben Stunde handelte, wie in diesem Falle, oder um einen ganzen Abend, er stellte seine Liste mit den Zauberkunststücken immer mit der gleichen Sorgfalt zusammen, ließ sie so aufeinander folgen, daß das Interesse zunahm. Um einen vollkommenen Rhythmus zu erreichen, kam es vor allem auf die Plazierung der Requisiten an.

Alle waren sich einig in der Meinung, daß er auf diesem Gebiet unschlagbar war. Die Werkstatt von gegenüber war leer und ohne Licht. Ein kurzer Satz, den Julie am Tag zuvor gesagt hatte, kam ihm wieder in den Sinn. Während des Abendessens hatte sie gefragt:

»Ist es ein eintrittspflichtiger Abend?«

Er nahm es an. Sehr billige Plätze wahrscheinlich, wie üblich in solchen Fällen.

»Können alle hin?«

Sicherlich hatte er nicht darauf geantwortet. Im Augenblick hatte ihn das nicht überrascht. Er spürte, daß sie immer noch unruhig war, vielleicht, weil er selber noch nicht sein normales Gleichgewicht gefunden hatte. Seit jenem Abend geschah es immer wieder, daß er, gerade dann, wenn er am wenigsten darauf gefaßt war, auf irgendeine Idee, auf ein Wort, eine Erinnerung, einen Geruch ansprang, gegen seinen Willen zu Überlegungen verleitet wurde, die kein Ende mehr nahmen.

Einmal zum Beispiel, lange vorher, hatte sie mit besonderem Ernst zu ihm gesagt:

»Ich bitte dich nur um den einen Gefallen, Antoine, daß du mich nie belügst. Selbst wenn es mir Kummer bereitet, selbst wenn ich darüber verzweifeln muß, ist es mir lieber, die Wahrheit zu wissen.« Warum tauchte das wieder an die Oberfläche? Wegen dem, was sie gesagt hatte, als sie beide nach der Krise auf dem Bett lagen. Lagen sie noch auf dem Bett? Es war auch nicht wichtig. Auf jeden Fall waren sie entspannt.

»Bildest du dir ein, daß du die ersten Schritte gemacht hast?«

Wenn es auch vielleicht nicht genau die Worte waren, so war es doch sinngemäß das. Danach stellte sie wieder eine Frage, die ihr am Herzen lag:

»Warum hast du mich geliebt?«

Doch in diesem Punkt konnte er ihr nicht die Wahrheit eingestehen, würde er ihr nie die Wahrheit eingestehen können. Am weitesten in seiner Ehrlichkeit war er gegangen, als er sie daran erinnert hatte, daß er damals allein im Leben stand.

Das stimmte. Aber er hatte nicht den Eindruck, darunter gelitten zu haben. Er war seit langem daran gewöhnt, seit seine Mutter gestorben war, als er siebzehn Jahre alt war, und man konnte wirklich nicht behaupten, mit Alice hätte er aufgehört, ein Mensch zu sein, der allein ist.

Julie ließ ihn gern von seiner Mutter und seiner Kindheit erzählen, und er war sich nicht sicher, ob es aus absolut reinen, uneigennützigen Motiven war. Sie war trotz allem eine Travot. Sie war als Kleinbürgerin erzogen worden, am Rande eines dichtbevölkerten Viertels, dessen verschlampte Nachlässigkeit die gesellschaftliche Überlegenheit ihrer Familie noch unterstrich. Denn selbst jetzt noch lag für sie, was immer sie auch tat, eine unbestreitbare Überlegenheit darin, eher ein solches Leben zu führen als ein anderes, und in ihrer Vorstellung bedeuteten die verschiedenen Berufe, ebenso wie die Stadtviertel von Paris, wie die Pfarreien, wie die Tatsache, bei diesem oder bei jenem Lebensmittelhändler einzukaufen, eine Art Wertskala.

Er war ganz unten auf der Leiter geboren, in einem Arbeiter- und Arme-Leute-Viertel, und sicherlich gab es gute Gründe, daß man ihm nie etwas über seinen Vater erzählt hatte. Empfand Julie nicht im Innersten ein Vergnügen dabei, wenn sie ihn unter dem Vorwand, seine Kindheitserinnerung zu beschwören, sagen ließ, daß seine Mutter in einer Wäscherei gearbeitet und ihn mit vierzehn Jahren zu einem Buchbinder in die Lehre gegeben hatte, während er weiterhin die Abendschule besuchte?

Warum Buchbinder? Sicherlich, weil hinten im Hof des Hauses, in dem sie wohnten, ein Buchbinder seine Werkstatt hatte. Vielleicht auch, weil es sich um Bücher handelte und dies seine Mutter, die nicht lesen konnte, beeindruckt hatte. Er hatte vier Jahre lang dort gearbeitet, und er bereute es nicht, denn es hatte seine manuelle Geschicklichkeit und sein Gefühl für Genauigkeit und Gründlichkeit entwickelt.

»Wenn ich daran denke, mein armer Liebling, daß du Lunge essen mußtest!«

Das stimmte. Das Fleisch war für manche Geldbeutel schon damals teuer, und seine Mutter kaufte oft Lunge beim Metzger. Er wußte noch nicht, daß Lunge vor allem für Katzen gekauft wird.

Er war überzeugt, daß sie ein gewisses Vergnügen dabei empfand, ihn zu bemitleiden. War das schlecht? Konnte er ihr deshalb böse sein?

Vor allem war er ihr böse wegen der Art, wie sie von ihren Häusern und ihren Mietern sprach. Sie hatte drei

Wohnhäuser geerbt, zunächst einmal das, in dem die väterliche Apotheke durch eine Weinhandlung ersetzt worden war und in dem die Travots noch lange den ersten Stock bewohnt hatten, dann zwei baufälligere Häuser im oberen Teil der Rue des Dames.

Würde er gelten lassen, daß diese Häuser auf seinen Entschluß, Julie zu heiraten, einen Einfluß gehabt hatten? Es gab Leute, die es wohl geglaubt hatten. Seine Schwiegermutter verhehlte nicht, daß sie davon überzeugt war. In ihren Augen konnte sich ein Zauberkünstler, das heißt ein Art Clown, um nicht zu sagen ein Zigeuner, nur für das Geld der Travots interessieren.

Das war falsch. Ehrlich. Es war nicht das erste Mal, daß er sich diese Frage stellte, und er sah sie als ungeheuer wichtig an, zumal er Julie im Verdacht hatte, daß sie in ihren Augenblicken der Mutlosigkeit genauso dachte wie ihre Mutter.

Zunächst einmal brachten die Häuser fast nichts ein. Das wußte er damals noch nicht. Wegen der hohen Kosten für Reparaturen und weil die Mieten nicht beliebig erhöht werden durften, gab es Jahre, in denen Julie nach Abzug der Steuern nicht genug übriggeblieben wäre, um sich jeden Tag satt zu essen.

Nicht das Geld war entscheidend gewesen. Liebe auf den ersten Blick war es aber auch nicht gewesen. Seine Erinnerungen waren genau. Der Sommer war strahlend gewesen. Er konnte sich an keinen schöneren Sommer erinnern, höchstens in seiner ganz frühen Kindheit. Er hatte eine Tournee in die Kasinos von Mittelfrankreich organisiert, an manchen Orten mit

Engagements von acht Tagen, an anderen wiederum nur von einem Abend. Er regelte diese Reisen schon vorher mit der gleichen Präzision wie seine Nummern, ließ sich sein Zimmer in Pensionen oder kleinen Hotels reservieren, am liebsten in solchen, wo er schon mehrmals abgestiegen war.

In La Bourboule lief sein Vertrag über eine Woche. Er wohnte bei den Huas, die eine Familienpension im Bahnhofsviertel hatten. Es war, weit von den eleganten Hotels entfernt, eine bescheidene Pension, aber die Pergola war mit Glyzinien bedeckt, und man konnte dort die Mittagsmahlzeiten einnehmen, manchmal sogar zu Abend essen, wenn es draußen nicht zu kühl war. Man gewährte ihm einen Spezialpreis, und dafür gab er in der Regel eine kostenlose Vorstellung für die Pensionsgäste.

Während der acht Tage, in denen er im Kasino aufgetreten war, war ihm Julie nicht aufgefallen, und sicherlich war er auch ihr nicht aufgefallen. Am Tag nach seinem letzten Auftritt war er im Frack heruntergekommen, seine Halbmaske aus schwarzem Samt vor dem Gesicht. Den Speisesaal hatte man in einen Theatersaal verwandelt. Es gab fast nur Frauen und einige Kinder. Die meisten der Frauen waren in einem gewissen Alter, mit einer Mehrheit von Alten.

Er schenkte Julie, die mit ihrer Mutter in der ersten Reihe saß, nur deshalb seine Aufmerksamkeit, weil sie ihn von dem Augenblick an, in dem er erschienen war, nicht mehr aus den Augen gelassen hatte und weil in ihrem Blick eine so naive Bewunderung lag, daß es schon peinlich wurde.

Er machte sich keine Illusionen. Der Frack trug sehr viel dazu bei, auch die Halbmaske sowie die geheimnisvollen Bewegungen mit seinen blassen, langen Händen im Halbdunkel, womit er manche seiner Kunststücke umgab.

Julie wirkte jugendlich, mit ihren feuchten Lippen und ihrer starken Brust, die von ihrem Korsett noch betont wurde, vor allem wenn sie saß. Er hatte ihr die Zauberringe zu halten gegeben, und sie hatte vor Aufregung gezittert.

Eine wie sie trifft man fast immer unter den Zuschauern an. Seit langem gab er nicht mehr darauf acht. Es wäre nichts anderes zwischen ihnen vorgefallen als dieser Austausch von Blicken und die Berührung ihrer Hände an den Nickelringen, wenn sein Engagement in Mont-Dore, wo er am nächsten Tag hätte anfangen sollen, nicht wegen des großen Erfolgs eines Chansonniers, der eine zweite Woche anhängte, verschoben worden wäre.

Er war in der Pension Mimosa geblieben, weil die Huas ihn gut versorgten und weil er schon seine kleinen Gewohnheiten hatte. Er war nicht wegen Julie geblieben, wie sie es hatte glauben können und wie sie es schließlich auch geglaubt hatte. Er sah sie damals als eine etwas verrückte alte Jungfer an, und an den beiden ersten Tagen bemühte er sich eher, ihr aus dem Weg zu gehen.

In einer Pension wie Les Mimosas kann man sich nicht lange aus dem Weg gehen. Selbst in der Stadt, wo alle auf einer einzigen Straße spazierengehen, mußten sie sich begegnen.

Hua hatte sie schließlich einander vorgestellt.

»Machen Sie mir die Freude und nehmen Sie den Tee mit ihnen ein. Das verpflichtet Sie zu nichts, Mann. Es sind gute Gäste, die jedes Jahr kommen, die Mutter kurt hier.«

»Hat das Fräulein Sie darum gebeten, mit mir zu sprechen?«

»Sie ist zu mir gekommen und hat mir erklärt, wobei sie ganz rot wurde, sie wolle Sie um eine Auskunft wegen irgendeines Ihrer Zauberkunststücke bitten. Es scheint, daß sie sich für die Taschenspielerkunst interessiert.«

Sie hatte inzwischen Zeit gehabt, sich in der Buchhandlung das *Handbuch des Zauberkünstlers* zu kaufen, und als sie alle drei zusammen den Tee eingenommen hatten, war ihm klargeworden, daß sie es von vorne bis hinten gelesen hatte.

Madame Travot, die steif auf ihrem Stuhl saß, hatte nur das Wort an ihn gerichtet, um ihn zu fragen, ob er auch im Zirkus auftrete, und da er das bejaht hatte, hatte sie ihn seitdem hartnäckig den Clown genannt.

Zweimal hintereinander war er Julie in der Nähe des Thermalbades begegnet, und sie hatten den Weg gemeinsam zurückgelegt.

»Wohnen Sie in Paris? Wann werden Sie wieder zurück sein?«

Sie war draufgängerisch und ungeschickt. Sie brannte »lichterloh«, wie eine Schülerin, und er erinnerte sich an die Gebärde, mit der sie ihm ein Haar vom Revers seiner Jacke entfernt hatte. Sie hatte es nicht weggeworfen. Wahrscheinlich hatte sie es auf dem ganzen Weg in der Hand behalten und es dann in ein Buch oder in einen Umschlag gelegt.

Er fand sie lächerlich. Es schmeichelte ihm ein wenig, denn man hatte ihm von der Apotheke, von den drei Häusern und von der Wohnung in der Rue Daru, im Viertel an der Place de l'Etoile, erzählt.

»Versprechen Sie mir, daß Sie uns besuchen kommen? Es gibt nichts Spannenderes als Ihren Beruf, und ich möchte, daß Sie mir noch mehr davon erzählen!«

Es war rührend. Als er abfuhr, begleitete sie ihn zum Bahnhof und hielt lange seine Hand in ihrer feuchten Hand, nachdem sie ihm einen Souvenir-Brieföffner und ein Körbchen mit Obst für die Reise geschenkt hatte. Das Obst hatte er nicht gegessen. Er aß nie welches. Den Brieföffner hatte er noch auf seinem Schreibtisch liegen, und Julie maß ihm große Bedeutung bei, verdüsterte sich, wenn er vergaß, sich zum Öffnen der Briefe seiner zu bedienen.

Er hatte sieben oder acht Badeorte besucht, bevor er die Saison in Fourras beendete, einem Familienstrand zwischen Rochefort und La Rochelle, und da sie ihn um seine Reiseroute gebeten hatte, fand er überall mit einem J unterzeichnete Postkarten vor.

Er hatte Mitleid mit ihr. Er hatte um so größeres Mitleid mit ihr, als er in Paris eine formelle Einladung fand, sie zu besuchen, so daß er sich entschloß, in die Rue Daru zu gehen.

An der Wohnung hatte sich seitdem wenig geändert, nur daß sein augenblickliches Arbeitszimmer damals das Zimmer der alten Frau war und daß man überall an den Wänden und auf den Möbelstücken Bilder von

Onkeln, Tanten, Vettern fand, aber nicht von seiten der Travots, sondern ausschließlich aus der Familie von Julies Mutter, die eine geborene Cuisard war.

Es gab keinen Zweifel, Julie war unsterblich verliebt und bereit, alle Dummheiten zu begehen. Sie wollte unbedingt wissen, wo er seine Vorstellungen gab und wann er sie gab, und fand sich von nun an ständig mit ihrer Mutter ein, die ihre Tochter, obgleich sie schon über siebenunddreißig Jahre alt war, nicht allein ausgehen ließ. Da er die Alte kannte, konnte er sich vorstellen, welch eine Willensanstrengung Julie aufbringen mußte, um sie so bei jedem Wetter in die Festsäle der volkreichen Viertel und der Pariser Vorstädte zu schleppen, wo er während des Winters vorwiegend arbeitete.

Das übrige hatte die Mutter geregelt. Er war eines Nachmittags gekommen, weil Julie eine Verabredung mit ihm getroffen hatte, und hatte sie nicht in der Wohnung angetroffen.

»Sie brauchen gar nicht erst zu suchen. Sie ist nicht zu Hause. Legen Sie Ihren Hut auf einen Stuhl und setzen Sie sich, damit wir uns unterhalten können.«

Er erinnerte sich noch an ihre Worte, an den Ton ihrer Stimme. Sie hatte eine eigene Art zu sprechen, wobei sie die Silben ganz hoch warf und sie mit einer Art Unverschämtheit auseinanderzog.

»Ich nehme an, junger Mann . . .«

Er war vor einem Monat achtundvierzig Jahre alt geworden. Er wäre beinahe wieder gegangen. Die Wohnung war dunkel. Es war fünf Uhr nachmittags, und im Wohnzimmer brannte nur eine Lampe; in der russischen Kirche, wo die Orgel spielte, fand eine Feier statt, und die Scheiben, auf der anderen Seite der Straße, leuchteten schwach.

Warum war er geblieben und hörte sich den demütigendsten Vortrag an, den er sich je in seinem Leben hatte anhören müssen? Er stellte sich Julie irgendwo auf der Straße vor. Sicherlich war sie zu einer Besorgung weggeschickt worden. Sie wußte, was vorging.

Nach ihm gäbe es für sie keine Hoffnung mehr. Es war mehr als wahrscheinlich, daß sie ihre letzte Karte ausspielte.

Im Zimmer war es heiß. Man hatte ihn nicht aufgefordert, seinen Mantel auszuziehen. Sein Hut lag auf dem strohgeflochtenen Stuhl, der nach elf Jahren immer noch an der gleichen Stelle stand.

Hatte er wirklich Mitleid gehabt? An diesem Tag war er davon überzeugt. Er empfand Rührung bei dem Gedanken an die alte Jungfer mit den großen Brüsten, die vielleicht auf dem Bürgersteig von gegenüber auf und ab ging und in Erwartung seiner Entscheidung nach den Fenstern hinaufblickte.

Auch Alice hatte er nicht selber gewählt, und er war nicht unglücklich mit ihr gewesen. Aber Alice liebte ihn nicht, wie Julie ihn liebte. Alice war ihm das erste Mal gefolgt, weil sie keinen anderen Platz zum Schlafen hatte.

Julie, die so sanft war, hatte Schritt für Schritt mit der alten, zähen Frau gekämpft, und diese hatte schließlich nachgegeben.

Der Gedanke mißfiel ihm nicht, daß ihn jemand

so sehr liebte. Auch nicht der Gedanke, in einer richtigen, vollständig möblierten Wohnung zu Hause zu sein, wo das Essen schon auf dem Tisch stünde, wenn er heimkäme. Die drei Häuser bildeten eine Versicherung. Er besaß einige Ersparnisse, außer seinem Arbeitsmaterial, das ein Kapital darstellte. Aber wenn er krank werden würde ...

»Ich erwarte, daß Sie die außerordentliche Liebenswürdigkeit besitzen werden, mir Ihre Absichten mitzuteilen, wobei ich es indes bedauere, daß Sie nicht soviel Taktgefühl hatten, es aus eigener Initiative zu tun, wie der Brauch es verlangt.«

Bis zum Tod seiner Schwiegermutter hatte er Sätze dieser Art gehört, an denen sie sicherlich während der Stunden ihrer Untätigkeit herumfeilte.

Er hatte ja gesagt. Die Hochzeit hatte im darauffolgenden Monat in der Kirche Saint-Philippe-du-Roule stattgefunden. Mindestens sechs Monate, vielleicht ein ganzes Jahr, waren vergangen, bis er anfing, Julie zu lieben.

Konnte er ihr das gestehen? In der ersten Zeit fehlte nicht viel, und er hätte sie gehaßt, weil er die Entdekkung machte, daß sie ihrer Mutter stärker glich, als er sich vorgestellt hatte. Beim Tod ihres Mannes hatte Madame Travot aus Julie so etwas wie ihr Eigentum gemacht, und wenn sie schließlich wohl oder übel der Heirat zugestimmt hatte, so geschah das nur unter der ausdrücklichen Bedingung, daß sie weiterhin mit dem Ehepaar zusammenwohnen würde. Julie und er hatten eine formelle Verpflichtung unterschrieben. Die alte Frau hatte eine krankhafte Angst vor der Einsamkeit.

Von morgens bis abends mußte man sich um sie kümmern, und die ganze Welt existierte nur für sie.

Die ersten Wortwechsel Antoines mit seiner Schwiegermutter hatten soziale Fragen zum Ausgangspunkt, oder genauer Kastenfragen, Fragen des »Milieus«, wie sie sagte, oder der »Welten«.

»In meinem Milieu ...«

Oder auch:

»Diese Leute kommen aus einem unmöglichen Milieu, von dem man nichts Gutes erwarten kann.«

Er hatte versucht, ihr Wahrheiten klarzumachen, die ihm einfach erschienen, und mußte schließlich die Feststellung machen, daß Julie über diese Fragen so ziemlich die gleichen Vorstellungen hatte wie ihre Mutter.

Sie hatte sie behalten. Es war nicht ihre Schuld. Es war auch nicht Madame Travots Schuld, er hatte das, als er mit den beiden zusammenlebte, nach und nach gemerkt. Sie waren in Wirklichkeit zwei arme Frauen, die sich an irgend etwas festklammern mußten und die keine Wahl gehabt hatten. Jetzt war es zu spät, sie zu ändern, denn es hätte den Einsturz einer Welt bedeutet.

Julie hatte den Mut gehabt, sich zu ihren Meinungen zu bekennen. Sie hatte einen Mann haben wollen, nicht irgendeinen, sondern ihn, ob es nun zum Teil wegen seines Fracks und seiner Halbmaske aus schwarzem Samt war oder nicht, und ohne die Lächerlichkeit zu fürchten, hatte sie alles in ihrer Macht Stehende getan, um ihn zu bekommen.

Jetzt gehörte er ihr.

Das war Antoines Gedanke zu einer Zeit, als er sie noch nicht gut genug kannte.

In Wirklichkeit war sie es, die ihm gehörte, ihm so sehr gehörte, daß ihr Organismus in seiner Abwesenheit oder wenn sie fürchtete, ihn zu verlieren, nicht mehr normal funktionierte.

Das geschah, wenn er getrunken hatte. Sie fand ihn nicht wieder, wurde von Panik gepackt, wurde ungeschickt, und statt die Worte zu sagen, die zu sagen waren, statt sich so zu verhalten, wie es der Situation entsprochen hätte, erstarrte sie, stumm und eisig.

Er täuschte sich da jedesmal, hielt es für einen Tadel oder sogar für einen Anflug von Stolz, eine Rückkehr zum Travot'schen Geist. Es war nur Angst.

Und wenn man den Dingen auf den Grund ging, hatte er sie gerade wegen dieser Angst geliebt.

Befiel nicht auch ihn allmählich die Furcht, wieder allein zu sein? Selbst wenn er getrunken hatte, war es nicht ein Joch, das er unbedingt abschütteln wollte, träumte er nicht davon, seine Freiheit wiederzuerobern. Was ihn rasend machte, war, daß sie, in all ihrer Liebe zu ihm, unfähig war, die Anstrengung zu machen, die es brauchte, um ihn zu verstehen.

Er hatte den Eindruck, gegen eine Mauer anzurennen.

Es war ein Teufelskreis, denn wenn sie sich nicht so wild, so ungeschickt an ihn geklammert hätte, hätte er sie vielleicht niemals geliebt.

Sie konnte nicht anders sein. Sie durfte sich nicht ändern. Wenn er er selber war, wie es heute morgen der Fall war, sah er das ein. Dennoch hatte er sich eine Stunde zuvor, als sie kaum um die Straßenecke gebogen war, um in die Kirche zu gehen, in die Küche geschlichen in der Hoffnung, die Flasche an die Lippen zu hängen! Daß er es nicht hatte tun können, machte ihn unzufrieden, und er sah voraus, daß er den ganzen Tag über mürrisch bleiben würde.

Was mochte sie denken? Er war an den Schrank gegangen und hatte vergessen, nach dem Braten zu schauen! Er ging wieder in die Küche, machte den Backofen auf. Das Fleisch war nicht verbrannt und brutzelte sachte vor sich hin. Um sich zu bestrafen, verurteilte er sich dazu, es dreimal länger zu übergießen als notwendig, trotz der Hitze, die der Ofen ihm ins Gesicht blies und den brennenden Soßentröpfchen, die ihm auf die Hände spritzten.

Er ging aus der Küche, als er ihren Schritt auf der Treppe hörte, begab sich schnell in sein Arbeitszimmer und ergriff den erstbesten Gegenstand, damit sie ihn bei der Arbeit fand. Sollte er sich oder ihr böse sein? Wenn er nichts Schlimmes tat, warum schämte er sich dann?

Es beruhigte ihn, als er hörte, wie sich der Schlüssel im Schloß umdrehte und dann Julies Stimme sagte:

»Bist du da?«

Worte, die man ausspricht, ohne über ihre Bedeutung nachzudenken. Wo hätte er sein sollen? Ihr Gesicht war eisig kalt. Er hatte den Eindruck, daß sie jedesmal, wenn sie aus der Messe kam, in ihrem Pelz einen leichten Geruch nach Weihrauch mitbrachte.

»Hast du auf den Braten aufgepaßt?«

»Ja.«

»Ich sollte dich nicht darum bitten, dich um das Essen zu kümmern, wenn du soviel zu arbeiten hast.«

Er mochte diese Sätze nicht, die völlig sinnlos waren. Warum entschuldigte sie sich? Da er zu Hause blieb, war es für ihn eine Kleinigkeit, nach dem Braten zu schauen! Sie wußte es. Es waren nur Worte.

»Ich werde mich umziehen. Ich nehme an, daß wir nicht vor heute abend ausgehen.«

»Ich hatte nicht die Absicht.«

»Ich auch nicht.«

Sie behielt nie ihr gutes Kleid in der Wohnung an. Ihr Satz war ihm aufgefallen:

». . . daß wir nicht vor heute abend ausgehen.«

Er kannte Julie gut genug, um zu wissen, daß das einen Sinn hatte. Er mußte heute abend ausgehen. Sie nicht. Denn im Prinzip begleitete sie ihn nie, wenn er eine Vorstellung gab, es sei denn, daß er, wie im Falle von Le Havre, mehrere Tage wegblieb. Und auch da kam es ganz drauf an. Im Falle von Le Havre war bei der Abreise eine Angina im Anzug, und sie hatte bei ihm sein wollen, um ihn zu pflegen. Es hatte ein böses Ende genommen.

». . . daß wir nicht vor heute abend ausgehen.« Wie hätte sie sagen sollen?

»Ich nehme an, daß ich heute nicht mehr ausgehe.«

Der Satz beunruhigte ihn, und er blieb in seinem Büro, um bis zum Mittagessen zu arbeiten. Am Nachmittag würde er ein Buch lesen, das er am Tag zuvor gekauft hatte, während sie sich wahrscheinlich mit Flickarbeiten beschäftigen würde.

Wieder ein Widerspruch in seinem Charakter. Aber war er der einzige, dem es so erging? Theoretisch liebte er die Sonntage. Meistens begann er sie voller Freude.

Doch kam es selten vor, daß der Tag zu Ende ging, ohne daß er das Gefühl hatte, einer Leere ausgeliefert zu sein.

Am Morgen ging Julie zur Messe, auf der Straße gegenüber der russischen Kirche herrschte Betrieb. Das Mittagessen war immer bestens. Er aß mehr als an den andern Tagen und trank zu dem traditionellen Kuchen eine Tasse starken Kaffee.

Doch früher oder später entstand eine Angst, die keine Langeweile war. Es war nicht nur wegen der Geräusche der Stadt, die der unwirklichen Ruhe der Straßen fehlten. Die Welt schien größer, das Himmelsgewölbe höher und von beeindruckender Reglosigkeit, wie der Deckel einer Dose, in der die ganze Menschheit eingeschlossen ist.

Warum hörte er an diesem Tag eher als an andern Tagen unerwartete Töne in den Heizkörpern? Manchmal glaubte er sogar das Blut in seinen Adern pochen zu hören.

In einem bequemen Sessel sitzend, seine in Pantoffeln steckenden Füße auf einem Schemel, las er. Julie, in einem nicht so tiefen Sessel vor ihm sitzend, stopfte Wollsocken und erlaubte sich nur, das Wort an ihn zu richten, wenn sie am Weiß der Seiten sah, daß er ein Kapitel zu Ende gelesen hatte.

»Ich hoffe, daß das Dach in der Rue des Dames Nr. 22 nicht wieder undicht wird! Wenn der Schnee so weitermacht wie vor vier Jahren, wird es im fünften Stock nicht ohne Schäden abgehen.«

Die Mieter beklagten sich. Sie konnte sich immer erst in allerletzter Minute zu den unumgänglichen Reparaturen entschließen. Eines Tages hatte er gehört, wie sie einer alten Frau, die in einer ihrer Mansarden wohnte, zur Antwort gab:

»Eine gesprungene Fensterscheibe ist keine zerbrochene Fensterscheibe. Als Hausbesitzerin geht mich das nichts an. Sie können den Sprung ja mit einem Klebestreifen zukleben.«

Was mochte der Mann mit dem Schnurrbart an einem solchen Tag wohl tun? Sich vor einem Kino in die Schlange zu stellen oder mit der Menge über die Champs-Elysées zu ziehen war nicht seine Art. Womit bringen alle diese Leute den Sonntag zu? Nur die, die in der Woche keine Gelegenheit dazu haben, nutzen ihn aus, um sich ins Bett zu legen. Die meisten guten Restaurants sind geschlossen.

Er hätte den Kellner nach dem Namen des Paares fragen sollen. An der Art, wie das Personal sie beim Weggehen gegrüßt hatte, erriet man Stammgäste oder bekannte Leute, was auch das Erröten des Mannes erklärte, als Antoine ihn beharrlich angesehen hatte.

»Du mußt dir bald neue Socken kaufen. Diese hier lohnen das Stopfen nicht mehr.«

Was hatte er selber denn sonntags getan, bevor er Julie kannte? Er mußte sich anstrengen, um sich daran zu erinnern. Er hatte den Eindruck, daß er damals gar nicht merkte, daß Sonntag war. Es gab mehr Varietés und Tingeltangel, und es kam vor, daß er nachmittags und abends arbeitete. Zwischen den Vorstellungen gab es niemanden, mit dem man reden konnte, und so setzte er sich in eine Kneipe und las eine Zeitung.

Was er am deutlichsten vor sich sah, waren die

Kneipen in den Kleinstädten, in denen er so viele Stunden seines Lebens verbracht hatte, entweder um auf einen Zug zu warten oder auf seinen Auftritt oder ganz einfach bis es Zeit war, schlafen zu gehen.

Es war vorgekommen, daß er drei oder vier Stunden hintereinander auf der gleichen Polsterbank saß und zusah, wie die Honoratioren des Ortes an einem Nachbartisch ihre Partie Karten spielten oder auch, daß er in einem schlecht beleuchteten Nebensaal ganz allein Billard spielte mit Kugeln, die einen Gipston von sich gaben.

»Weißt du, daß ich dich liebe?« sagte er plötzlich, ohne sie anzusehen.

»Ich dich auch. Warum denkst du jetzt daran? Ich beklage mich zwar nicht darüber, aber ich wüßte gern, wie dir das in den Sinn gekommen ist.«

»Ich weiß es nicht. Ich dachte an uns.«

»Glaubst du, daß du glücklich bist?«

»Ich bin sicher.«

Er mußte es sein. Es gab überhaupt keinen Grund, weshalb er es nicht war. Oder aber das Universum war von unglücklichen Menschen bevölkert, was ihm unvorstellbar erschien.

»Ich möchte, daß du der glücklichste aller Männer bist, so wie ich die glücklichste aller Frauen bin.«

War es die Antwort auf seine Frage? Sie hatte gerade gelogen – vielleicht hatte sie sich auch selbst belogen –, denn da sie ständig in der Furcht lebte, ihn zu verlieren, konnte sie nicht so glücklich sein, wie sie behauptete. Taten es die andern nicht wie sie? Sie machten gelöste Gesichter, lächelten, drückten die Brust heraus, liefen in ihren schönen Kleidern herum – wie der Mann mit der Rosette –, und im Grunde litten sie alle unter den gleichen Ängsten wie sie.

Früher hätte er in einer Kneipe um diese Zeit einen Cognac oder einen Trester bestellt, den er mechanisch in der hohlen Hand angewärmt hätte, und als er daran dachte, atmete er so etwas wie eine Duftwolke der Provinzkneipen ein, die nicht den gleichen Geruch haben wie die Pariser Kneipen. Es war gar nicht wahr, wie er behauptet hatte, daß alle Erinnerungen aus der Zeit vor Julie geruchlos waren. Es gab diesen Geruch. Es gab auch die Farbe der Kneipenuhren, fast alle schwarz umrahmt, mit einem milchigen Emaillegrund, auf dem er der Bewegung der Zeiger folgte. Oft war es gegenüber einem Bahnhof, wo eine andere Uhr, von dem gleichen Weiß, eine andere Zeit angab.

»Ich frage mich«, sagte Julie, ohne ihre Arbeit zu unterbrechen, »was aus mir geworden wäre, wenn ich dich nicht kennengelernt hätte.«

»Du hättest einen andern kennengelernt.«

»Ganz gewiß nicht.«

Dieser Meinung war er auch. Sie wäre jetzt allein in der gleichen Wohnung, mit dem Unterschied, daß sie in dem roten Sessel säße, in dem er saß, und daß sie keine Männersocken stopfen würde. Was ihn anging, so würde er wahrscheinlich vor dem Bahnhof, an den er sich gerade erinnert hatte, auf einen Zug warten.

»Ich will dir etwas sagen, Julie. Hörst du mir zu?«

»Ja.«

»Sieh mich an.«

Damit sie feststellen konnte, daß er ein ernstes Gesicht machte.

»Neulich hast du mich gebeten, dich nie zu verlassen. Ich habe es versprochen, weil es leicht ist. Aber du mußt mich um jeden Preis und unter allen Umständen am Trinken hindern.«

»Wie soll ich dich daran hindern, wenn du Lust dazu hast?«

»Du weißt genau, daß ich nie Lust dazu habe. Ich kann dir das schwer erklären. Entscheidend ist, daß ich nicht anfange.«

»Einmal habe ich es versucht.«

Sie hätte so nicht antworten, ihn nicht an die Nacht von Le Havre erinnern dürfen.

»Egal. Tu, worum ich dich bitte. Hindere mich daran.«

»Bist du sicher, daß du nicht allmählich genug von mir hast?«

»Ganz sicher.«

»Schwörst du es?«

Er hatte kein Recht zu zögern.

»Ich schwöre es.«

Und da sie eine Bewegung machte:

»Steh nicht auf. Es ist besser, wenn wir in aller Ruhe darüber sprechen, jeder auf seinem Platz. Setz deine Arbeit fort. Schau mich nicht an . . .«

»Aber du hast doch . . .«

»Vorhin ja, da habe ich dich gebeten, mich anzusehen. Das ist jetzt nicht mehr nötig. Du hast gesehen, daß ich ruhig bin. Ich habe in letzter Zeit viel nachgedacht. Aus einem Grund, den ich nicht zu erkennen vermag, verträgt mein Organismus keinen Alkohol mehr. Nicht nur, daß er mich nicht fröhlich macht, ich werde sogar streitsüchtig, böse. Glaubst du, daß das mein wirklicher Charakter ist?«

»Nein.«

»Dann darfst du nie denken, daß ich dir absichtlich wehtue. Das ist alles. Hast du die Absicht, mich heute abend nach Bobigny zu begleiten?«

»Woher weißt du das?«

»Ich weiß es. Ich bin einverstanden.«

»Willst du wirklich?«

»Unter der Bedingung, daß du dich nicht in die ersten Reihen setzt. Es stört mich, wenn ich deinen Blick auf mir spüre. Ich habe dann das Gefühl, daß die andern meine Tricks genausogut kennen wie du, daß ich sie langweile, und ich beeile mich, fertigzuwerden, um sie zu befreien.«

»Ich werde mich ganz hinten in den Saal setzen. Ich habe mich nicht getraut, dich darum zu bitten.«

»Hättest du es nicht getan?«

»Vielleicht im letzten Augenblick.«

Er hatte den Beweis dafür. Ein Stück Spitze ihres Unterrocks vom Morgen sah unter ihrem Hauskleid hervor, und sie trug diesen Unterrock nur unter ihrem guten Kleid; sie hätte ihn schon längst ausgezogen, wenn sie nicht die Hoffnung gehabt hätte, noch auszugehen.

»Darf ich dich küssen?«

Er konnte nicht nein sagen, aber es war ihm unangenehm. Die Nacht fiel sanft herein. Er schaute in sein

Buch. Julie, die sich wieder an ihren Platz gesetzt hatte, öffnete den Mund, sagte aber nicht die Worte, die sie auf den Lippen hatte, murmelte einen Augenblick später:

»Verzeihung. Ich lasse dich lesen.«

Wie die Uhr in den Kneipen der kleinen Städte zeigte auch die ihre schließlich sechs Uhr, dann halb sieben an, und Julie legte die Socken weg, um den Tisch zu decken. Sonntags aßen sie abends außer der Suppe vom Vortag, die sie aufwärmte, kalt, fast immer einen Salat mit Wurst, dann zwei oder drei Sorten Käse.

»Ich bin froh, daß du es warst, der daran gedacht hat.«

»An was?«

»Mich heute abend mitzunehmen. Weißt du auch, daß es das erste Mal seit langem ist? Erinnerst du dich noch, vor unserer Hochzeit, als ich in alle Vorstellungen lief und Mama so wütend war? Arme Mama!«

Sie nahmen die Metro. Er war gar nicht auf den Gedanken gekommen, mit ihr den Autobus zu nehmen. Sie waren fast allein im Waggon, wo sie wegen des Lärms gar nicht erst versuchten, miteinander zu sprechen und wo sie mit gleichgültigem Blick das Vorüberziehen der Stationen verfolgten.

»Weißt du, wo das Bürgermeisteramt ist?«

»Ich bin mindestens zehnmal dort gewesen. Wir haben nur ein paar Minuten zu gehen.«

»Würdest du mir nicht erlauben, einen deiner Koffer zu tragen? Ich könnte ja den kleinsten nehmen.«

»Das ist der schwerste.«

Es war neblig. Gleich neben dem Bürgermeisteramt

hörte er ein Geräusch, das schon lange nicht mehr an seine Ohren gedrungen war, nämlich das von Kugeln auf einem Billardtisch. Junge Leute spielten in einer Kneipe, in dem ein zartrosa Licht herrschte.

Ein anderer junger Mann, der nach Kölnisch Wasser roch, empfing ihn in der Eingangshalle.

»Monsieur Antoine?«

»Ich habe mir erlaubt, meine Frau mitzubringen. Sehen Sie doch zu, daß Sie einen kleinen Platz in einer Ecke für sie finden.«

»Arthur, kümmerst du dich um Madame Antoine?«

Andere Damen, etwa gleich alt wie Julie, wie sie gekleidet, hatten sich ebenfalls für diese Gelegenheit parfümiert, und manche hatten Bonbons mitgebracht. Bevor sie ihn verließ, drückte sie ihm flüchtig die Fingerspitzen.

»Bis nachher.«

Es gab richtige Kulissen, in die man über einen langen, dunklen Korridor gelangte. Am Ende des Korridors spürte er die Kühle von draußen.

»Es hat mal wieder jemand vergessen, diese Tür zuzumachen. Die Feuerwehr verbietet uns, sie zu verriegeln und . . .«

Der junge Mann machte sie wieder zu. Antoine hatte die Zeit gehabt zu sehen, daß sie auf einen Gehweg führte, der zwischen dem Bürgermeisteramt und einer blinden Mauer auf die Hauptstraße stieß.

»Ich weiß nicht, ob Sie einen Helfer brauchen . . .«

»Nein, danke. Vielleicht werde ich im gegebenen Augenblick jemanden aus dem Saal heraufrufen. Sind viele Kinder da?«

»Viele nicht. Etwa dreißig.«

Die Leute auf der anderen Seite husteten, scharrten mit den Füßen. Antoine stellte seine beiden Koffer auf den Tisch, machte sie auf, machte sie wieder zu und stürzte auf den Gehweg, wobei er die Tür hinter sich offen ließ. Er hatte sich vorgenommen, bei einem Glas zu bleiben, nicht so sehr, um zu trinken, als um den entgangenen Madeira vom Morgen zu kompensieren. Er kippte zwei, die Augen starr auf den Billardtisch gerichtet, legte laufend den gleichen Weg in umgekehrter Richtung zurück.

Man merkte nichts davon. Er handhabte seine Requisiten mit der gewohnten Geschicklichkeit, zog sich um, brachte die verschiedenen Taschen um sich herum an und legte schließlich die Halbmaske aus schwarzem Samt bereit.

Man ließ ihn zwanzig Minuten warten, bis die drei Schläge ertönten, und wenn er nicht schon im Frack gewesen wäre, hätte er zur Straßenecke laufen können, um noch ein Glas zu trinken. Vielleicht würden ihm die Organisatoren nachher, nach seiner Nummer, etwas zu trinken anbieten?

Julie saß nicht hinten im Saal, sondern freudestrahlend in der Mitte. Man hatte sie vielleicht gegen ihren Willen dorthin gesetzt, und sie hatte nicht zu protestieren gewagt. Dennoch warf er ihr, bevor er anfing, durch die Löcher der Maske einen kalten Blick zu.

»Meine Damen und Herren . . .«

Zweiter Teil

1

Es mußte gegen zwei, vielleicht auch drei Uhr morgens sein, denn die Kneipe an der Rue Montmartre bildete immer den Abschluß. Die Blumenverkäuferin, die hereinkam, hatte ihn sofort bemerkt und ihm mit ihrer heiseren Stimme zugerufen:

»Spendierst du mir einen Grog, Künstler?«

Er hatte dem Kellner hinter der Theke ein Zeichen mit dem Kopf gegeben, und der hatte verstanden. Seine Gespräche mit der Alten beschränkten sich meistens auf diesen einen Satz. Sie stand schon vor dem Ofen, um ihre wulstigen Hände zu wärmen. Es fror Stein und Bein zusammen. Weihnachten stand vor der Tür, und die Plakate oder Transparente an den Türen der Restaurants wiesen auf die Festessen zu Heiligabend und zu Silvester hin.

»Auf dein Wohl!« rief sie ihm von weitem zu, bevor sie die Lippen in die brennende Flüssigkeit tauchte.

Er glaubte bei ihr eine gewisse Sympathie zu verspüren, und sie erwies ihm einen Respekt, den sie sonst niemandem entgegenbrachte. Den andern gegenüber verhielt sie sich gern aggressiv und grob. Manchmal mußten die Kellner sie hinausschmeißen, weil sie ordinär wurde oder weil sie, zum Zeichen der Verachtung, mit beiden Händen ihre Röcke hochhob.

Antoines Koffer machten sie neugierig wegen ihres Formats und wegen der Ecken aus Weißmetall. Ein einziges Mal hatte sie sich erlaubt, etwas persönlicher zu sein. Ihm mit der Hand über den Rücken streichend, hatte sie gemurmelt:

»Mach dir nichts draus, Mann! Uns ist es allen mal so ergangen. Eines Tages wirst du nicht mehr dran denken.«

Mit den Augen suchte er immer den Mann mit dem Schnurrbart, war jedesmal darauf gefaßt, ihn an dem Platz wiederzufinden, an dem er ihn zum erstenmal, vor fast einem Jahr, gesehen hatte. Es war eine fixe Idee geworden. Er war überzeugt, daß es zu einer neuen Begegnung kommen mußte.

Statt dessen kam in dieser Nacht der Komiker herein, ein Bein nachziehend, und bevor er nähertrat, sah er sich reihum die Gäste an. Sicherlich hätte er den Rückzug angetreten, wenn er keinen Bekannten bemerkt hätte, denn er hatte kein Geld, um sich was zum Trinken zu bestellen, und wäre weitergegangen, um in andere Kneipen hineinzuschauen.

Er trug nicht mehr seinen Übergangsmantel vom vergangenen Winter. Sein Mantel war wärmer, von einem gräulichen Schwarz; er war nicht für ihn zugeschnitten worden und hing ihm wie ein Sack am Körper. Auch seine Schuhe hatten einmal jemand anderem gehört, und die Spitzen standen hoch.

Erkannte er Antoine wieder? Sicher ist jedenfalls, daß er lächelte, mit seinem mechanischen Lächeln; wie auf der Bühne. Er trat zu ihm, und wie bei ihrer ersten Begegnung schlug er ihm auf die Schulter und ließ eine Hand, der es an Festigkeit fehlte, darauf liegen.

»Mensch, Alter, ich bin froh, daß ich dich treffe! Du würdest nie erraten, was mir passiert ist. Es ist so außergewöhnlich, daß es fast zum Totlachen ist. Stell dir vor, daß ich im Augenblick im Zug sitzen müßte nach ...«

Seine Augen waren klarer und leerer geworden. Sie waren dadurch ungewöhnlich, denn man hatte den Eindruck, in ihnen seine Intelligenz flackern, fast erlöschen und dann wieder hell brennen zu sehen, wie die Flamme einer verbrauchten Kerze. In einem bestimmten Augenblick erstarrte sein Lächeln, verschwand, für eine Sekunde entstand Angst, dann, sich noch stärker auf die Schulter seines Kumpels stützend, entschied er sich dafür zu lachen.

»Hab ich dich schon einmal damit hereingelegt? Du mußt doch zugeben, daß es zum Schießen ist. Als ich reinkam, hab ich mir gleich gesagt: Das Gesicht kennst du doch. Danach habe ich mich erinnert, daß du Bauchredner bist. Du bist doch Bauchredner, nicht wahr? Wie ist dein Name noch?«

Er stammelte wider Willen:

»Antoine.«

»Siehst du! Ich wußte es doch. Die Concerts Pacra. Übrigens, wenn ich zu Boden geschaut hätte, hätte ich deine Koffer erkannt. Was habe ich dir denn das letzte Mal erzählt, wo ich ein Engagement hätte?«

»In Nevers.«

»Richtig. Nevers! Ich wähle zwischen den beiden,

verstehst du? Manchmal sage ich Romorantin. Das ist nicht so weit. Nicht jeder kann mir eine Fahrkarte nach Nevers bezahlen. Wenn der Kerl Geld wie Heu hat, erzähle ich was von Fréjus, im Var. Gib zu, daß wir Lumpen sind! So, dann hab ich dich damit schon mal reingelegt?«

Er war wieder dick geworden, aber sein Fleisch blieb weich, und wenn man den Finger hineingedrückt hätte, wäre sicherlich eine Kuhle zurückgeblieben.

»Spendierst du mir trotzdem einen, Antoine?«

»Kellner!«

»Was hast du denn gerade getrunken?«

»Rum.«

»Dann bekomme ich auch einen Rum. Wie lange ist das jetzt her? Es war nicht erst gestern, Mann.«

Man hätte nicht sagen können, ob er betrunken war oder nicht. Er war über das Stadium hinaus, wo der Unterschied noch spürbar ist. Trotzdem brannte die kleine Flamme von Zeit zu Zeit, und er sah alles, die Koffer, die matte Haut seines ehemaligen Kameraden, seine Verlegenheit, an diesem Ort beim Trinken überrascht zu werden.

»Kommst du oft hierher? Weißt du, ich frag nur so ... Mich geht's ja nichts an.«

Es war nicht so sehr, weil sein Kamerad um einige Stufen gefallen war, sondern weil er sich geändert hatte, daß er nicht so mit ihm sprach wie im Januar. Während ihrer ganzen Unterhaltung war sich Antoine dessen bewußt, und es kam vor, daß er sich flüchtig im Spiegel betrachtete, um Symptome seines Verfalls zu entdecken.

»Aber sonst klappt's immer noch?« fragte Dagobert, nachdem er sein Glas geleert hatte, mit einem erneuten Blick auf die Koffer.

Dann, ohne Übergang:

»Hast du immer noch eine Frau? Ich erinnere mich nicht mehr, ob du mir gesagt hast, du hättest Kinder.«

»Nein.«

»Um so besser. Ich ... Hör zu. Ich weiß, was du denkst. Trotzdem, wenn du ein bißchen Mitleid hast, dann spendierst du mir noch einen.«

Er schaute Antoine anerkennend an, der dem Kellner ein Zeichen machte, folgte dessen Gebärden, ergriff das Glas mit gieriger Hand.

»Was mich angeht, alter Junge, ich habe keine Frau und keine Kinder mehr.«

Er schnalzte mit den Fingern, starrte ins Leere.

»Husch! ... Verschwunden! ... Einfach so! ... Hokus pokus, verschwindibus! ... Niemand mehr zu Hause ... Nicht einmal mehr die Möbel ... Du würdest nie erraten, was das Luder mir zurückgelassen hat, wahrscheinlich, weil ihr irgend jemand einen Tip gegeben und ihr gesagt hat, daß niemand, nicht einmal der Gerichtsvollzieher, das Recht hat, das einem Mann wegzunehmen: einen Strohsack, einen Tisch und einen Stuhl. Einen Strohsack! Kein Bett! Sie hat eines Abends die Gelegenheit genutzt, daß ich im Châtelet arbeitete, verstehst du?«

Er hatte dort natürlich als Statist gearbeitet. Von Zeit zu Zeit stand Dagobert wohl vor den Theatern Schlange, in denen Ausstattungsstücke gespielt wurden, und wenn man einen Dicken brauchte und er nicht allzu betrunken war, hatte er eine kleine Chance.

»Gut! Ich komme heim. Ich klopfe an die Tür. Nichts! Ich klopfe noch einmal. Ich werde wütend. Ich fange an zu schreien, und darauf haben mir die Nachbarn mitgeteilt, daß niemand mehr in der Bude ist. Kannst du dir das vorstellen? Von den Nachbarn habe ich erfahren, daß sie mit den Kindern weggegangen war.«

Er schien nahe daran zu weinen, besann sich aber im letzten Augenblick eines andern, erklärte:

»Die bin ich los! Denn ich werde dir jetzt was sagen, was ich noch nie jemand gesagt habe, wegen der Kinder, denn schließlich ist sie die Mutter meiner Kinder. Wohlgemerkt, wir sind so ordnungsgemäß verheiratet, wie es nur geht, standesamtlich und kirchlich, in ihrem Dorf in der Bretagne, wohin sie mich geschleppt hat, um mich ihrer Familie vorzustellen. Kannst du mir folgen?«

»Ja.«

»Also gut, alter Junge, ob du es glaubst oder nicht, als ich das erste Mal mit diesem Mädchen geschlafen habe, hat sie zehn Francs von mir verlangt! Das war damals der Tarif! Zehn Eier! Sie war Dienstbolzen bei Geschäftsleuten am Boulevard Beaumarchais, und an ihren freien Tagen hat sie an der Tür eines Tanzlokals in der Nähe vom Boulevard Sébastopol die Kunden angelockt. Was meinst du dazu? Sie hat sich mit den Kindern aus dem Staub gemacht und die Möbel und den ganzen Plunder mitgenommen. Ich habe nicht lange gefackelt. Ich bin zur Polizei gegangen. Ich habe ihnen gesagt, daß sie nicht das Recht hat, mir, dem Vater, das anzutun. Weißt du, was die mir zur Antwort gegeben haben? Daß es für mich vernünftiger wäre, mich ruhig zu verhalten, und daß ich nur froh sein sollte, daß sie keine Anzeige erstattet und auch keinen Unterhalt von mir verlangt hat, und daß man, falls ich auf den Gedanken kommen sollte, um sie herumzustreichen und die Kinder zu belästigen, dafür sorgen würde, daß ich für eine Weile in den Bau komme. Voilà, Alter! Du mußt doch zugeben, daß du das nicht erwartet hast!«

»Dasselbe, Kellner!« murmelte Antoine, der unfähig war, den Komiker aus den Augen zu lassen.

»Du hast Glück, daß du keine Kinder hast. Ich weiß nicht einmal, wo die meinen wohnen. Ich darf nicht wissen, was mit ihnen ist, wie es ihnen geht, und ihre Mutter, das Luder, kann ihnen über mich erzählen, was sie will. Neulich habe ich auf dem Boulevard Magenta den Kleinen gesehen, der jetzt schon größer ist als ich. Ich laufe zu ihm hin. Ich mache den Mund auf. Er sieht mich an, als ob er mich noch nie gesehen hätte, besteigt wieder sein Lieferdreirad und schlängelt sich zwischen den Lastwagen hindurch, ohne sich auch nur umzudrehen. Ich habe nicht sehen können, für welche Firma er arbeitet. Auf dem Fahrzeug stand in gelber Schrift ein Name, ein Name auf *ien*, aber er war schon zu weit weg, als ich auf den Gedanken gekommen bin hinzuschauen. Was soll ich da machen? In dem Aufzug, in dem ich herumlaufe, habe ich mit meiner Masche von Nevers oder Romorantin natürlich auch kein Glück mehr. Im besten Fall bezahlt man mir ein

Glas Rotwein, um mich loszuwerden. Die Polizei hat mich im Auge. Es ist schon eine Ewigkeit her, daß ich mich nicht mehr in dieses Viertel getraut habe. Was meinst du, was sie ihnen erzählt hat?«

Er klammerte sich an der Theke fest, wie damals der Mann mit der Rosette. Sein Körper schwankte. Einen Augenblick lang schien er in Gedanken versunken, dann beobachtete er Antoine mit plötzlich glänzenden Augen.

»Wir sind ja doch Schweine, Mann! Ich spreche nicht von dir. Du weißt das sicherlich. Aber ich, Alter, ich bin ein verdammter Schweinehund. Es erleichtert, wenn man das von Zeit zu Zeit sagen kann. Du wirst sehen.«

Er belauerte wieder seinen ehemaligen Kameraden, schien zu zögern.

»Hast du nicht den Eindruck, ein Schweinehund zu sein? Gut! Das erste Mal habe ich ihr zehn Francs gegeben, geht in Ordnung. Oder genauer, es stimmt nicht ganz. Ich habe ihr ein altes Fünffrancsstück in die Hand gedrückt und behauptet, daß ich nicht mehr bei mir hätte. Du hast es bestimmt auch schon so gemacht.

Trotzdem haben wir uns später zusammengetan, und sie hat mir zwei Kinder auf die Welt gesetzt. Wenn ich nach Hause kam, stand die Suppe auf dem Tisch. Siehst du, ich behaupte immer, nach Hause kommen und Licht vorfinden und Suppe, die auf dem Tisch dampft, das zählt im Leben eines Mannes.«

Seine Stimme zerbrach, eine Träne zitterte auf seiner Wange, bevor sie zu seinem Kinn rollte.

»Ich versuche nicht, dir was vorzumachen. Außerdem würde ich nach dem, was ich dir gerade erzählt habe, keinen Pfennig von dir annehmen. Ein Gläschen, ja, weil ich ohne nicht mehr auskomme. Es ist zu spät, verstehst du? Anfangs, wenn mir das passierte, behauptete ich immer, es sei das letzte Mal, und ich meinte es ehrlich.«

Auch Antoine hätte sich um diese Stunde gern zu Geständnissen hinreißen lassen. Es war schon vorgekommen, daß er es bei Leuten versucht hatte, die er eine Stunde zuvor noch nicht kannte und in denen er plötzlich Brüder sah. Jedesmal waren ihm die Worte im Hals steckengeblieben.

»Schlägst du deine Frau?« fragte der andere, und die Iris seiner Augen war ganz klein, der Blick wurde stechend.

Und mit hängenden Schultern:

»Bei mir ist es vorgekommen. Das Seltsame ist nur, daß ich nie herausfinden konnte, warum. Sie ist an sich schon nicht sehr kräftig. Seit dem zweiten Baby hat sie ein Magenleiden. Einmal, als ich spät nach Hause gekommen bin und sie mit mir herumstritt, habe ich ihr das Nachthemd heruntergerissen und angefangen, sie mit dem Gürtel zu schlagen.«

Antoine hätte lieber nicht hingehört, aber er war unfähig wegzugehen. Er mußte alles wissen.

»Hast du nie deine Frau mit einem Gürtel geschlagen?«

Dagobert flüsterte. Der Rest der Welt war versunken. Um sie herum blieb nichts mehr übrig, keine Stadt mehr, keine Häuser, keine Bürgersteige; das Universum beschränkte sich auf diese Theke, auf der Gläser standen, und dort, um den Ofen herum, auf einige groteske Gestalten. Ihr Atem vermischte sich. Sie hatten Angst voreinander. Antoine auf jeden Fall hatte Angst. Dagobert hatte wohl Angst vor dem, was er sagen würde. Seine Stimme hatte sich verändert. Er sprach wie zu sich selber.

»Siehst du, Alter, ihr Körper war ganz weiß, und es war ein Geräusch, das du dir nicht vorstellen kannst. Es tat mir genauso weh wie ihr. Ich weinte, und ich konnte doch nicht aufhören. Ich schrie ihr die häßlichsten Worte ins Gesicht. Verstehst du? Du mußt mich verstehen. Du bist doch gebildet, kannst du mir sagen, warum ich das gemacht habe, obwohl uns die Kinder in ihrem Zimmer hören konnten? Ja? Warum? Halt den Mund! Warte! Du weißt noch nicht alles. Ich habe sie wieder geschlagen. Und das gab mir das Gefühl, ein Mann zu sein, der Recht spricht.«

Fast verstört blickte er um sich, auf der Suche nach einem Glas, in dem noch Flüssigkeit war, egal welche.

»Noch einen?«

Antoine nickte. Dagobert stammelte mit gesenktem Kopf:

»Bestell du.«

Er kippte den Schnaps in einem Zug runter, wurde heiser, hustete, zog ein schmutziges Taschentuch aus der Tasche.

»Ich will dir nicht erzählen, wie es endete. Auch das verstehe ich nicht. Selbstverständlich wollte sie nicht. Ich habe sie dazu gezwungen.«

Er nahm sich Zeit, um sich wieder zu fangen.

»Das ist auch der Grund, weshalb die Polizei mir

hart zugesetzt hat und weshalb sie mich im Auge behalten. Sie hat ihnen wahrscheinlich die Spuren gezeigt. Sie hatte Angst, sie behauptete, daß ich sie eines Tages noch umbringen würde. Jetzt ist es vorbei. Sie ist mit den Kindern fortgegangen. Ich bin nicht einmal mehr ein Vater, Alter! Ich weiß nicht, in welchem Viertel sie wohnen. Wohlgemerkt, es ist mir Wurscht . . . Früher oder später mußte es ja soweit kommen. Wenn man dann soweit ist, hat man eigentlich seine Ruhe. Abends kannst du mich sehen, wie ich vor dem Kahn der Heilsarmee Schlange stehe. Dagobert, wenn's recht ist! Zu seiner Zeit ein berühmter Komiker. Nicht einmal! Ein Kerl, der versuchte, die Leute zum Lachen zu bringen. Findest du das nicht zum Schießen?«

Antoine war es kalt, er versuchte um sich zu schauen, sich an den vertrauten Gegenständen festzuklammern, aber alles war unscharf in dem allzu grellen Licht, das den Augen wehtat. Die alte Blumenverkäuferin stand nicht mehr am Ofen. Hätte er den Mann mit der Rosette erkannt, wenn er hereingekommen wäre?

Er erinnerte sich nicht, daß er gesehen hatte, wie Dagobert ihn verließ, er stand allein vor der Theke und sah auf der andern Seite, sehr verschwommen, das weiße Hemd und die blaue Schürze des Kellners. Er schnüffelte, ohne zu merken, daß er weinte, und sagte, den Kopf schüttelnd:

»Gib mir noch einmal dasselbe.«

»Für heute ist es genug. Es ist Zeit, daß Sie schlafen gehen.« Wäre es nicht menschlicher gewesen, ihm eine Ohrfeige zu geben? Im Grunde hatte man ihn gerade öffentlich geohrfeigt. Offenbar meinte man, er sei betrunken und würde einen Skandal heraufbeschwören. Er zog es vor zu lächeln, und es war ein so bitteres Lächeln, daß er den Eindruck hatte, die ganze Trauer der Welt hineinzulegen.

»Sehr gut, mein Freund. Wie Sie wollen. Wenn Sie das meinen, haben Sie recht. Allerdings werde ich eines Tages in Ruhe mit Ihnen darüber reden. Wissen Sie, wer ich bin?«

Man wußte doch tatsächlich nicht, wer er war! Dabei kam er schon über ein Jahr mindestens einmal wöchentlich hierher. Nicht von Anfang an. Zuerst war es einmal im Monat, dann alle vierzehn Tage. Man fragte sich nicht, warum er diese Kneipe ausgesucht hatte. Für sie war er ein Gast wie jeder andere.

»Geben Sie zu, daß Sie nicht wissen, wer ich bin.«

Sich mit beiden Händen an der Theke festhaltend, senkte er seinen Blick zum Fußboden und sah nur noch einen Koffer. Wie bei Dagobert vorhin änderte sich der Ausdruck seiner Augen von einer Sekunde zur andern. Anstatt sich zu ärgern oder in Panik zu geraten, lachte er, ein schroffes Lachen, das er der Situation angepaßt fand.

»Es ist doch zum Schießen. Haben Sie keine Angst. Ich habe nicht die Absicht, Ihnen einen Prozeß anzuhängen. Es ist nicht Ihre Schuld. Aber Sie müssen doch zugeben, daß es zum Schießen ist. Man hat mir einen meiner beiden Koffer gestohlen!«

Er mußte die Geschichte auch dem Fahrer des Taxis erzählen, in das ihm der Kellner hineinhalf.

»Welche Adresse?«

»Kennen Sie die russische Kirche an der Rue Daru? Genau dort ist es.«

Das erschien ihm von größter Lustigkeit, und er lachte von neuem.

»Zur russischen Kirche, alter Junge!«

Ob ihn der Taxifahrer wohl für einen Popen hielt? Es war zum Schießen. Alles war zum Schießen. Es herrschte eine Hundekälte, und seine Finger waren erstarrt. Hatte er nicht die Treppe seines Hauses auf allen vieren hinaufgehen müssen?

Wie er sich auch abmühte, es gelang ihm einfach nicht, den Schlüssel umzudrehen. Hatte Julie etwa das Schloß ausgewechselt, um ihn daran zu hindern, seine Wohnung zu betreten? Vielleicht bildete sie sich ein, daß es nur ihre und nicht ihrer beider Wohnung war? Sie hatte bereits vor ihm mit ihrer Mutter in der Wohnung gelebt. In ihren Augen mußte es natürlich eine Travot-Wohnung sein. Er grüßte, wobei er feierlich den Hut zog, alle toten und lebenden Travots. Es wäre noch lustiger, wenn sie fortgegangen wäre, wie Dagoberts Frau, und die Möbel mitgenommen hätte.

Sieh da! Die Tür ging auf, ohne daß der Schlüssel im Schloß steckte. Er hatte ihn in der Hand, war im Begriff, in Gelächter auszubrechen, denn das war noch mehr zum Schießen als alles andere.

»Pst! . . . Versuchen Sie keinen Lärm zu machen . . .«

Mit gerunzelter Stirn bemühte er sich zu verstehen, betrachtete den Treppenabsatz, um sich zu vergewissern, daß er sich nicht im Stockwerk geirrt hatte. Die kleine, rundliche Alte, die an der Türspalte stand, war ihm unbekannt. Sie sprach unfreundlich und, wie er bemerkte, unhöflich mit ihm.

»Wenn Sie ihr Mann sind, dann kommen Sie herein und lassen Sie sie in Ruhe.«

»Was ist los?«

»Ihre arme Frau ist krank, und der Doktor verbietet Ihnen, daß Sie in ihr Zimmer gehen, das ist los.«

Sie hatte ihr Zimmer gesagt.

»Doktor Bourgeois?«

»Sprechen Sie nicht so laut. Ja, Doktor Bourgeois. Er hat mich auch rufen lassen.«

»Was hat sie denn?«

»Wahrscheinlich machen Sie ihr nicht genug Kummer. Geben Sie mir Ihren Koffer, sonst stoßen Sie ihn noch gegen alle Möbel.«

Er war viel zu benommen, um sich über die Lage ganz klar zu werden. Die alte Frau ließ ihm keine Zeit zu protestieren. Durch die Schlafzimmertür, die einen Spalt offen stand, sah er kaum Julies Gesicht und Haare auf dem Kopfkissen. Sie schien zu schlafen. Er erkannte nur schlecht ihre Züge, denn man hatte lediglich eine Nachttischlampe brennen lassen. Es herrschte ein merkwürdiger Geruch, sicherlich Medikamente.

»Kommen Sie hier entlang. Ziehen Sie nicht die Füße nach.«

Sie schob ihn in sein Arbeitszimmer, in dem ein Sofa stand, auf dem er hin und wieder seinen Mittagsschlaf hielt.

»Setzen Sie sich. Ziehen Sie Ihre Schuhe aus. Aber in dem Zustand, in dem Sie sind, ist es besser, wenn ich sie Ihnen ausziehe.«

Später, als sie seine Krawatte aufknotete, protestierte er:

»Mißhandeln Sie mich nicht.«

Es kam auch der Augenblick, wo er fragte:

»Sie ist doch nicht tot, nicht wahr? Antworten Sie mir wenigstens auf diese Frage. Schwören Sie mir, daß sie nicht tot ist.«

»Sie ist nicht tot, nein.«

»Wird sie auch nicht sterben?«

»Diesmal nicht, wenn Sie sie in Ruhe lassen. Und jetzt schlafen Sie, und lassen Sie nichts mehr von sich hören.«

Sie ließ ihn sich angekleidet hinlegen, zog eine Decke über ihn, löschte das Licht und schloß die Tür hinter sich.

Er weinte in der Dunkelheit, schlief, hatte Alpträume. Er watete lange in einem endlosen unterirdischen Kanal herum, dessen Decke nicht hoch genug war und wo Tiere ihn streiften. Hinter sich hörte er Dagoberts Atem, aber Dagobert sagte nichts, und er konnte nicht verstehen, warum er sich weigerte, mit ihm zu sprechen.

Als er wach wurde, richtete er sich auf, fahl, starrte seine zitternden Hände an. Er hörte Stimmen in der Wohnung, darunter eine Männerstimme. Man sprach leise, vielleicht, damit er nichts hören sollte. Darauf öffnete er die Tür, stieß die des Schlafzimmers auf, die angelehnt war, sah Dr. Bourgeois am Kopfende des Bettes sitzen, neben Julie, ein Stethoskop in der Hand. Der alte Arzt tat so, als bemerke er seine Anwesenheit nicht. Julies Augen wurden größer, ihr

Gesicht bekam einen Ausdruck, den er nicht an ihr kannte, einen Ausdruck von Erleichterung und Angst zugleich. Dann, fast gleich darauf, beruhigte sie sich, lächelte schwach, murmelte:

»Du bist heimgekommen.«

Sich mit den Augen an die andern wendend, denn die Alte war immer noch da:

»Sehen Sie, er ist heimgekommen!«

Warum sprach sie mit einer Stimme, die von weit herzukommen schien?

»Jetzt, wo er hier ist, wird es mir bestimmt besser gehen, Herr Doktor. Ich hätte Sie nicht stören sollen. Ich bin dumm gewesen. Wenn ich allein bin, mache ich mir unnütze Sorgen.«

Die Alte sah ihn streng an. Er vergaß, daß er in Socken war, ohne Krawatte, mit verstrupptem Haar.

»Ich bitte dich um Verzeihung, Antoine. Du darfst dir keine Sorgen machen. Gegen drei Uhr morgens habe ich mich schwach gefühlt. Ich habe Angst gehabt, ich würde sterben, und habe Dr. Bourgeois angerufen. Es ist nichts Schlimmes, du wirst sehen. Es geht mir schon besser. Ich kann nachher bestimmt aufstehen und mich um dich kümmern. Nicht wahr, Herr Doktor?«

Der schüttelte den Kopf.

»Warum nicht?«

»Weil Sie mindestens drei oder vier Tage völlige Ruhe brauchen, und zwar Bettruhe. Danach werden wir weiter sehen.«

»Aber der Anfall ist doch vorbei!«

Er stand auf, tätschelte ihr die Wangen.

»Halten Sie sich ruhig und warten Sie, bis ich Ihnen erlaube aufzustehen. Madame Arnaud wird sich um Sie und Ihren Haushalt kümmern. Nicht wahr, Madame Arnaud?«

»Für die arme Dame werde ich das bestimmt tun.«

Der alte Arzt sah Antoine an, als hätte er ihn noch nie gesehen, machte ihm ein Zeichen, aus dem Schlafzimmer zu gehen, ging ihm ins Arbeitszimmer voran, wo die Schuhe auf dem Boden herumlagen.

»Geben Sie mir Ihr Handgelenk.«

Antoine versuchte nicht zu protestieren, und der Doktor zog seine Uhr aus der Westentasche, zählte mit den Lippen den Puls.

»Ich werde anschließend in der Apotheke vorbeigehen. Man wird Ihnen Pillen für Ihre Frau schicken und für Sie ein Pulver, das Sie in einem Glas Wasser auflösen. Ich rate Ihnen, keinen Kaffee zu trinken. Das beste ist es, wenn Sie sich hinlegen und den ganzen Tag ruhen.«

»Meine Frau?«

»Lassen Sie sie in Frieden. Sie hätte letzte Nacht sterben können. Je weniger Sie zu ihr gehen, um so besser ist es für sie. Was die Pflege angeht, die sie braucht, so weiß Madame Arnaud Bescheid.«

Dann setzte er seinen Hut auf und begab sich zur Tür.

»Besteht noch eine Gefahr für sie, Herr Doktor?«

»Die wird ihr ganzes Leben lang bestehen.«

»Wegen mir?«

Der Arzt verließ die Wohnung, ohne eine Antwort zu geben, und drückte auf den Knopf für den Aufzug.

Als Antoine versuchte, das Schlafzimmer zu betreten, stieß er mit Madame Arnaud zusammen, die ihn in die Diele schob.

»Einen Augenblick. Ich erlaube Ihnen, sie eine Minute zu sehen, unter der Bedingung, daß Sie sich ruhig verhalten und daß Sie nichts sagen, was sie aufregen könnte. Sie zu sehen wird sie bestimmt beruhigen, nicht Sie zu hören. Abgemacht?«

Er begriff, daß er gar keine andere Wahl hatte, daß er nicht mehr Herr im eigenen Haus war.

»Abgemacht.«

Was hätte er Julie auch sagen können? Linkisch trat er ans Bett, ergriff die Hand, die sie in seine Richtung schob, und behielt sie in der seinen. Er hielt den Kopf gesenkt wie ein Mann, der bereut. Er mußte bejammernswert aussehen, wie er dastand, denn seiner Frau stiegen Tränen in die Augen, seine eigene Kehle schnürte sich zusammen, er fürchtete, er finge zu weinen an, und stammelte schnell:

»Ich bitte dich um Verzeihung.«

Sie, in einer Eingebung:

»Küß mich.«

Er beugte sich herab, um seine Lippen auf ihre Stirn zu drücken, und von diesem Herabbeugen wurde ihm ganz schwindlig, er mußte alle Kräfte aufbieten, um sich wieder aufzurichten. Julie strömte einen ekelhaften Geruch aus. Wahrscheinlich hatte man ihr ein Medikament gegeben, um ihre Nerven zu beruhigen. Deshalb war sie auch so schlaff, so weit fort, so, als sähe sie ihn nur durch einen hauchdünnen Schleier hindurch.

Madame Arnaud machte ihm ein Zeichen, ihr zu folgen.

»Es ist besser, Sie gehen nicht ins Bad, um sie nicht zu stören. Wenn sie ihre Pille eingenommen hat, wird sie schlafen. Sie können sich ja in der Küche waschen. Und wenn Sie ein Bedürfnis ankommt, unten im Hof sind Klos.«

Sie versuchte gar nicht erst, ihn zu schonen, wählte absichtlich verletzende Worte.

»Putzen Sie sich die Zähne und gurgeln Sie gründlich. Sie stinken eine Meile gegen den Wind nach Alkohol.«

Er protestierte nicht. Es war ihm klar, daß er das, was ihm geschah, verdient hatte. Er nahm diese Demütigung als eine gerechte Strafe an und hätte es sogar gern gehabt, daß sie noch strenger zu ihm gewesen wäre.

»Was hat sie denn heute nacht gesagt?«

»Ja glauben Sie vielleicht, daß sie die Möglichkeit hatte, von ihrem Unglück zu erzählen?«

Dagoberts Frau war nur weggegangen. Julie hingegen wäre beinahe gestorben. Er hätte sie beim Heimkommen tot vorfinden können, allein in der Wohnung, und er war nicht einmal in der Lage gewesen, den Schlüssel im Schloß umzudrehen; wenn Madame Arnaud ihm nicht aufgemacht hätte, hätte er sich wahrscheinlich auf den Treppenabsatz gesetzt und wäre eingeschlafen.

»Ich habe meine Zahnbürste nicht hier«, bemerkte er kläglich, wehrlos wie ein Kind.

»Ich habe Ihnen Ihre Sachen gebracht. Sie liegen auf dem untersten Brett im Wandschrank.«

Er fand dort nicht nur seine Zahnbürste, sondern auch seinen Rasierapparat, seinen Rasierpinsel, seinen Kamm, Seife und ein Handtuch. Sein Bademantel hing über einer Stuhllehne, seine Pantoffel standen unter dem Stuhl. Er versuchte nicht, sich zu rasieren. Er war unfähig dazu. Es war schon einige Zeit her, daß er nach Nächten wie dieser am nächsten Morgen so stark zitterte, daß er seine Hände vor Julie verbarg, indem er sie entweder in die Taschen steckte oder hinter den Rücken legte. Einmal, als er eine Vorstellung zu geben hatte, hatte er den ganzen Tag über Lampenfieber gehabt und am Abend sein Programm geändert aus Angst, gewisse Kunststücke zu verpatzen.

Er war im Morgenrock und kämmte sich, als es an der Tür klingelte. Madame Arnaud ging aufmachen, als ob sie hier zu Hause wäre, und sie nahm das Geld, das sie dem Botenjungen der Apotheke gab, aus ihrer Tasche.

»So, jetzt sehen Sie zuerst mal zu, daß Sie hier nicht mehr im Weg rumlaufen.«

Sie schüttete das Pulver aus einem Beutelchen in Wasser, das aufsprudelte.

»Trinken Sie das in einem Zug. Und jetzt legen Sie sich wieder hin. Wer ist Ihr Metzger? Truffaut?«

Er nickte.

»Ich hoffe, daß Sie regelmäßig bezahlen und daß er die Ware herschickt. Warten Sie, ich hole erst das Telefon heraus.«

Die Leitung war lang genug, und sie stellte den Apparat auf einen Stuhl in der Diele, so daß die

Verbindungstür nicht ganz geschlossen werden konnte.

Er sah seinen Koffer auf dem Boden. Erst jetzt erinnerte er sich, daß ihm der andere Koffer gestohlen worden war, und er empfand darüber eine größere Bitterkeit als über alles andere.

Es war das erste Mal in seinem Leben, daß ihm das passiert war. Er hatte nie etwas vergessen oder verloren, was mit seinem Beruf zusammenhing. Er fragte sich, ob es Dagobert war, der ihn mitgenommen hatte. Sollte er es, nach seinen Geständnissen, gewagt haben, in flagranti erwischt zu werden? Einige Monate früher hätte Antoine das ungeheuerlich gefunden. Jetzt nicht mehr. Warum eigentlich nicht? Und wenn es so wäre, war er dem ehemaligen Komiker nicht böse. Das gehörte zu einem Ganzen, das viele Leute nur ahnen und das er entdeckt und akzeptiert hatte. Es wäre schwierig gewesen, das zu erklären; und außerdem war es auch nicht nötig. So was kann man nicht mitteilen. Man erfährt das für sich allein, und dann wird man so, wie er geworden war.

Er hatte Julie um Verzeihung gebeten. Er würde es noch einmal tun. Diesmal bräuchte er nicht viel zu reden, und wäre es auch nur wegen Madame Arnauds Anwesenheit.

Es war praktisch. Er streckte sich aufs Sofa aus, schob das Kissen aus schwarzem Samt unter den Kopf, doch weil die Berührung mit dem Samt unangenehm war, richtete er sich auf, um sein Taschentuch darüberzulegen.

Er erfuhr nie, was für ein Medikament er eingenommen hatte, denn Dr. Bourgeois sprach nicht gern über die Medikamente, die er verordnete.

Als er wach wurde, war das Arbeitszimmer dunkel. Durch das Fenster kam der Lichtschein des Fensters von gegenüber, wo er, als er wieder stand, die drei häßlichen Mädchen sah, die bei der Modistin arbeiteten.

Geräuschlos verließ er das Zimmer. In der Küche war Madame Arnaud damit beschäftigt, einen Kartoffelbrei zu passieren.

»Wie geht es ihr?«

»Sie hat eine Kleinigkeit gegessen und schläft jetzt.«

»Hat sie nicht nach mir gefragt?«

»Es macht Ihnen wohl Spaß, daß sie sich sorgt, nicht wahr? Die Männer sind doch alle gleich.«

»Was haben Sie ihr gesagt?«

»Daß Sie schnarchen wie eine Kreissäge und daß Sie bis in die Diele stinken. Wenn Sie jetzt eine Tasse Bouillon trinken wollen, auf dem Herd steht eine. Nachher bekommen Sie ein Kotelett, aber Sie müssen warten, bis ich das Abendessen für Ihre Frau gemacht habe.«

»Darf sie essen?«

»Wäre es Ihnen lieber, daß wir sie vor Entkräftung sterben lassen?«

Er wußte nicht, wo er hinschauen sollte, goß sich eine Tasse Bouillon ein, die er im Stehen trank, wobei er aus dem Fenster sah. Er fühlte sich nicht ganz auf der Höhe. Das Ganze glich mehr einem Alptraum als der Wirklichkeit.

»Wann kann ich mit ihr sprechen?«

»Haben Sie ihr vielleicht etwas Wichtiges zu sagen?«

Er wußte nicht, ob diese Frau verheiratet gewesen war, ob sie Kinder gehabt hatte, ob sie Witwe war, aber sie war selbstsicher und besaß Autorität. Noch mehr als die alte Madame Travot. Sicher war es ihr Beruf, bei den Kranken zu wachen, weil Bourgeois sie mitten in der Nacht geschickt hatte? Sie hatte sich sofort häuslich niedergelassen.

»Und jetzt schaffen Sie Ihren großen Körper anderswohin. Hier in der Küche ist nicht viel Platz.«

Er erinnerte sich, daß er am nächsten Tag um vier Uhr nachmittags eine Vorstellung in einer Schule hatte. Es war eine Darbietung zu den Abschlußfeiern vor den Weihnachtsferien. Der Koffer, der ihm fehlte, enthielt den größten Teil der Requisiten. Eine gewisse Anzahl davon besaß er doppelt. Er hätte ein anständiges Programm ohne die gestohlenen Gegenstände zusammenstellen können. Aber da war der Koffer, an den er seit so langer Zeit gewöhnt war. Da war die Tatsache, daß er sich durch eigene Schuld von Dingen getrennt hatte, die zu seinem Leben gehörten.

Wenn es Julie morgen besser ginge, würde er zum alten Sugond gehen. Das war ein Laden am Boulevard Saint-Martin, an dem die meisten Leute vorbeigingen, ohne zu ahnen, daß sie hier an einem der erstaunlichsten Orte der Welt vorbeigingen.

Das linke, schmale, verstaubte, schlecht beleuchtete Schaufenster enthielt einige Perücken und einige Bärte, und in der Regel stellte man ganz hinten ein Bühnenkostüm für die große Oper oder für ein historisches Stück aus. Rechts türmten sich Gegenstände, die auf den ersten Blick nicht zusammenzugehören schienen, falsche Nasen, Gebisse mit langen, gelben Zähnen, Gläser, aus denen zu trinken unmöglich war, und Gummibälle, mit denen man die Teller hochhob, hundert Scherzartikel, um die Gäste einer Hochzeit oder eines Banketts zu amüsieren.

Und doch war es dieser Laden, den alle Zauberkünstler, einschließlich der berühmtesten, einschließlich der Ausländer, die von weit herkamen, früher oder später betraten, um ihre Ausrüstung zu bekommen. Denn man konnte sie nicht einfach so kaufen, man mußte sie erst von dem alten Sugond zugestanden bekommen, der mit seinem weißen Bart einem Zauberer glich.

Antoine war neunzehn Jahre alt, als er, vor Aufregung zitternd, in das Geschäft geschlichen war, und schon damals erschien ihm der alte Sugond als ein ehrwürdiger Greis.

»Junger Mann, zeigen Sie mir, was Sie können.«

Und erst wenn man den Beweis dafür geliefert hatte, daß man was konnte, willigte er ein, die Requisiten für dieses oder jenes Kunststück abzutreten.

»Begnügen Sie sich im Augenblick mit Karten und einfachen, amüsanten Experimenten. Wegen der anderen Sachen sehen wir uns nächstes Jahr wieder.«

Man ging nicht nur zu ihm, um etwas zu kaufen, sondern auch, um ihn um Rat zu fragen, und wenn man etwas ausgeknobelt hatte, das man für neu hielt, zeigte man es zuerst ihm, bevor man es im Rampenlicht ausprobierte.

Er hatte einen Sohn, der ihm wie aus dem Gesicht

geschnitten glich, mit dem gleichen Bart wie er, aber noch braun, und der darauf zu warten schien, bis er an der Reihe war, Zauberer zu werden.

Ob Antoine es wohl wagen würde, ihnen zu gestehen, daß er sich seinen Koffer hatte stehlen lassen? Das war völlig unvorstellbar! Der alte Sugond würde gleich nach seinen Händen schauen und feststellen, daß sie zitterten, denn sie würden noch mindestens achtundvierzig Stunden lang zittern.

Die Zeitung war nicht in der Wohnung. Er hatte nichts zu lesen. Er war von der geschlossenen Schlafzimmertür mehr beeindruckt, als er sich eingestand.

Nicht nur, daß er in seiner eigenen Wohnung wie ein Nichtswürdiger behandelt wurde, morgen müßte er auch noch dem allwissenden Blick des alten Sugond gegenübertreten.

Die Fleischbrühe, die er getrunken hatte, gluckste in seinem Magen. Er hatte Kopfschmerzen, und es erleichterte ihn nicht, seine Stirn gegen die eisigen Fensterscheiben zu drücken. Die russische Kirche war dunkel. Das Licht der Gaslampen schien ebenso schneidend wie der Nordwind. Trotzdem mußte es vor den Kaufhäusern Leute geben, die geduldig darauf warteten, bis die Reihe an ihnen war, an den Weihnachtsauslagen vorbeizuziehen.

War es im Grunde nicht so, daß Dagobert den besseren Teil bekommen hatte? Antoine fragte es sich ernstlich, beneidete ihn fast, und errötete dann gleich darauf über seinen Gedanken.

»Mein Gott, ich bitte um Verzeihung!«

Er redete nicht lange daher. Er hatte sich geweigert,

seinen Gedanken zu Ende zu denken. Dagobert hatte keine Frau mehr. Hatte er ihn deswegen gerade beneidet? Da Julie nie weggehen würde, was er fast gewünscht hatte, als sie sowieso schon krank war ...

»Lieber Gott, mach, daß ihr nichts passiert und daß ich vor ihr sterbe!«

Es gab auch einen Grund, weshalb er schnell diesen letzten Wunsch angehängt hatte. Einen Augenblick lang hatte er sich als Witwer gesehen, von Kopf bis Fuß schwarz gekleidet, vom Friedhof zurückkommend.

Er wollte kein Witwer sein. Wenn das eines Tages eintreffen würde, hätte er niemanden mehr, der ihm einen Halt gab, und es wäre für ihn nicht mehr lange die Rede davon, sich bei dem alten Sugond zu zeigen. Er brauchte Julie mehr, als sie ihn brauchte. Sie wußte es. Vielleicht hatte sie deshalb solche Angst zu sterben.

Sie gestand es nicht ein. Trotzdem war er sicher, daß sie in den letzten Monaten ohne sein Wissen bei Dr. Bourgeois gewesen war. Einmal hatte er Tabletten in der Nachttischschublade gefunden.

»Was ist das?«

»Ein altes Rezept, das ich erneuern ließ. Ich fühlte mich abgespannt.«

Sie war nicht nur abgespannt. In seinen schlimmen Augenblicken klagte er sie an, es absichtlich zu tun. Vielleicht hatte er es ihr im Verlaufe eines Anfalls gesagt? Sie war so erregbar geworden, daß sie wegen einem Ja oder einem Nein, manchmal wegen einem einfachen Blick in Panik geriet. Das war nicht mehr nur psychisch. Es war physisch geworden.

Eines Nachts, als er spät heimgekommen und eingeschlafen war, ohne mit ihr zu reden, weil er glaubte, sie schliefe, hatte er sie, als er wach wurde, im Nachthemd neben dem Bett stehend vorgefunden, eine Hand an der Brust, mit so ängstlichem Blick, daß er sich gefragt hatte, ob sie nicht verrückt werden würde.

»Was hast du?«

Sie schüttelte den Kopf, doch er fragte weiter, weil er in solchen Augenblicken überzeugt war, daß er der unglücklichste aller Männer war und daß sie alles tat, um sein Mitleid zu erregen. Er drohte, tat so, als ginge er zum Telefon:

»Ich rufe Bourgeois ...«

»Bitte, Antoine!«

Dann war sie also in der Lage zu sprechen!

»Wenn du so krank bist, gibt es überhaupt keinen Grund, nicht den Arzt kommen zu lassen.«

»Pst! ... Sag nichts mehr ...«

»Weil ich dich etwa krank mache?«

Die Tränen rollten über Julies Wangen, und sie versuchte nicht, sie zu verbergen, während sie immer noch die Hand ans Herz hielt.

»Hast du Herzklopfen?«

»Nein ... Pst! ...«

Schließlich atmete sie kräftig durch, und sofort danach hatte sie wieder etwas Farbe bekommen.

»Was hast du gehabt?«

»Nichts. Es müssen nervöse Störungen sein. Leg dich wieder hin. Schlaf.«

»Und du?«

Stundenlang war er noch überzeugt gewesen, daß sie es tat, um ihn zu bestrafen, und er war nicht weit davon entfernt, eine Verschwörung zwischen ihr und Bourgeois zu vermuten. Vielleicht hatten sie absichtlich Madame Arnaud kommen lassen.

Wenn Julie so krank war, daß sie eine Krankenpflegerin brauchte, wurde er zu einem Unmenschen, zu einem verabscheuungswürdigen Kerl, der seine Frau allmählich umbrachte. Er konnte noch von Glück sagen, daß man ihn nicht anklagte, sie zu schlagen, wie Dagobert!

Das konnte nicht ewig so weitergehen. Er watete durch einen Tunnel, wie in seinem Traum. Sie verletzten sich beide, lebten mit bloßgelegten Nerven. Mindestens einmal in der Woche versuchte Antoine sich auszusprechen, sicher, daß sie sich endlich verstehen würden. Es gelang ihm nur, ihr wehzutun, und es gab Augenblicke, wo er versucht war, sich den Kopf an der Wand einzuschlagen.

Fing er nicht deshalb immer wieder zu trinken an, weil er das Gefühl hatte, auf schwankendem Boden zu stehen? Er brauchte kein Klick mehr. Es passierte nicht mehr einmal im Monat oder alle drei Wochen, sondern sozusagen jedesmal, wenn er allein ausging.

An manchen Tagen waren sie verstört vor lauter Erschöpfung, und sie sahen sich an, ohne daß sie sich etwas zu sagen fanden. Oft fielen sie in diesem Zustand einander in die Arme, und wenn sie sich wieder aufrichteten, seufzte Julie:

»Wir werden es von neuem versuchen, mein armer Antoine!«

Sie merkte nicht, daß diese Worte zuviel waren. Nicht nur der »arme Antoine«. Aber warum versuchen? Weil sie es für erwiesen hielt, daß es unmöglich war?

Wenn sie kein Vertrauen hatte, dann versuchte sie es nur aus Mitleid. Mitleid aber wollte er nicht. Was er wollte, war Verständnis, wirkliche Liebe. Sie sollte ihn lieben, nicht so, wie sie ihn gern gehabt hätte – wie sie sich vielleicht eine Zeitlang vorgestellt hatte, daß er sei–, sondern so, wie er wirklich war.

Wenn sie ihn so geliebt hätte, wären sie nie unglücklich gewesen, denn sie hätte begriffen, daß er ihr das Beste gab, was ein Mann geben kann.

»Ich gebe Ihnen zuerst zu essen. Dann habe ich nachher Zeit und Ruhe, mich mit ihr zu beschäftigen.«

Sie vermied es, »Ihre Frau« zu sagen, als ob er es nicht verdiente, Julies Mann zu sein.

»Ich habe Ihr Gedeck in der Küche aufgelegt. Es lohnt nicht, sich überflüssige Arbeit zu machen. Wenn Ihnen das nicht paßt . . .«

Er folgte ihr, ohne zu protestieren. Am Herd stehend sah sie zu, wie er aß, als sei sie seine Wärterin.

»Lassen Sie ihr zuerst Zeit, zu Abend zu essen. Ich will nicht, daß Sie in dieser Zeit im Schlafzimmer sind. Zu meinem großen Bedauern kann ich Sie nicht daran hindern, ihr hinterher guten Abend zu sagen.«

Sie aß nicht mit ihm zu Abend, da sie nicht wollte, daß es zwischen ihnen auch nur die geringste Gemeinsamkeit gab.

»Ich lege Ihnen ein Bettuch raus, und Sie können Ihren Schlafanzug anziehen. Nehmen Sie keine Kartoffeln mehr? Schmecken sie Ihnen nicht?«

Während Madame Arnaud Julie in ihrem Bett zu

essen gab, machte ihm das Eßzimmer den Eindruck eines Vorzimmers, so unpersönlich wie das Vorzimmer eines Krankenhauses. Er hörte die beiden Frauen halblaut miteinander reden, und mindestens einmal brach die Alte in Gelächter aus, während Julie in ruhigem und gesetztem Ton sprach. Schließlich sagte Madame Arnaud lauter:

»Sie dürfen ihn sehen, aber ich lasse ihn nicht lange hier. Auch für ihn ist es das beste zu schlafen.«

Sie hatte Julie frisiert und ihr Gesicht mit Kölnisch Wasser abgerieben. Fast rosig saß sie in ihrem Bett, mit einem der Nachthemden bekleidet, die sie immer für die großen Gelegenheiten aufbewahrt hatte. Antoine hatte den Eindruck, daß sie rot wurde, als er hereinkam, als fühlte sie sich schuldig. Sehr schnell fragte sie, die Unterhaltung damit auf ein unverfängliches Gebiet bringend:

»Hast du gut zu Abend gegessen?«

»Sehr gut.«

»Madame Arnaud ist eine bessere Köchin als ich. Sie hat mich so verwöhnt, daß ich mich richtig schäme.«

Um sie nicht allein zu lassen, war die Alte an der Tür stehengeblieben.

»Es hat den Anschein, daß du auf dem Sofa schlafen wirst?«

»Ich schlafe dort sehr gut.«

»Du bekommst ein Bettuch, damit du dich ausziehen kannst. Du wirst dich so besser ausruhen.«

Sie hatten also miteinander gesprochen, die beiden Frauen. In welchen Worten sprachen sie von ihm, unter Frauen?

»Ich weiß nicht, was der Doktor mir gibt, aber ich mache nichts anderes als schlafen. Schläfst du wenigstens auch?«

»Ich habe den größten Teil des Tages verschlafen. Offensichtlich habe ich geschnarcht.«

Sie lächelte und sah dabei Madame Arnaud an.

»Ist alles in Ordnung?«

»Aber ja.«

»Gibst du mir keinen Kuß?«

Diesmal hielt sie ihm die Lippen hin, und er fand den Geruch wieder, der ihm am Morgen entgegengeschlagen war. Sie drückte ihm die Finger, als wollte sie diese Geste vor der alten Frau verbergen.

»Du bist mir wirklich nicht böse?«

Das Ganze kam ihm lang vor, und als er endlich wieder in seinem Arbeitszimmer war, dessen Tür er wegen der Telefonschnur nicht zumachen durfte, krampften sich seine Fäuste vor Wut zusammen. Sein ganzer Körper tat ihm weh, weil er gespannt war, und am liebsten hätte er, die Augen zur Decke gerichtet, geheult, so wie ein Hund den Mond anheult.

2

Als er an der Porte Saint-Martin aus dem Autobus stieg, war seine Laune genauso grau wie der tiefhängende Himmel mit den von kaltem Wasser aufgeblähten Wolken. Es war ihm innerlich kalt. Die Leute um ihn herum begaben sich zu ihrer Arbeit, mürrisch darüber, daß man sie der Wärme ihres Bettes entrissen hatte, und manche, die mit roten Nasen, hochgeschlagenen Kragen, die Hände in den Taschen, dahingingen, hatten Augen wie Mondsüchtige. Die Farben waren hart und häßlich. Vor dem Théâtre de la Renaissance ging er an einer Frau vorbei, die einen Mantel von dem gleichen Flaschengrün trug wie der, in dem Alice gestorben war.

Er machte viel Aufhebens um seine Begegnung mit dem alten Sugond. Bevor er den Laden betrat, war er nicht weit davon entfernt, sich für einen Renegaten zu halten oder für einen Deserteur, den man mit gesenktem Kopf zu seinem Regiment zurückbringt. Er hatte nach wie vor eine hohe Meinung von seinem Beruf, seiner Kunst, die von bedeutenden Männern geschätzt wurde, wie etwa von Louis Lumière, dem in der ganzen Welt bekannten Wissenschaftler, der es nicht für unter seiner Würde gehalten hatte, zu einer Abhandlung über Illusionismus ein Vorwort zu schreiben. Es gab noch andere. Am Spätnachmittag versammelten sich in dem Raum hinter dem Laden am Boulevard Saint-Martin treue Anhänger dieser Kunst, so wie sich früher die Gebildeten in den Buchhandlungen versammelten, und einer der Beständigsten war ein Professor von der Sorbonne.

In dem Augenblick, in dem er die Klinke der Tür niederdrückte, war seine Scham so groß, daß er schon im Begriff stand, wieder kehrtzumachen. Dann, nach zwei Schritten, erlebte er sofort die Überraschung, hinter der Theke eine junge Frau zu sehen. Nie hatte eine Frau, ob jung oder alt, bei Sugond gearbeitet. Diese hier hatte die Lippen geschminkt, wie in jedem anderen Geschäft, und sie trug eine Bluse, die ihre Formen betonte. Wie in jedem anderen Geschäft auch, fragte sie ihn mit höflicher Gleichgültigkeit:

»Sie wünschen?«

»Ist Monsieur Sugond da?«

»Monsieur Hector?«

»Ich möchte eigentlich zu seinem Vater.«

Während er sprach, erblickte er ihn in dem Raum hinter dem Laden, über ein Pult gebeugt, das noch aus der Zeit der Gründung der Firma vor drei Generationen stammte.

»Er kennt mich«, fügte er noch hinzu und ging nach hinten.

Ob der Greis ihn erkannte? Wenn ja, merkte man das nicht an seinem Empfang. Er trug über seinem grauen Kittel ein Umschlagtuch, wie es Zugehfrauen tragen. Seine Schultern waren eingefallen. Mit glänzenden, rot umränderten Augen hustete er unaufhörlich und spuckte in sein Taschentuch, das er dann aufmerksam betrachtete, als sei sein Auswurf die wichtigste Sache von der Welt geworden.

»Erinnern Sie sich noch an mich?«

Der Alte nickte gleichgültig, unaufmerksam.

»Man hat mir das Köfferchen gestohlen, das meine Requisiten enthielt, und ich brauche jetzt eine gewisse Anzahl von Gegenständen.«

»Mein Sohn wird sich um Sie kümmern. Er ist zur Post gegangen. Er kommt gleich zurück.«

Auch der Sohn hatte sich geändert, und nachdem er ihn gesehen hatte, verstand Antoine auch besser die junge Person hinter der Theke. Er trug nicht mehr, wie sein Vater, den langen, grauen Kittel, der in der Firma immer eine Art Uniform gewesen war, sondern einen fast schmucken Anzug, der keine ausgebeulten Knie hatte. Er bemühte sich, jünger zu wirken, ging und sprach anders, und sein Bart war kürzer, vielleicht würde er ihn eines nahen Tages ganz abnehmen.

Diese Atmosphäre des Ladens, der für ihn eine heilige Stätte gewesen war, deprimierte ihn noch mehr als alles andere. Es war so, als hätte der Oberpriester seinen Glauben verloren. Man legte die Artikel, die er aussuchte, auf der Theke beiseite, und es war die Verkäuferin, die, einen Bleistift in der Hand, fragte:

»An welche Adresse soll ich das Ganze schicken lassen?«

»Ich nehme es mit. Ich brauche es für eine Vorstellung heute nachmittag.«

Sie hatten nicht mehr das gleiche Koffermodell am

Lager. Das neue Köfferchen war leichter, vielleicht auch praktischer, jedoch ohne den Charakter des früheren. Und da hatte er nun einen Augenblick lang in der Verschwommenheit seines Halbschlafs naiverweise geglaubt, der alte Sugond besäße vielleicht die Antworten auf seine Fragen! Alles, was er getan hatte, war husten, spucken, seinen Auswurf betrachten und gewisse Preise, die sein Sohn genannt hatte, berichtigen.

Antoine hatte angenommen, er würde einen großen Teil des Vormittags in dem Geschäft zubringen. In weniger als einer Stunde war alles erledigt, und er stand wieder auf dem Boulevard, wo die Müllabfuhr gerade den Hausmüll abholte. Beinahe hätte er sich hier aufgehalten; sein Paket in der Hand, warf er einen zögernden Blick zur Place de la République, auf die der Boulevard du Temple, den er seit einer gewissen Zeit nicht mehr gesehen hatte, mündet. Das Licht war fast das gleiche wie an dem Morgen, an dem Alice von dem Autobus Madeleine–Bastille überfahren worden war, mit dem Unterschied, daß es heute nicht regnete. Er hatte nie daran gedacht, einmal nachzusehen, ob es die Metzgerei gegenüber seiner früheren Wohnung noch gab.

Er trank nichts, betrat keine der kleinen Kneipen mit den beschlagenen Scheiben. Er hatte keine Lust, etwas zu trinken. Angewidert nahm er die Metro bis zur Place des Ternes.

Als er die Wohnung betrat, hörte er die beiden Frauen, die mit normaler Stimme miteinander plauderten. Sobald sie merkten, daß er da war, trat Stille ein. Er war überzeugt, daß sie während seiner Abwesenheit fröhlich gewesen waren. Unter Frauen wälzten sie keine Probleme. Er fragte sich, worüber sie eigentlich reden mochten. Vielleicht über ihn?

Als er auftauchte, bekamen beide verlegene Gesichter. Man hätte schwören können, daß Julie Angst hatte, zu gesund auszusehen. Madame Arnaud warf ihr Blikke des Einverständnisses zu und machte ihr Zeichen, was er am Gesicht seiner Frau merkte.

»Hast du gefunden, was du gesucht hast?«

Beinahe hatte er ihr nicht von dem gestohlenen Koffer erzählt. Er hätte warten können, bis sie wieder auf war und feststellte, daß er ihn nicht mehr hatte. Er hatte ihr die Wahrheit gestanden mit dem Hintergedanken, sich zu bestrafen und ihr so eine Gelegenheit zu geben, über ihn zu triumphieren und ihm eine Standpauke zu halten. Sie hatte nur gefragt:

»Willst du nicht die Polizei verständigen?«

Er wollte die Gelegenheit, daß er so früh nach Hause gekommen war, ausnutzen, um seine neuen Requisiten wegzuräumen. Er zog seine Samtjacke an.

»Gibst du mir keinen Kuß?«

»Ich wollte es gerade tun.«

»Der Doktor war da.«

»Was hat er gesagt?«

»Wenn sich mein Zustand weiterhin so bessert, wird er mir erlauben, in zwei Tagen aufzustehen. Er hat gefragt, wie es dir geht.«

Es war dunkel, und er mußte Licht machen. Die Gegenstände, die er aus dem Paket zog, blieben, obgleich sie das gleiche Format hatten und aus dem gleichen Material waren wie die alten, seinen Fingern fremd. Als er sie betastete, fand er sie ohne Leben, war darüber beunruhigt, fragte sich, ob er sich ihrer wohl mit seiner gewohnten Geschicklichkeit bedienen könne.

Er probte eine gewisse Anzahl von Tricks. Einer der leichtesten machte ihm Mühe. Um seine Hände geschmeidig zu machen, jonglierte er mit drei Kugeln, und Madame Arnaud, die ihn im Vorbeigehen dabei überraschte, schien zu denken, daß er sich mit Kinderspielen amüsierte.

Es wäre ihm lieber gewesen, wenn er den alten Sugond nicht so gesehen hätte, wie er ihn gesehen hatte. Wenn auch das zusammenbrach, was blieb dann noch? Er probte hartnäckig weiter, wie ein Anfänger, wiederholte seine Zaubertricks eine beachtliche Anzahl von Malen, machte sich anschließend daran, die neuen Requisiten in dem Koffer zu verstauen, legte sie aber nicht genauso wie in den andern. Er mußte sich im Eßzimmer, auf Julies Nähmaschine, zwei Taschen aus schwarzem Tuch nähen. Er nähte sehr gut, was Madame Arnaud zu schockieren schien.

Julie hatte ihm bestätigt, daß es Madame Arnauds Beruf war, Kranke zu pflegen und Tote zu waschen und einzukleiden. Ihrem Aussehen und ihrer Laune nach zu urteilen, hatte sie keine persönlichen Sorgen, und er argwöhnte, dies sei deshalb so, weil sie von den Dramen der andern lebte. Hatte sie nicht die Wahl getroffen, von Drama zu Drama, von Schmerz zu Schmerz zu gehen? Sie trat mit einer ruhigen Sicherheit und sogar mit einer gewissen Heiterkeit in den Kummer der Leute ein, weidete sich an ihren Krankheiten, an ihren Tränen, an ihren Schwierigkeiten.

»Bereiten Sie sich darauf vor, daß in zehn Minuten gegessen wird.«

Sie regelte alles, was jeder in jedem Augenblick zu tun hatte, sagte vor, was zu sagen oder auch nicht zu sagen war, blieb indiskret da stehen, um sicherzugehen, daß man ihre Anweisungen befolgte.

Hatte sie je an sich gezweifelt? Kam es vor, daß sie sich die Frage stellte, wo sie war und was sie gerade tat? Hatte sie manchmal den Eindruck, daß die Zeit stehenblieb, daß es nichts mehr gab als Phantome in einer kaltgewordenen Welt?

Antoine jedenfalls streckte manchmal die Hand aus, um einen Tisch, eine Wand zu berühren, um sich ihrer Konsistenz zu vergewissern, aber das gab ihm keine Gewißheit über sich selbst. Wenn die Welt wirklich existierte, wußte er damit immer noch nicht, was er auf ihr tat und was die Leute taten, die um ihn herum mit einem solchen Ernst und einer solchen Leidenschaft agierten.

Das war nicht erst seit Julie so. Als er noch ein Kind war, kam es vor, daß er dieses beängstigende Gefühl hatte, vor allem an Samstagabenden, er wußte auch nicht, warum. Die Stadt hatte an diesem Tag eine andere Farbe. Der Augenblick, der auf den Sonnenuntergang folgte, vor allem an Tagen, an denen der Himmel vor dem Auftauchen der Abendnebel ins Blaßgrüne spielte, machte die Unendlichkeit für ihn so wirklich, daß er sich schnell unter die Menge mischte oder sich vor dem Eingang eines Kinos herumdrückte, wo eine Glocke ständig läutete.

Nie hatte er seiner Mutter noch sonst jemandem davon erzählt. Aber auch ihm hatte nie jemand von diesen Dingen erzählt. Bei Julie hatte er glauben mögen, seine Ängste seien verschwunden.

Letzten Sommer waren sie zusammen in Etretat gewesen, im Verlaufe einer zweimonatigen Tournee an die kleinen Strände Nordfrankreichs, der Normandie und der Bretagne. Auf dem Kiesstrand, an dem sie Seite an Seite entlangspazierten, hatten sie gesehen, wie die Leute alle gleichzeitig aufgestanden waren, als habe es einen Unfall gegeben, und in die gleiche Richtung schauten. In diesem Augenblick stand genau die Hälfte einer roten Sonne über dem grünen Meer.

»Heute wird man ihn nicht sehen.«

»Das ist nicht sicher. Bis jetzt gibt es nicht die kleinste Wolke.«

Es fing an kühl zu werden, und Frauen legten sich ein Umschlagtuch oder eine Flanellweste über die Schultern. Man folgte dem langsamen Sturz der Sonne in die Fluten, und alle warteten auf den grünen Sonnenstrahl, den man anscheinend in der vorigen Woche deutlich gesehen hatte.

Einige Minuten zuvor war die Luft noch weiß gewesen. Die Kiesel am Strand blieben warm. Jetzt kam ein kalter Hauch vom glatten Meer her, und man hätte meinen können, er sei herangespült worden von den langsamen Wellen, die in einer schmalen Franse am Ufer verebbten, und diese Kälte, die keine gewöhnliche Kälte war, setzte sich in den Gliedern fest. Natürlich hatte man keine Angst, die Sonne käme nicht mehr zurück. Antoine war nicht der einzige gewesen, der zitterte. Er hatte wie die andern auf die Sekunde gelauert, in der nichts mehr von der Feuerkugel übrigbliebe.

Man sah den grünen Sonnenstrahl nicht. Erst als das Schauspiel zu Ende ging und das Licht am Himmel nur noch ein lebloser Lichtschein war, trat wieder Stille ein; die Leute entfernten sich mit verlegenen Gesichtern in Richtung Kasino, wo man Musik hörte; andere brauchten eine gewisse Zeit, bis sie ihre natürliche Stimme und ihr Lachen wiederfanden.

Julie hatte flüchtig Antoines Fingerspitzen gedrückt und einen Seufzer ausgestoßen.

Vielleicht hätten sie in diesem Augenblick darüber reden können. Doch was hätten sie sagen sollen? Dabei war es ganz einfach. Dagobert hatte versucht auszudrücken, was er spürte, und es war ihm nicht gelungen. Es war viel komplizierter, auch viel schmutziger. Antoine erriet, daß auf dem Grunde seiner Geschichte sehr schmutzige, gemeine Dinge siedelten. Es war ihm unangenehm, daran zu denken, und doch war er besessen von dem Bild einer ganz weißen, kränklichen, nicht schönen Frau, die Unterleibsbeschwerden hatte und auf die der Mann mit einem Ledergürtel einschlug. Trotz seiner Scham empfand er darüber eine fast sexuelle Pein, eine Wärme, die ihn erröten ließ.

Er hatte Julie nie geschlagen, außer einmal, zweimal genau, mit der Hand, weil er außer sich war und jegliche Kontrolle verloren hatte.

Der ehemalige Komiker hätte ihm keine Geständnisse machen sollen. Antoine war darüber verwirrt. Es war noch vage, unbestimmt. Er hatte nicht den geringsten Wunsch, daß es Gestalt annähme, doch unwillkürlich dachte er wieder daran.

Wenn er nach Hause kam und in einer ganz bestimmten Art mit Julie sprach ... Wußte er denn nicht, wenn sie schwieg und ihn mit flehenden Augen ansah, daß sie das tat, weil sie nicht imstande war, zu antworten? Wie viele Male hatte sie ihm hinterher gestanden, daß es die Angst war, die sie erstarren ließ? Dennoch redete er hartnäckig auf sie ein. Gewiß, er war betrunken, aber gerade weil er betrunken war, verfügte er über eine besondere Klarsicht. Hartnäckig redete er schließlich weiter auf sie ein, bis sie schluchzend zusammenbrach, mit schiefem Mund, und um Gnade bat. Das war der allerletzte Augenblick. Gleich danach konnte er sich entspannen, als ob es das, was vorausgegangen war, nur gegeben hätte, um diesen Höhepunkt herbeizuführen.

Dann fühlte er sich voll von einer warmen Liebe und von Mitleid.

»Ich habe Ihnen gesagt, zehn Minuten. Hören Sie nicht, daß Sie gerufen werden?«

Was niemand vermutete, war, daß er in den Nächten, in denen er umherstrich und immer in der Kneipe in der Rue Montmartre landete, auf der Suche nach jemandem war. Es war eine fixe Idee geworden, nach drei oder vier Gläsern. Er machte sich vor, daß er einen großen Schritt weitergekommen wäre, wenn er den Mann mit dem Schnurrbart wiederfände.

Dieser kannte sicherlich die Antwort auf die meisten

Fragen. Antoine war sicher, daß er ihn nicht zufällig hatte trinken sehen. Vor allem jetzt war er zu sehr an die Männer gewöhnt, denen man in diesen Kneipen zu einer bestimmten Zeit in der Nacht begegnet, um sich da zu täuschen. Aber vielleicht trank der Mann jetzt in einem anderen Viertel oder war an die Côte d'Azur gefahren? Er gehörte zu den Leuten, die einen Teil des Winters im Süden verbringen. Auch dort gibt es im Schatten der Kasinos und Nachtbars Kneipen für Leute wie sie. Gibt es die nicht überall? Sind die Menschen nicht überall die gleichen?

Er hatte welche gekannt, die angstschlotternd auf der Suche nach einer Prise Heroin waren, die sie, koste es, was es wolle, finden mußten und für die sie getötet hätten. In die Kneipe in der Rue Montmartre kam manchmal einer, der sich im Klo einschloß, um sich durch die Hose hindurch eine Morphiumspritze zu geben, und manchmal fand man die Ampulle, wenn er weggegangen war. Er war noch keine dreißig Jahre alt. Er war gut angezogen.

Was ihm bei dem Mann mit der Rosette zu schaffen machte, war die Tatsache, daß er am nächsten Abend, als er ihn in dem Restaurant wiedergesehen hatte, seinen Frieden mit sich selber geschlossen zu haben schien. Antoine schloß nie völlig Frieden mit sich, verschaffte sich nur die Illusion des Friedens, spielte genaugenommen Alltagsleben und machte sich dabei vor, er fände Spaß daran.

Wenn das stimmte, was blieb dann noch? Wenn sein Arbeitszimmer nur eine Art Spielzeug für Erwachsene war, sein Beruf nur ein Mittel, genug zu verdienen, um den Metzger und die Milchfrau zu bezahlen, wenn seine Liebe zu Julie nur die Folge seiner Angst vor der Einsamkeit war, dann . . .

Was dann? Nichts dann.

Er aß, weil man zu ihm gesagt hatte, er müsse essen, und zwar in der Küche, wo Madame Arnaud sich darauf versteifte, ihm aufzutragen, und wenn das von seiten der alten Frau ebenfalls ein Spiel war, so spielte sie es mit einer grimmigen Fröhlichkeit.

»Ich nehme an, daß Sie die Absicht haben, sofort nach Ihrer Vorstellung heimzukommen?«

Sie hatte darauf geachtet, die Tür zu schließen und halblaut zu sprechen. Als er sie überrascht ansah, fuhr sie selbstsicher fort:

»Ich sorge mich nicht Ihretwegen, ich hoffe, daß Ihnen das klar ist. Ich habe die Verantwortung für diese arme Frau übernommen, die leider so unvernünftig ist, und ich kann Ihnen nur das eine sagen, mein kleiner Monsieur, wenn Sie nicht bald nach Hause kommen, werde ich Sie von der Polizei holen lassen. Leute wie Sie zu finden, fällt ihr nicht schwer.«

Er gab keine Antwort. Sie war zufrieden mit sich, zufrieden, ihn vor Demütigung blaß werden zu sehen, ein Bissen, der ihm im Halse steckenblieb, und er beruhigte sich, indem er sich sagte, das sei eben ihre Art, sich für Julie einzusetzen. Darauf mußte er beinahe lächeln.

»Verstanden?«

»Verstanden.«

»Es ist überflüssig, daß Sie ihr das vor dem Weggehen sagen und mal wieder Versprechungen machen, an die sie doch nicht mehr glaubt. Sie würden nichts anderes erreichen, als sie noch mehr zu beunruhigen.«

Julie fragte ihn nur, mit Schatten unter den Augen und gedämpfter Stimme:

»Ist es um vier Uhr?«

»Um Punkt vier. In den Schulen sind sie immer pünktlich. Ich muß spätestens um halb vier Uhr dort sein.«

Sie würden die ganze Zeit, in der er nicht da war, mitcinander plaudern können, und wenn er heimkäme, würden sie wieder schweigen und dazu trübe oder starre Gesichter machen.

Eines Tages würde er schließlich die Antwort finden. Es war nicht vorstellbar, daß, seit die Welt Welt ist und Menschen geboren werden und sterben, niemand sie gefunden hatte. Es gab Tausende, Millionen, die so lebten, als wüßten sie Bescheid, und sie konnten schließlich nicht alle so tun als ob, es gibt Augenblicke, wo auch die Stärksten nicht imstande sind, sich zu verstellen.

Um dreiviertel drei zog er den Mantel an und band den Schal um, an den ihn seine Frau noch einmal erinnert hatte. So. Alles klar. Er küßte sie lieb, sagte Madame Arnaud auf Wiedersehen, als ob er ihr wirklich dankbar gewesen wäre für das, was sie für ihn tat. Er hatte seine beiden Koffer in der Hand, darunter den neuen, an den er sich mit der Zeit gewöhnen würde.

Die Concierge kam aus ihrer Loge, als er vorbeiging.

»Wie geht es Ihrer Frau, Monsieur Antoine?«

»Viel besser. Vicl besser.«

»Ich sage es ja immer, wenn sie von Madame Arnaud

gepflegt wird, mache ich mir keine Sorgen. Sie ist ja ein so guter Mensch! Und sie versteht sich auf ihr Geschäft.«

Aber ja! Alles lief sehr gut. Alles lief bestens. Er tat es wie die andern. Wollte man, daß er lachte? Vielleicht nicht jetzt, wo die arme, liebe Julie noch ans Bett gefesselt war.

Gefesselt! Das Wort war gar nicht so falsch. Auf jeden Fall hatte ihm das eine Erklärung erspart. Zum ersten Mal hatte es keine Szenen, keine Tränen gegeben. Dr. Bourgeois und Madame Arnaud hatten das alles ersetzt. Er konnte in der Wohnung herumgehen, und nichts zwang ihn dazu, mit der alten Frau zu sprechen. Er verstand, was Dagobert sagen wollte. Er wünschte nicht, daß ein bestimmtes Ereignis eintrete. Er würde es niemals wünschen. Im Augenblick übernahm Madame Arnaud die Rolle seiner Schwiegermutter, und obgleich er so sehr gegen sie gewettert hatte, war sie dennoch von Nutzen gewesen.

Manche Tiere müssen sich in ihre Ecke ducken oder in ihren Bau verkriechen, allein mit ihrer Wärme und ihrem Geruch. Er war den ganzen Morgen wie diese Tiere gewesen. Er nahm sich vor, sich auch heute abend, während Madame Arnaud sich zu Julie ans Bett setzen würde, in sein Arbeitszimmer einzuschließen, dort ganz allein irgend etwas zu tun, wie wenn er vor einem Bahnhof auf einen Zug wartete und er manchmal die Zeit totschlug, indem er Streichholzpyramiden baute.

Er fuhr nach Auteuil, in eine Privatschule für Jungen. Die Schule wurde von Ordensbrüdern geführt, doch empfangen wurde er zunächst von einem Mann, der nur die niederen Weihen hatte. Er trug eine Jacke, hatte eine schwarze Hemdbrust, ging wie eine Stuhlvermieterin und führte ihn in einen olivgrün gestrichenen Saal mit lateinischen Inschriften.

»Der ehrwürdige Pater Josuat wird gleich kommen. Auf jeden Fall, wenn Sie die Glocke im Hof hören, stellen sich die Schüler auf, um hierher zu kommen.«

Aber ja, mein Guter! Er gab nicht das erste Mal eine Vorstellung in einer Schule. Er wußte, wie er sich zu verhalten hatte. Er würde sich keinen plumpen Scherz erlauben. Das passierte übrigens nie, nicht einmal vor dem einfachsten Publikum.

Der Geruch der Schule weckte alte Erinnerungen in ihm. Es waren nicht unbedingt, wie das immer behauptet wird, angenehme Erinnerungen. Als er noch in die Schule ging, wartete er darauf, erwachsen zu sein. Als er dann erwachsen war, hatte er sich voller Vertrauen gesagt, daß er eines Tages ein reifer Mann sein würde, ein Mann mit Selbstvertrauen und imstande, andern Ratschläge zu erteilen.

Er hatte sich immer vorgestellt, der alte Sugond sei so jemand, und jetzt sorgte sich der gute Mann, der unter seinem Schal zitterte, nur noch um seinen Auswurf und um die Preise, in denen sich sein Sohn, der Antoines Alter hatte, zu verheddern drohte.

Lohnte das die Mühe?

Ein Pater in Soutane tauchte hinten im Saal auf, den er allein durchquerte, so wie man die Pfarrer, die Hände in den Taschen ihrer Soutane, ihre Kirche durchqueren sieht.

Ob die Priester die Antworten wüßten? Wenn sie sie wüßten, gäbe es dann alte Weiber wie seine Schwiegermutter oder wie Madame Arnaud, die sicherlich ebenfalls eine eifrige Anhängerin der Kirche und des Beichtstuhls war? Wenn sie Bescheid wüßten, würden sie dann nicht Julie daran hindern, unglücklich zu sein und ihn unglücklich zu machen?

»Haben Sie alles, was Sie brauchen?«

Der Pater, der etwa vierzig Jahre alt sein mochte, streckte die Hand nach den magischen Ringen aus, die er genau betrachtete, wobei er sie an seine dicken, nicht eingefaßten Brillengläser brachte.

»Ich nehme an, daß Sie mir den Trick nicht erklären würden?«

So war das! Er war ängstlich, schüchtern.

»Mit Vergnügen, Pater.«

Der andere, überglücklich, daß er das Geheimnis der Ringe gelüftet hatte, wollte jetzt noch mehr wissen.

»Ich habe mehrmals einen Kartentrick gesehen, von dem ich nichts begriffen habe. Dabei bin ich Lehrer für Mathematik und Naturwissenschaft. Es ist der Trick, wo man irgendeine Karte ziehen läßt, das ganze Paket dann einem der Zuschauer gibt und die Karte von dem, der sie gezogen hat, wieder auf den Haufen legen läßt, ohne nachzuschauen . . .«

»Wenn Sie es wünschen, werde ich den Trick nachher vorführen.«

Die Glocke hatte gerade geklingelt. Ein Stimmengewirr erfüllte den Hof. Er hatte keine Zeit mehr, dem Lehrer den Trick zu erklären.

»Nach der Vorstellung, wenn Sie wollen . . .«

»Dafür bin ich Ihnen jetzt schon dankbar.«

Die Jungen, die einer nach dem andern die Sitzreihen füllten, schienen nicht soviel Respekt vor dem Zauberkünstler zu haben. Sie waren zwischen zehn und sechzehn Jahre alt; die älteren trugen lange Hosen, manche hatten Flaum am Kinn.

Antoine irrte sich vielleicht, oder es lag an seiner Nervosität, an all den Gedanken, die in den letzten zwei Tagen auf ihn eingestürmt waren: Gleich nachdem er sic, soweit das Auge reichte, vor sich sitzen sah, hatte er den Eindruck, daß der Kontakt nur schlecht herzustellen sei und daß der unerläßliche Strom der Sympathie sich unmöglich einstellen würde.

Die Jungens tuschelten miteinander. Es gab Gelächter, das er auf sich münzte, und in den ersten Reihen glaubte er jemanden zu hören, der von Leichenträgern sprach, wahrscheinlich wegen seinem schwarzen Frack.

Er sah abgespannt aus und hatte einen schlechten Geschmack im Mund. Gewiß, es waren Kinder, die vor ihm saßen, doch als er sie in der Stille, die allmählich eintrat, betrachtete, glaubte er auf ihren Gesichtern alle Unruhen und Durchtriebenheiten der Erwachsenen zu lesen. Jedes Jahr lichteten sich die Reihen um eine gewisse Anzahl, ein Schub wurde ins Leben entlassen und von kleineren ersetzt, die ebenfalls zu Männern werden würden und die überzeugt waren, daß das Leben, sobald sie einmal groß wären, beginnen würde.

Es gab keine drei Schläge. Der Pater, mit dem er gesprochen hatte, schwang ein Glöckchen, und alle standen auf, um ein Gebet zu murmeln, das Antoine nicht kannte und von dem er kein Wort verstand. Er bekreuzigte sich mit den andern. Pater Josuat gab ihm mit einer Handbewegung zu verstehen, daß er anfangen könne. Und sofort schoß er den Bock, dessen er sich erst bewußt wurde, als im Saal ein Gelächter losbrach.

»Meine Damen und Herren . . .« hatte er gesagt. Natürlich gab es keine Frauen unter den Zuschauern. Es war eine Welt ohne Frauen. Allein der Gedanke, es könnten sich zwischen diesen Mauern Frauen befinden, genügte, um eine kreischende Heiterkeit auszulösen.

»Ehrwürdige Patres, meine Herren . . .« verbesserte er sich.

Es war zu spät. Er wußte, daß von nun an in den ungelegensten Augenblicken grundlos gelacht werden würde. Er beobachtete, wie die Jungens sich ansahen, sich gegenseitig mit dem Ellbogen anstießen, hinter vorgehaltener Hand miteinander tuschelten. Selbst das »meine Herren«, das er in den Schulen immer gebrauchte, es sei denn, es handelte sich um ganz kleine Buben, genügte, um sie vor Freude hüpfen zu lassen.

»Ich werde versuchen, Ihnen einige Illusionstricks und Zauberkunststücke vorzuführen, für die sich Männer interessiert haben, von denen Sie sicherlich schon gehört haben, Gelehrte wie Louis Lumière, wie . . .«

Er fand nicht sofort den Namen, und da er in Hunderten auf ihn gerichteten Augen Grausamkeiten sah, zog er es vor, weiterzusprechen.

»Ich fange an mit . . .«

Wegen Pater Josuat griff er zu den Ringen, die erst

als zweites hätten kommen sollen, obgleich es sein Grundsatz war, die Reihenfolge seiner ersten Tricks nicht zu ändern. Er ließ sie klirren, ineinander verschwinden, drei, vier, dann sechs, dann zwei und zwei, dann alle wie die Schlüssel eines Schlüsselbundes an einem einzigen hängend.

»Sie sehen, daß es gar nicht schwer ist ...«

Er stieg die Stufen des Podiums hinab, hielt einem der Schüler einen Ring hin, schob ihn mit einer schnellen Handbewegung in einen anderen, und diesmal galt das Lachen dem Jungen, der seine eigene Hand mit ungläubigem Gesicht ansah.

»Sehen Sie, mein kleiner Freund, Sie sind genauso geschickt wie ich.«

Seine Stimme klang zu hell, würde an der hinteren Wand abprallen, um dann als Echo zu ihm zurückzukommen. Sein Instinkt trieb ihn dazu, sehr schnell anzuschließen, um, die Ringe noch in einer Hand, ein rotes Seidentaschentuch aus der Tasche eines Schülers zu ziehen, der nie ein Seidentaschentuch besessen hatte.

»Ich danke Ihnen. Ihr Kamerad wird Ihnen dafür ein anderes geben ... So eins ... Danke ... Ich wollte tatsächlich ein gelbes. Und jetzt ein blaues, das dieser junge Mann unter dem Revers seiner Jacke versteckt ... Wir verknoten sie gut miteinander ... Wir schütteln sie in der Luft und ...«

Die drei Taschentücher verschwanden, während der hochaufgeschossene, magere Junge ihn mit dem gleichen Blick ansah wie Madame Arnaud, als wüßte er schon im voraus, was passieren würde, was der Zauberkünstler in seinen Taschen hätte, unter den Rockschößen seines Fracks und selbst im Kopf.

»Immer noch sehr einfach, nicht wahr?«

Er stieg wieder aufs Podium hinauf, nahm eine Dose ohne Boden, durch die er den Arm steckte, und nun sah man die drei immer noch miteinander verknoteten Taschentücher an seinen Fingerspitzen auftauchen.

Es gab einigen Applaus, vor allem in den Reihen der Allerjüngsten.

»Ich nehme an, daß Sie alle, wie Sie da sitzen, die Bedeutung der Spielkarten kennen ...«

Mit einem Blick zu Pater Josuat teilte er ihm mit, daß dies der Trick sei, auf den er wartete. Er begann mit einfachen Kunstgriffen, um seine Hände aufzuwärmen, als wolle er den Karten, die ihm noch nie so kalt und störrisch vorgekommen waren, Leben geben. Der alte Sugond hatte früher gern verkündet, er habe die besten Hände Frankreichs.

»Herz-As? Ich bedauere, meine Herren. Sie haben schlecht gesehen. Es war eine Neun. Die Herz-Neun. Sie glauben, daß es wirklich die Herz-Neun ist? Ich bitte Sie um Verzeihung. Es ist eine Sechs. Herz-As steckt in meinem Ärmel? Das haben Sie doch gerade zu Ihrem Kameraden gesagt, junger Mann? Keineswegs. Hier ist sie. Und indem ich nun leicht daraufblase, verwandele ich sie in Herz-Drei.«

Ihm war kalt an den Händen, und von der Stirn perlte der Schweiß. Er hatte das Gefühl, daß noch nie ein Publikum so schwer zu ertragen gewesen war.

»Und jetzt zeige ich Ihnen einen Trick, der die Ehre

hatte, die Neugierde eines Mannes anzustacheln, der sich in Zahlen auskennt . . .«

Er mischte die Karten, kam wieder vom Podium herunter, wobei er dem Mathematiklehrer einen Blick des Einverständnisses zuwarf, ließ eine Karte ziehen, vertraute das Paket, ohne zu wissen warum, vielleicht als Herausforderung, ausgerechnet dem Schüler an, dessen Blick er nicht mochte.

Wie die meisten seiner Kollegen war er gegenüber allem, was seinen Beruf anging, abergläubisch. Er drehte sich um, schloß die Augen.

»Stecken Sie die Karte wieder in das Paket zurück, wohin Sie wollen. Mischen Sie. Mischen Sie ruhig gründlich. Haben Sie? Sie können feststellen, daß ich keinen Rückspiegel besitze und daß er mir außerdem auch nichts nützen würde.«

Er ging wieder hinauf, krempelte seine Ärmel hoch. Dann, als er die Karten von einer Hand in die andere nahm, wobei er sie leicht bog, so wie es auch die Amateure kennen und praktizieren, fiel ihm das ganze Paket aus der Hand, die Karten wurden wie ein Feuerwerk übers Podium und in die ersten Reihen der Schüler geschleudert.

Es war ein Donnerschlag. Ganz hinten standen alle auf, um besser zu sehen, und die Lehrer in der Soutane, von denen jeder eine gewisse Anzahl von Reihen überwachte, bemühten sich, das Lachen zu unterbinden, ohne daß sie selber ein Lächeln unterdrücken konnten.

Wenn er seine übliche Geistesgegenwart besessen hätte, wäre es ihm ein leichtes gewesen, den Anschein zu erwecken, als sei der Zwischenfall gar keiner. Den Trick kannten alle seine Kollegen. Es genügte, mit einem anderen Zauberkunststück weiterzumachen, das ihm genug Zeit ließ, die Pik-Dame, die die ausgesuchte Karte war, auf dem Boden zu entdecken, um sich dann später plötzlich zu bücken und sie wie zufällig aufzuheben.

»Sagen Sie mal, junger Mann, ist das nicht etwa Ihre Karte?«

Er tat es nicht, dachte nicht daran, stammelte, was er am wenigsten vor einem Publikum wie diesem hätte tun dürfen:

»Ich bitte Sie um Verzeihung . . .«

Und während er diese Worte aussprach, hörte er sie als Echo zu ihm zurückkommen, und er dachte an Julie, die er sooft um Verzeihung gebeten hatte, noch am Vortag, an diesem Morgen sogar. Er mußte, mit dem Gesicht zum Saal, lange warten, bis sich die Unruhe gelegt hatte. Von da an war die Vorstellung ein Martyrium. Er wagte nicht mehr, einen Trick zu riskieren, der ein wenig schwierig war, und er hatte das Gefühl, daß seine Hände unablässig zitterten.

Ohne Schwung, ohne Schneid, ohne Autorität und Einfluß auf die Zuschauer, die nur danach trachteten, ihn bei einem Fehler zu ertappen, um etwas zum Lachen zu haben, zog er die banalsten Nummern ab, zog Gegenstände aus einem Hut, Fahnen aus seinem Zauberstock, und alles mit verschlossenem Gesicht und schroffer, monotoner Stimme.

»Meine Herren, ich darf Ihnen nun für die Aufmerksamkeit danken, die Sie mir liebenswürdigerweise entgegengebracht haben und Ihnen schöne Weihnachtsferien wünschen.«

Er vergaß sich am Ende des Gebets zu bekreuzigen. Entgegen seiner Gewohnheit begann er damit, seine Requisiten wegzuräumen, ohne darauf zu warten, bis der Saal leer war, und es gab auch nicht, wie das fast immer der Fall war, eine kleine Gruppe Begeisterter, die ihn umringten und mit Fragen bestürmten. Selbst Pater Josuat ging mit den Jungens hinaus, ohne noch einmal mit ihm zu reden, und es war der Laienbruder, der ihm seinen Umschlag überreichte. Nachdem er den Koffer abgeschlossen hatte, berührte er ihn wie einen fremden Gegenstand, mit dem er nie einen vertraulichen und vertrauensvollen Umgang haben würde. Allein mit dem Mann, der mit dem Gesicht einer barmherzigen Schwester vor ihm herging, durchquerte er den großen Saal, wobei er den Eindruck hatte, daß er gerade etwas von sich selber verloren hatte.

Es war die Schuld seiner Hände. Seit Monaten war er darauf gefaßt. Aber da waren nicht nur seine Hände. Selbst ohne ihr Zittern war er von vornherein verloren, er war schon verloren, als er, vor den Schülern stehend, zusah, wie diese sich wohlgeordnet zwischen die Stuhlreihen schlängelten.

Er hatte schon als Verlierer angefangen, weil ihm der Glaube fehlte. Schon lange, vielleicht seit Jahren, hatte er keinen Glauben mehr und tat nur noch so. Am deutlichsten hatte er das an diesem Morgen bei Sugond gespürt.

Wenn der alte Sugond nicht mehr glaubte, was hatte das Ganze dann noch für einen Sinn?

Er gelangte in eine fremde Straße, wo nach den Mauern der Schule stattliche Häuser nebeneinander standen. Es waren Reiche, die in diesem Viertel wohnten, wo Autos an den Bürgersteigen parkten. Fenster waren erleuchtet. In einem riesengroßen Wohnzimmer mit hoher Zimmerdecke, von dem ein Kronleuchter herabhing, rauchten zwei weißhaarige Männer Zigarren, den Kopf über ein Schachspiel gebeugt.

Es waren wahrscheinlich bedeutende Persönlichkeiten oder waren es gewesen. Sie hatten Köpfe von Ministern oder Botschaftern. Vielleicht waren sie Väter, Großväter. Die Welt war voll von Menschen, die mehr oder weniger verschwommen nach etwas strebten, und sie saßen da zwischen den goldenen Rahmen und den Gemälden der alten Meister und schoben Elfenbeinstücke auf weißen und schwarzen Feldern hin und her.

Wie er es mit den magischen Ringen tat, den zusammengeknoteten Taschentüchern, die er aus der bodenlosen Dose holte und den mit farbigen Figuren bedeckten Pappstücken, die man Karten nennt!

Heute brauchte er nicht zu trinken. Vielleicht bräuchte er nie wieder Alkohol. Er war ebenso verzweifelt, ebenso allein im Universum, wie wenn er getrunken hatte, und quälte sich mit Gedanken, die scharf und schneidend waren wie Skalpelle . . .

Hab keine Angst, Julie! Und auch Sie, Madame Arnaud, brauchen keine Angst zu haben, Sie, die Sie sich Ihrer und Ihrer Verdienste so sicher sind. Ich gehe sofort nach Hause, wie ein braver Schüler, wie diese Hunderte von künftigen Dummköpfen, die vorhin so herzlich gelacht haben.

Ich werde brav sein. Auch ich werde so tun als ob. Und wohlgemerkt, ich werde mich als guter Ehemann verhalten. Gleich um die Straßenecke gibt es, wie ich mich erinnere, eine bekannte Konditorei, deren Kleingebäck man auf allen eleganten Gesellschaften serviert. Ich werde kleine Törtchen kaufen, zwei Dutzend, drei Dutzend kleine Törtchen, und Julie wird Entzückensrufe ausstoßen:

»Das hättest du nicht tun sollen! Sehen Sie sich das einmal an, Madame Arnaud, was mir mein Mann mitgebracht hat!«

Sie werden sie zusammen aufessen, und dazu miteinander tuscheln und sich verständnisinnig anlächeln ...

Hatte er sich so zu verhalten? Gut! Das war einfach. Man brauchte es ihm nur zu sagen. Wenn er es nicht früher getan hatte, so war das nur aus Liebe, weil er glaubte, er müsse in jeder Hinsicht offen und ehrlich sein.

Sie würden beide zufrieden sein. Sie würden natürlich nicht sofort daran glauben. Die Frauen zweifeln zunächst einmal immer an den guten Gefühlen. Und außerdem gibt es da das Sprichwort, und Sprichwörter sind heilig: »Wer einmal trinkt ...«

Überflüssig, ihnen klarzumachen, daß es schon so gut wie geschafft ist und daß er jetzt das gleiche Ergebnis ganz allein erzielt. Er wird nicht mehr versuchen, sich zu rechtfertigen, wird sich nicht mehr ärgern, wird ohne Tränen und ohne die Selbsterniedrigung Julies auskommen. Er schlägt die Frauen nicht mit einem Gürtel, er braucht das nicht, um sich für einen Mann zu halten.

Er weiß, daß er keiner ist, genauer, er weiß jetzt, was ein Mann wert ist: überhaupt nichts. Zu tun als ob, darauf kommt es an. Wie vorhin, wo er den Regeln hätte folgen und so tun sollen, als verpatze er sein Kartenkunststück absichtlich.

Er wird sich in Zukunft darauf einstellen, und Julie wird glücklich sein. Was wird sich für ihn ändern, da es innerlich doch immer das gleiche sein wird? Das gleiche, das heißt nichts . . .

Völlige Leere, liebe Julie.

Ich liebe dich. Du liebst mich. Alles steht zum besten in der besten aller Welten, das hat irgend jemand schon einmal gesagt. Ich kaufe Kuchen. Wenn du wieder gesund bist, werden wir ins Kino gehen und im Restaurant zu Abend essen.

Das ist der Dreh jenes Typs. Nicht mehr nötig, hinter ihm her zu laufen, jetzt, wo ich begriffen habe. Dagobert ist ein naiver Dickwanst. Er läuft immer hinterher. Er läuft hinter dem Kahn der Heilsarmee her, wo man ihm einen Teller Suppe gibt und wo man ihn Choräle singen läßt.

»Zwei Dutzend . . . Verzeihung . . . Drei Dutzend Törtchen, bitte. Ja, von denen, Mademoiselle, die obendrauf bunt sind . . .«

Warum lacht sie? Weil er bunt sagt, obgleich es sicherlich ein poetischeres Wort gibt? Er sieht sich im Spiegel an. Nicht nur in den Kneipen bringt man Spiegel an den Wänden an. Sein Gesicht ist das gleiche wie in der Kneipe in der Rue Montmartre, und die Gläser mit den Bonbons, den Pralinen, den Karamellen, die Kuchen auf den Glasplatten, die Marmortischchen und die weiß gestrichenen Stühle haben nicht mehr Wirklichkeit wie die Eier auf der Theke dort.

Im Grunde sind das auch harte Eier.

»Was macht das?«

Er steckt den Zeigefinger durch die Schleife der roten Kordel, so daß er die beiden Koffer mit einer Hand tragen muß. Daran hatte er nicht gedacht. Dennoch kann er sich nicht dazu entschließen, ein Taxi zu rufen, und geht zum Autobus, besinnt sich dann aber, als dieser ankommt, ganz plötzlich eines andern.

Kommt er nicht immer mit dem Taxi aus der Rue Montmartre nach Hause? Warum soll er den Autobus nehmen, da es doch das gleiche ist?

Die Vorstellung muß kurz gewesen sein. Die Ärmsten haben keinen Gegenwert für ihr Geld bekommen, denn als er heimkommt, ist es erst fünf vor sechs.

»Sie schon?«

»Ich schon.«

»Bist du es, Antoine?« ruft Julie fröhlich aus ihrem Bett. Sie kann nicht umhin, ihm einen ängstlichen Blick zuzuwerfen. Es ist schon vorgekommen, daß er sie nur für zehn Minuten verlassen und dennoch die Zeit gefunden hat, mehrere Gläser zu kippen. Sein Aussehen beruhigt sie. Unwichtig, was er intus hat, wenn er nur nicht betrunken ist. Sie bemerkt den Karton mit den Kuchen.

»Das hättest du nicht tun sollen . . .«

Sie hebt die Stimme:

»Sehen Sie sich nur mal an, Madame Arnaud, was mein Mann . . .« Aber natürlich! Er brach nicht in schallendes Gelächter aus.

3

Am Tag vor Weihnachten waren es genau dreizehn Tage, seit er nicht mehr getrunken hatte. Er hatte während dieser Zeit ein stumpfes Leben geführt, ohne Schmerz und ohne Freude, das er mit der Vorhölle seines Katechismus verglich. Er hatte gar nicht den Wunsch gehabt zu trinken und empfand eine mürrische Befriedigung dabei, es nicht zu tun und mit einem verächtlichen Lächeln an den erleuchteten Kneipentüren vorbeizugehen.

Julie war krank. Er hatte sich davon überzeugt, als der Doktor ihr gestattet hatte, aufzustehen, unter der Bedingung allerdings, Madame Arnaud noch für einige Tage zu behalten. Bis dahin war Antoine überzeugt, daß man die Gefährlichkeit des Zustandes seiner Frau übertrieben hatte, um sein Mitleid zu erregen oder ihm Angst zu machen.

Am ersten Tag, an dem sie sich ins Eßzimmer gesetzt hatte und durch die Wohnung gegangen war, war alles gut verlaufen. Sie hatte ihn sogar, ganz diskret, in seinem Arbeitszimmer aufgesucht, mit einem Gesicht, als wolle sie ihn nicht stören, wolle es vermeiden, ihm das bißchen Freiheit wieder wegzunehmen, das er in der Zeit, in der sie bettlägrig war, wiedererlangt hatte.

Sie waren sehr zuvorkommend zueinander. In ihren Beziehungen lag eine gewisse Schüchternheit, die nicht ohne Charme war. Man hätte meinen können, sie würden sich unter der Aufsicht von Madame Arnaud wieder neu kennenlernen.

Am zweiten Tag war Madame Arnaud ausgegangen, um Einkäufe zu machen. Julie war im Bad mit ihrer Toilette beschäftigt. Antoine überflog die Zeitung und rauchte dabei eine Zigarette. Das Wetter war grau. Während dieser ganzen Zeit hatte es nicht einen einzigen Sonnentag gegeben.

Nach einer Weile war er überrascht, daß es um ihn herum so lautlos still war. Er hatte den Eindruck, daß eine ziemlich lange Zeit vergangen war, seit seine Frau sich im Badezimmer aufhielt. Trotzdem war er nicht sofort aufgestanden, hatte, diskreterweise, noch etwa fünf Minuten gewartet.

Als er schließlich die Tür aufgemacht hatte, hätte er Julie beinahe angestoßen. Sie stand da, nur ihre Unterhose am Leib, einen Büstenhalter in der Hand, in der gleichen Haltung, in der er sie schon einmal am Fußende des Bettes gesehen hatte, wobei sie sich bemühte, ihm zuzulächeln, es aber nicht wagte, sich zu bewegen.

»Geht's dir nicht gut?«

Diesmal sah er, daß es keine Komödie war. Er war beeindruckt von der plötzlichen Anschwellung der Augenlider und von der Farblosigkeit der Lippen, die ihr ein völlig anderes Aussehen gab.

»Ich rufe den Doktor.«

Das war keine Drohung. Er bekam es mit der Angst zu tun. Sie machte ihm ein Zeichen, nicht anzurufen.

Darauf versuchte er, ihren Puls zu fühlen, doch sie wies ihn mit einer Handbewegung freundlich ab, Zärtlichkeit im Blick, so, als wolle sie sich wegen der Mühe entschuldigen, die sie ihm machte.

Es war schlimm, dazustehen, ohne etwas unternehmen zu können, um ihr zu helfen, er wagte aber auch nicht wegzugehen; er mußte warten, bis der Anfall vorbei war und sie endlich den langen Seufzer der Befreiung ausstieß, den er kannte.

»Mach dir keine Sorgen, Antoine. Der Doktor hat mich schon gewarnt.«

Sie dachte daran, ihre weichen Brüste zu bedecken, wurde wieder schamhaft, wie sie es immer voreinander gewesen waren.

»Es dauert eine Zeitlang, bis die Tablette ihre Wirkung tut. Sobald ich spüre, daß ein Anfall im Kommen ist, nehme ich eine. Es ist nicht gefährlich, Bourgeois hat es mir bestätigt, nachdem ich ihn gebeten habe, mich nicht zu belügen. Ich habe nur jedesmal das Gefühl, daß ich jetzt sterbe. Du bist so blaß, mein armer Antoine.«

Er wollte nicht mit Madame Arnaud darüber reden, nutzte die Gelegenheit, daß Julie nach dem Mittagessen ruhte, um Bourgeois anzurufen, der allerdings nicht zu Hause war. Um acht Uhr abends gab Antoine eine kurze Vorstellung bei einer Wohltätigkeitsveranstaltung im Viertel. Er bat Madame Bourgeois um die Erlaubnis, im Anschluß daran noch ihren Mann aufzusuchen.

»Ich bin sicher, daß er Sie empfangen wird. Er empfängt alle Leute zu jeder Tageszeit.«

Er war hingegangen. Die Wohnung ging auf den Hof eines alten Hauses in der Rue du Faubourg Saint-Honoré. Er hatte Dr. Bourgeois und seine Frau in einem riesigen Wohnzimmer angetroffen, wo sie beide vor dem Kamin saßen, in dem Holzscheite brannten. Madame Bourgeois war ebenso alt wie ihr Mann, ganz klein, gebrechlich, und es war erstaunlich, in dem Raum, in dem die beiden Greise wohnten, die kleiner geworden zu sein schienen, einen riesigen Flügel vorzufinden, auf dem sicherlich keiner von beiden mehr spielte. Wie der Kamin, die Tische und Tischchen stand auch der Flügel voller Porträts von Kindern aller Altersstufen, Hochzeitsbilder und Fotos von Neugeborenen aus der letzten Zeit. Der Kronleuchter brannte nicht, hatte, nach dem Staub zu urteilen, der ihn bedeckte, schon lange nicht mehr gebrannt, denn das Paar behalf sich mit einer Stehlampe, die den gleichen Lichtkreis warf wie die früheren Petroleumlampen.

»Sie können sich setzen, Monsieur Antoine.«

»Ich bin wegen meiner Frau gekommen.«

Bis zu Julies Krankheit war er überzeugt gewesen, daß Bourgeois ihnen beiden die gleiche Zuneigung entgegenbrachte. Jetzt war er sicher, daß diese Zuneigung nur Julie galt. Der Doktor verhielt sich höflich, aber kalt, legte in die Wahl seiner Worte eine gewisse Grausamkeit.

»Ich nehme an, daß Sie anfangen, sich Sorgen zu machen?«

Wozu wäre er sonst gekommen?

»Es wäre mir in der Tat sehr lieb, wenn Ihre Frau nichts von dieser Unterhaltung erführe. Ich nehme an, daß sie nicht weiß, daß Sie hier sind? Das wird ihr unnötige Angst ersparen.«

»Ist ihr Zustand ernst?«

»So ernst, wie es eine Angina pectoris sein kann. Wissen Sie, was das ist?«

Er hatte eine ziemlich ungenaue, aber ziemlich erschreckende Vorstellung davon.

»Ich nehme an, daß Sie wissen, welche Rolle die Aorta für den Blutkreislauf spielt? Bei Ihrer Frau ist es so, daß ihre Aorta, anstatt geschmeidig zu sein wie ein Gummischlauch, allmählich verhärtet, und bei dieser Verhärtung neigt sie dazu, sich zusammenzuziehen, was in gewissen Momenten die Arbeit der Druck- und Saugpumpe, die das Herz ist, erschwert und mühsam macht. Der Anfall neulich nachts war bedenklich. Ihre Frau kann Monate oder Jahre leben, ohne einen Rückfall zu bekommen.«

Antoine erzählte ihm, was er am Vormittag gesehen hatte.

»Das nenne ich keinen Anfall. Ein solches Unwohlsein wird sie des öfteren befallen, und sie wird sich daran gewöhnen müssen, damit zu leben. Ich habe ihr Tabletten verschrieben, die ihr innerhalb weniger Minuten helfen. Achten Sie darauf, daß sie sie immer bei sich hat, wenn sie aus dem Haus geht.«

»Hat sie Chancen, noch lange zu leben?«

»Kein Arzt kann auf diese Frage eine Antwort geben. Ich kann Ihnen nur sagen, daß jede Aufregung gefährlich für sie ist. Sie braucht ein stilles, regelmäßiges Leben, viel Ruhe, keinen Ärger. Ich habe ihr den Rat gegeben, sich eine Zugehfrau zu nehmen, später, wenn Madame Arnaud nicht mehr kommt.«

»Sie hat mir nichts davon gesagt.«

»Sie darf keine schwere Arbeit verrichten.«

Die alte Frau war in ihrem Sessel sitzen geblieben, in dem sie Babysocken strickte. Wenn sie nicht dagewesen wäre, wenn der Doktor sich freundschaftlicher gezeigt hätte, vielleicht hätte Antoine von sich gesprochen. Nicht nur von den Ängsten, die auch ihn befielen, von den Krämpfen in der Brust, die denen Julies glichen, sondern auch von dem Problem Alkohol. Es mußte doch ein wissenschaftliches Mittel geben, um Rückfälle zu verhindern. Er hätte es gern gesehen, daß man sich mit seinem Fall beschäftigte, und er war seinerseits bereit, alle Anweisungen zu befolgen.

»Sie müssen nun sehen, ob Sie in der Lage sind, ihr diese Ruhe zu garantieren.«

Es war überflüssig, weiterzureden. Für Bourgeois war er ein Trunkenbold und sicherlich auch, wegen seinem Beruf, eine Art Gaukler, der Julie nur ihres Geldes wegen geheiratet hatte. Bis dahin hatte Antoine sich Illusionen über die Möglichkeiten einer Verständigung zwischen ihnen machen können. Jetzt blieb ihm nur noch, danke zu sagen und zu gehen.

An diesem Abend wagte Julie ihn nicht zu fragen, warum er zärtlicher war als gewöhnlich, aber er wußte, daß sie die Änderung bemerkt hatte. Und doch war er ohne Wärme. Es war schwer zu erklären. Er liebte sie, er bedauerte sie, sagte sich, daß es traurig sei, in ihrem Alter zu sterben. Deshalb umgab er sie mit kleinen Aufmerksamkeiten und einer Zuvorkommenheit, die

Julie rührte, doch er war unfähig zu einer echten Gemütsregung.

Beinahe hätte er sie hellhörig gemacht, als er ihr zu schnell von einer Zugehfrau sprach.

»Hat dir Madame Arnaud diese Idee eingeflüstert? Sie macht sich zu viele Sorgen wegen mir, ohne zu überlegen, daß ich mein ganzes Leben lang gearbeitet habe und glatt sterben würde, wenn ich in einem Sessel sitzenbleiben müßte.«

Er sprach lange, wie man es mit den Kranken tut, gab eine Menge Gründe an. Am nächsten Tag kam er in Gegenwart von Madame Arnaud wieder auf das Thema zu sprechen, und diese versprach ihnen, jemanden für sie zu suchen.

Die Zugehfrau hieß Eugénie. Sie war die Witwe eines Feuerwehrmannes der Stadt Paris und bekam eine kleine Rente, doch ihr Sohn, der übrigens nach einem Taugenichts aussah, nahm ihr das Geld weg, sowie sie es bekam. Er hatte ihr sogar die wenigen Gegenstände von einigem Wert, die noch im Haushalt waren, weggenommen, um sie zu verkaufen.

»Eines Tages wird er noch mein Hemd verkaufen«, sagte sie mit einem so resignierten Gesichtsausdruck, daß sie schon komisch wirkte. »Mit zwölf Jahren hat er die Uhr seines Vaters geklaut und sie bei einem seiner Spielkameraden gegen ein Messer eingetauscht. Die Eltern haben sie mir zurückgegeben. Das hat nicht viel genützt, denn er hat sie zwei Jahre später wieder weggenommen und sie noch einmal verkauft.«

Sie empörte sich nicht, empfand sich nicht als eine unglückliche Frau.

»Solange man mir nicht eines Morgens mitteilt, daß er ein schlimmes Ding gedreht hat!«

Die Idee mit der Mitternachtsmesse kam von Julie, die ihn drei Tage vor Weihnachten schüchtern gefragt hatte, ob er gern teilnehmen möchte, wobei sie sogleich hinzufügte:

»Hinterher können wir einen Tisch reservieren lassen, um in einem Restaurant Heiligabend zu feiern.«

Sie hatten ihre Spaziergänge wieder aufgenommen. Das im Grunde leichte Unwohlsein, an das sie sich beide zu gewöhnen begannen, trat jeden Tag zur gleichen Zeit auf: morgens, während sie ihre Toilette machte, und manchmal, nicht immer, wenn sie sich an den Tisch setzten, um zu Mittag zu essen. Ohne ein Wort zu sagen, ging sie dann in die Küche, als ob sie etwas holen wollte. Wenn sie nicht gleich zurückkam, wartete er ein wenig, bevor er zu ihr ging, fand sie in der üblichen Haltung, und mit einer Handbewegung flehte sie ihn an, ohne sie mit dem Essen anzufangen.

»Wir könnten unsere Plätze in der Kirche Saint-Eustache reservieren lassen.«

Er wußte nicht, daß man für die Mitternachtsmesse die Plätze reservieren lassen mußte. Er hatte sich zwei Tage zuvor darum gekümmert und war bei dieser Gelegenheit auch in einem Lokal an den Grands Boulevards, in der Nähe der Rue Richelieu, vorbeigegangen. Es ging nicht darum, Heiligabend mit viel Lärm zu feiern. Das Menü schien gut zu sein. Man würde zwar nicht tanzen, aber es würden vier Musiker spielen.

Und weil er stets in einer latenten Furcht lebte, hatte er schließlich den Eindruck, auf den Zehenspitzen zu leben. Was ihn bei dieser Geschichte mit der Mitternachtsmesse und der Feier in einem Lokal rührte, war die Tatsache, daß Julie dabei nicht an sich gedacht hatte. Es kam jetzt abends oft vor, daß seine Frau ihn fragte:

»Langweilst du dich nicht?«

Wahrscheinlich führte sie sein Bedürfnis zu trinken auf die Langeweile zurück. Vielleicht hatte Madame Arnaud, die sie fast jeden Tag besuchen kam und die fast alles zu wissen glaubte, ihr den Rat gegeben, ihn zu zerstreuen? Die alte Krankenpflegerin sah Antoine manchmal voller Interesse an, überrascht darüber, daß er noch keinen Rückfall gehabt hatte, und es kam vor, daß sie mit einer fast sanften Stimme das Wort an ihn richtete, um ihm Mut zuzusprechen.

Er bemerkte alles, die Blicke, die sie hinter seinem Rücken wechselten, ihr Getuschel und ihr Schweigen. Er hätte Tag für Tag, Stunde um Stunde sagen können, was Julie über ihn dachte.

Auch sie ging auf Zehenspitzen, als ob eine falsche Bewegung genügen würde, ihn von neuem zu entfernen. Sie hatte ihren Mann für sich allein. Im Verlaufe von dreizehn Tagen verließ er die Wohnung keine fünfmal ohne sie, und jedesmal nur, um arbeiten zu gehen; und jedesmal kam er auch in Rekordzeit zurück und beugte sich über sie, um sie zu küssen, damit sie sich beruhige, wenn sie seinen Atem roch.

Er war darauf nicht etwa stolz. Es war leicht, so leicht, daß es ihn als ersten überraschte. Es genügte, nicht an sich zu denken und sich keine Fragen zu stellen. Das Leben wurde ein wenig fade, farblos, aber das war nicht unangenehmer als ein Wintertag unter einem bedeckten Himmel.

Als Weihnachtsgeschenk für sie war er auf eine Idee gekommen, an der er großen Gefallen fand. Er hatte sich dazu während eines seiner Ausgänge mit dem Taxi in die Rue des Francs-Bourgeois fahren lassen müssen, in der Nähe des Crédit Municipal, in jene Läden, wo die Leute ihren Schmuck, ihre Uhren und ihr Silberzeug veräußerten.

Es war eine alte Bonbondose, vielleicht auch eine Tabakdose, aus getriebenem Silber, die die Pappschachtel ersetzen sollte, in der Julie die Tabletten aufbewahrte, die sie immer bei sich tragen sollte. Er hatte sie hinter einem Stoß Prospekte auf dem Regal in seinem Arbeitszimmer versteckt.

Am Tag vor Weihnachten richtete er es so ein, daß er vor ihr fertig war, und schob die Bonbondose in die Tasche seines Mantels.

Der Abend war lange und leer gewesen. Die meisten Leute gingen vor der Mitternachtsmesse ins Theater oder ins Kino. Julie hatte den Vorschlag gemacht. Er hatte abgelehnt, weil er fürchtete, es sei zu anstrengend für sie, da sie ja anschließend einen Teil der Nacht aufbleiben sollten. Er hatte sie sogar gezwungen, sich nach dem Abendessen aufs Bett zu legen, und hatte sich im Schlafzimmer neben sie gesetzt, um zu lesen.

Warum war ihm die Zeit so lang vorgekommen? Seit dem Morgen war ihm, selbst hier bei ihnen, das Fieber bewußt geworden, das die Stadt erfaßt hatte. Drei- oder viermal am Nachmittag hatte man das Hupkonzert gehört, das die Verkehrsstockungen in der Rue du

Faubourg Saint-Honoré oder an der Place des Ternes begleitet. Auf der Straße waren die Passanten ängstlich, als ob die Minuten, die sie von Mitternacht trennten, mehr zählten als die andern Minuten des Jahres.

Schließlich hatte dieses Fieber, an dem er doch gar nicht teilhatte, auch ihn erfaßt. Er stand grundlos auf, ging von einem Zimmer ins andere, und es war selten vorgekommen, daß er so oft auf die Uhr geschaut hatte wie an diesem Tag.

Julie war seit ihrer Krankheit nur zweimal ohne ihn ausgegangen, und zwar beide Male morgens, um Einkäufe zu tätigen, doch hatte sie dabei keine Zeit gehabt, das Viertel zu verlassen oder auch nur zu Fuß bis zur Place de l'Etoile zu gehen. Sie ging viel zu langsam, beeindruckt wahrscheinlich von ihren Herzanfällen, immer bereit, die Hand auf die Brust zu legen. Er fragte sich, was sie ihm wohl gekauft hatte. Auch sie war mit ihrem Geschenk zufrieden, denn sie betrachtete es manchmal mit einem geheimnisvollen Lächeln. Er besaß drei Zigarettenetuis, davon eines aus Silber mit seinen Initialen in Gold, das vom vorletzten Weihnachtsfest stammte. Sie hatte aufgehört, ihm Krawatten zu schenken, weil er schon zu viele hatte und doch immer die gleichen trug.

Er hatte herauszufinden versucht, was es sein könnte, doch ohne Erfolg. Er zerbrach sich auch ein wenig den Kopf wegen dem, was am Abend im Restaurant geschehen würde. Es war fast unumgänglich, Champagner zu bestellen. Wie er seine Frau kannte, hatte sie davor sicherlich Angst. Er war überzeugt, daß auch sie schon daran gedacht hatte. Nun wußte er, daß zwei oder drei Gläser Champagner keinerlei Wirkung auf ihn hatten. Er fühlte sich imstande, sich an dieses Quantum zu halten. Allerdings durfte er dann nicht das Gefühl haben, sie mache sich während des ganzen Essens deswegen Sorgen, er durfte vor allem auch nicht den Eindruck haben, belauert zu werden. Er hätte sie gern gewarnt. Er wagte es nicht. Das war besonders schwierig und heikel. Um acht Uhr war Madame Arnaud gekommen, besser gekleidet als gewöhnlich, ein kleines seidiges Päckchen in der Hand.

»Ich wollte die erste sein, die Ihnen zum Weihnachtsfest Glück wünscht. Erlauben Sie mir, daß ich Ihnen diese Kleinigkeit schenke.«

Es war ein gestricktes Bettjäckchen aus rosa Wolle, so leicht, daß es aus Schaum zu sein schien. Die alte Frau hatte bemerkt, daß Julie, die vor ihrer Krankheit ihre Tage nie im Bett verbracht hatte, keines besaß und daß sie, wenn ihr kalt wurde, einen Pullover überstreifte.

»Den Männern mache ich natürlich keine Geschenke . . .«

»Und ich kann Ihnen nicht einmal etwas zu trinken anbieten!« hatte Julie ausgerufen.

Beinahe hätte sie ihren Mann weggeschickt, um im Viertel, wo die Geschäfte offen geblieben waren, eine Flasche zu kaufen. Man sah Leute, die mit so vielen Paketen beladen waren, daß sie auf dem Bürgersteig welche fallen ließen und Passanten ihnen helfen mußten.

»Nein, mein Kind. Nichts für mich.«

Sie hatte eine Möglichkeit gefunden, mit einem

bedeutungsschweren Blick auf Antoine zu weisen. Sie war übrigens nur einige Minuten geblieben.

»Amüsiert euch beide gut. Und seid brav.«

Die Uhr hatte schließlich halb elf angezeigt, und sie hatten sich angezogen. Dann hatten sie die Metro genommen bis zu den Hallen, und trotz ihrer Eintrittskarten hatten sie Schlange stehen müssen, so viele Leute waren da, die in die Kirche wollten.

Viele Männer trugen einen Smoking und sogar einen Frack unter ihrem Mantel; Frauen waren im Abendkleid, das Haar mit einem duftigen Schal bedeckt. Die gleiche Erregung, die Antoine seit dem Morgen in der Luft spürte, herrschte, fast greifbar, auch hier; die Blicke waren nicht die Blicke der anderen Tage, auch die Stimmen nicht, sie hatten etwas Leichteres. Leute, die sich nicht kannten, sprachen fröhlich miteinander, und Bettler, die die Reihe entlang um ein Almosen baten, taten es mit einem Scherzwort:

»Damit ich mir ne Flasche Roten kaufen kann, guter Herr!«

Einer von ihnen fügte anstelle eines Dankes hinzu:

»Das Jesuskindlein möge es Ihnen vergelten!«

Bei allen roch der Atem nach Wein. Fast jeder hatte sich ein gutes Abendessen geleistet. Es war zehn Minuten vor Mitternacht, als sie im Kirchenschiff Platz nahmen, nach hinten zu, wo sie sich auf die Zehenspitzen stellen mußten, um den Chor zu sehen.

Die offene Tür ließ einen kalten Luftstrom herein, und eine andere Tür, an der Seite, die unaufhörlich auf und zu ging, quietschte jedesmal in den Angeln. Die Füße auf den Fliesen wurden kalt.

»Sitzt du gut?«

Sie nickte, schon ins Gebet versunken, den Blick auf die Krippe gerichtet, von der man nur das Dach aus falschem Stroh und den leuchtenden Stern sah. Sie würden sie heute abend nicht aus der Nähe anschauen können, denn es waren zu viele Leute da, die daran vorbeizogen. Die Orgel schlug gedämpfte Akkorde an. Ein Küster im Chorhemd zündete die Kerzen des Hochaltars an. Die Ministranten liefen hin und her, wobei sie ihre kleinen Beine in den viel zu weiten Gewändern umherschlenkerten. Unter den Luftwellen der Orgeln hörte man ein ununterbrochenes Getrampel.

Dann begannen die Glocken plötzlich mit aller Kraft zu läuten, die gleiche Orgel setzte voll ein, Priester betraten den Chor, wo der Weihrauch abgebrannt wurde, und Stimmen begannen einen gregorianischen Gesang.

Es gab einige »Psts«, weil Leute weitertuschelten. Gesichter wandten sich unzufrieden der quietschenden Tür zu oder drehten sich nach der offen gebliebenen Tür um, durch die immer noch eisige Luft auf die Nacken wehte. Die Frauen kuschelten sich in ihre Pelzmäntel. Das dünne Glöckchen eines Ministranten mischte sich unter die Musik.

Antoine rührte sich nicht, mit hocherhobenem Kopf und gespanntem Körper schaute und hörte er, und ohne zu wissen warum, überfiel ihn eine Hitze, seine Augenlider begannen zu stechen. Er konnte sich nicht erinnern, je der Mitternachtsmesse beigewohnt zu haben. Als er noch klein war, wurde er an diesem

Abend früh zu Bett gebracht, weil seine Mutter in einem Restaurant im Viertel das Mitternachtsessen an Heiligabend auftragen half.

Zahlreich waren die Frauen, denen es auch in dieser Nacht so erging wie ihr, für die das eine Gelegenheit war, zusätzlich ein wenig Geld zu verdienen.

Doch nicht diese Erinnerung war es, die etwas in ihm zum Schmelzen brachte. Es war verschwommener. Er schaute nach den Kerzen, deren Flamme zitterte, nach den goldenen Meßgewändern, den rituellen Gebärden der drei Priester, dem Kommen und Gehen der Meßdiener, sah alle Gesichter, die nach einer Seite gewandt und von der Musik wie hypnotisiert waren, und er dachte, daß es in dieser Nacht überall in der Welt das gleiche sei und daß es schon seit annähernd zweitausend Jahren so war.

Er zog die Nase hoch, warf einen Blick nach Julie, die in Ekstase zu sein schien und deren Lippen sich lautlos bewegten.

Das beeindruckte ihn. Er begann ebenfalls zu beten, fand in seiner Erinnerung ein *Gegrüßet seist du, Maria*, dem nur zwei oder drei Wörter fehlten.

»... voll der Gnaden, der Herr ist mit dir ...« Seine Nachbarin zur Rechten putzte sich die Nase, und das Taschentuch, das sie aus ihrer Handtasche genommen hatte, war so parfümiert, daß er sich belästigt fühlte.

»... die Frucht deines Leibes, Jesus ...« Er fand nicht mehr die gleiche Geistesverfassung. Er lauschte der Musik und den Stimmen, die das Kirchengewölbe mit ihrem Brausen erfüllten. Jeder drehte seinen Stuhl

um und setzte sich für die Predigt, der er zerstreut zuhörte.

Er hätte nicht genau sagen können, von welchem Augenblick an er sich traurig fühlte. In den vorangegangenen Tagen war er nicht traurig gewesen, sondern eher niedergeschlagen.

Plötzlich, etwa von dem Augenblick an, als seine Nachbarin ihr Taschentuch hervorgeholt hatte, fühlte er sich deprimiert. Er fragte sich warum, fand keine zufriedenstellende Antwort. Es war keine Frage von der Art, wie er sie sich gewöhnlich stellte.

Er beneidete Julie um ihre innere Ruhe. Zu Hause war sie nie so, was ihn zu dem Gedanken veranlaßte, daß er in ihrem Leben weniger Platz einnahm, als sie behauptete oder als er geglaubt hatte.

Warum war sie sonst nie entspannt in seiner Gegenwart? Es war nicht nur Entspannung. Ihre Züge spiegelten eine innere Ruhe wider, die schon an Glück grenzte, und eine gewisse Exaltation erleuchtete ihren Blick.

Er kannte nur einen einzigen Fall, wo es vorkam, daß Julie ein ebenso intensives, wenn auch völlig anderes Gefühl zum Ausdruck brachte: wenn sie, sich an ihn klammernd, gleichgültig wie, an seine Beine oder an seine Hände, auf dem Boden kriechend, das Gesicht zu einer Grimasse verzerrt, ihn anflehte, sie nie zu verlassen.

Hier war es das Gegenteil der Angst, was sie beseelte. Er war darüber so verwirrt, daß er, als sie mit der Menge die Kirche verließen, nichts zu sagen fand und sogar ein Gefühl der Verlegenheit empfand, als er ihren

Arm nahm, als sei er sich nicht sicher gewesen, daß sie zu ihm gehöre.

Man hörte schon Rufe, Lieder, Akkordeonweisen in dem Straßenlabyrinth, und als sie dem ersten Betrunkenen begegneten, der sie beinahe angerempelt hätte, preßte sich Julie noch fester an ihn.

»Es war schön«, sagte er, um ihr eine Freude zu machen, und meinte es gleichzeitig ehrlich.

Sie war froh darüber, er merkte es an einem leichten Zittern, nutzte aber die Gelegenheit nicht, wie ihre Mutter es mit Sicherheit getan hätte, um eine Moralpredigt zu halten.

Als sie dann eine Weile durch die Straßen marschiert waren, wo andere Leute, genau wie sie, auf den Bürgersteigen gingen und wo die Taxis hupten, gewann er allmählich eine Gesamtansicht der Stadt, als ob er sie von oben betrachtet hätte. Das gesamte Stadtzentrum war hell erleuchtet, voll von einer Menge, die den Restaurants und den Nachtbars entgegeneilte, während in den Vierteln ringsum, wo es weniger Lichter gab, hinter zugezogenen Vorhängen ruhige Familienweihnachten gefeiert wurden.

Die Menschen, die in Gruppen gingen, waren am lautesten, aber es gab auch fast ebenso viele Paare, die sich enger aneinanderschmiegten als gewöhnlich, und manchmal sah man welche, die sich auf der Türschwelle umarmten.

Und jene, die allein waren? Wo gingen sie hin? Er bemerkte einen, ein Mann etwa in seinem Alter, mit einem grauen Spitzbart, der hypnotisiert ein Spielzeugfenster betrachtete. Weniger Frauen als üblich gingen auf den Strich. Er zählte nur zwei. Die andern, jedenfalls die, die es konnten, feierten ebenfalls Weihnachten.

»Ich liebe dich«, sagte er, als sie in die Nähe des Restaurants kamen.

Er war überrascht darüber, daß er diese Worte mit einer solchen Feierlichkeit ausgesprochen hatte.

Sie flüsterte zurück, wie ein vertrauliches Geständnis:

»Ich liebe dich auch, Antoine.«

Sie fügte noch hinzu, ebenfalls ernst, ihre Worte reiflich überlegend:

»Mehr, als du glaubst.«

Wie konnte sie wissen, was er glaubte? Er ließ seinen Mantel und seinen Hut an der Garderobe. Julie, der es nie zu warm war, behielt ihren Mantel an. An den Lampen sah man schon Papierschlangen hängen und auf dem Fußboden bunte Wattekugeln liegen, und während sie sich zwischen den Tischen hindurchschlängelten, warf man ihnen welche nach.

Eine Karte auf einem Champagnerglas trug ihren Namen, in Rundschrift, wie auf einem Bankett: Monsieur und Madame Antoine Morin.

Es stimmte ja, sie hatte ihren Namen geändert, als sie ihn heiratete, und war jetzt Madame Morin. Fand sie das nicht manchmal komisch?

Als man die kleinen, mit Kaviar belegten Schwarzbrotschnitten brachte, dachte er an die Bonbondose, die er in seinem Mantel gelassen hatte. Sollte er sie sofort holen gehen? Es war das erste Weihnachtsfest, das sie im Restaurant feierten, und er fühlte sich unbeholfen. Er hatte das Gefühl, daß er logischerweise bis zum Dessert warten müsse, um ihr das Geschenk zu überreichen.

Er wußte nicht, daß der Champagner im Preis enthalten war, und ein Kellner kam, um ihre Flasche zu entkorken. Antoine warf Julie einen beruhigenden Blick zu. Als der Kellner sich entfernt hatte, nachdem er die Gläser gefüllt hatte, sagte er leise:

»Ich habe nicht die Absicht, ihn anzurühren.«

»Wenn du glaubst, daß du das kannst . . .«

»Ich möchte dir lieber diese Freude machen.«

Er aß seinen Kaviar und den Julies, die ihn nicht mochte. Sie hörten die Gespräche mehrerer Tische gleichzeitig und dazu noch die Musik, und das nahm ihnen die Lust zu reden. Sie hatten sich außerdem auch nichts zu sagen. Es wurde langsam serviert. Ein rotgekleideter Pikkolo verteilte Scherzartikel, und Julie setzte ihm einen Papierhut auf den Kopf und zog sich selber eine spitze, schwarze Mütze mit Sternen an.

»Man sitzt hier etwas gedrängt . . .«

»Ja. Ich werde nachher meinen Mantel ausziehen.«

»Warum ziehst du ihn nicht gleich aus?«

»Ich weiß nicht, wo ich ihn hinlegen soll. Es ist so schon so wenig Platz auf der Sitzbank.«

»Gib ihn mir. Ich bringe ihn in die Garderobe.«

Hinterher fragte er sich, ob sie ihm wirklich einen beunruhigten Blick zugeworfen hatte. Das schien ihm unmöglich. Auf jeden Fall war in seinem Gesicht kein anderer Ausdruck zu lesen als der eines Ehemannes, der bestrebt ist, seiner Frau eine Freude zu machen. Das war der Fall. Er hatte keinen Hintergedanken. Es kam ihm gar nicht in den Sinn, daß er sich nicht selbst bemühen mußte, sondern den Pikkolo rufen konnte.

Er schob den Tisch zurück, half Julie aus dem Mantel, durchquerte etwas mehr als die Hälfte des Saals, um den Ausgang zu erreichen. Er hielt den Mantel dem schwarzgekleideten jungen Mädchen hin, das einen Goldzahn hatte, erblickte seinen eigenen Mantel mit einem rosa Pappschild, das die Nummer 17 trug.

»Wollen Sie ihn mir einen Augenblick geben?«

»Gehen Sie hinaus?«

Vielleicht wäre ihm, wenn sie diese Frage nicht gestellt hätte, überhaupt nicht der Gedanke dazu gekommen. Seine ursprüngliche Absicht war die gewesen, die Bonbonniere aus der Tasche zu holen. Doch sobald er seinen Mantel in der Hand hatte, wußte er, daß er tatsächlich hinausgehen würde, und zog ihn an.

»Ihren Hut?«

Er war schon die Glastür hinausgegangen und stürzte sich in die Kälte der Straße, als sei er gerade noch mit knapper Müh und Not einer Katastrophe entgangen. Die Kneipe in der Rue Montmartre war nur hundert Meter weit weg. Aber bevor er dort ankam, wußte er, daß es auch dort eine Nacht war, die anders verlief als sonst. Er sah nichts im Innern, nur die Lampen über den cremefarbenen Vorhängen, die man vor die Scheiben gezogen hatte, und er erinnerte sich an die Plakate, die an den Spiegeln das Festgala von Heiligabend ankündeten.

Ein alter Mann in einem Mantel, der die gleiche Farbe hatte wie der Dagoberts, stand neben der Tür, an die Scheibe gelehnt; es war nicht Dagobert, aber um sicherzugehen, drehte sich Antoine noch einmal um.

Er ging schnell, vornübergebeugt, und glaubte vielleicht immer noch, daß er sofort in das Restaurant zurückkehren werde. Er schaute nach beiden Seiten der Straße auf der Suche nach einer Kneipe, die noch geöffnet war. Manche waren geschlossen. In andern hatte man für die Stammgäste, die noch am Essen waren, einen großen Familientisch gedeckt.

Die Großen Boulevards, hellerleuchtet und laut, lagen hinter ihm, und er schien sie zu fliehen, drang immer weiter in den dunklen Teil der Straße ein, bis er in der Nähe der Hallen in ein schmales Gäßchen geriet, dessen Namen er nicht kannte und wo es nur einige schlecht beleuchtete Türen gab.

Hier gab es ohne Übergang kein Weihnachten mehr. Eine dicke Frau, die etwa fünfzig Jahre alt sein mußte, und ein Mädchen, noch keine siebzehn alt, mit einem breiten, roten Mund, vertraten sich vor dem düsteren Eingang eines Hotels die Füße und schlugen sich dabei mit den Händen in die Seiten.

Sie begriffen, daß er nicht hinter diesen Vergnügen herlief und ließen ihn ohne ein Wort, ohne eine Gebärde vorbeigehen. Vor einer ersten Kneipe mit düsteren Wänden, an denen Reklamekalender hingen, blieb er stehen und wagte nicht hineinzugehen, weil nur vier Männer um die Theke herumstanden, die so aussahen, als würden sie gleich handgemein werden.

Zwei Häuser weiter leuchtete ein anderes Licht. Als er eintrat, mußte er eine Stufe hinabgehen. Ein Rauchteppich, wie der Weihrauch in der Kirche, zog sich über die Köpfe hin, und der Geruch des Alkohols packte einen an der Kehle. Niemand sang. In den Blicken lag weder Erregung noch Ekstase. Einige Wochen zuvor noch hätte er gezögert, sich an einen solchen Ort zu wagen, aber eher aus Furcht, die Gäste zu stören, als aus Furcht für sich selber.

Für die, die hier waren, schlaff auf der Polsterbank sitzend, mit dem Rücken zur Wand, oder sich mit den Ellbogen auf das Zinn der Theke stützend, zählte die Zeit so wenig wie die Feste, und für manche gab es sicherlich keinen Tag und keine Nacht mehr.

Er hätte Dagobert begegnen können, aber Dagobert war nicht hier. Einige Blicke richteten sich für einen Augenblick auf ihn und erloschen dann. Er sagte:

»Einen Trester.«

Denn er hatte den Eindruck, daß der Geruch, der hier herrschte, der beißende Geruch des Tresters war.

»In einem großen Glas.«

Er mußte schnell machen, so wie er kurze Zeit zuvor schnell durch die Straßen gelaufen war. Er hatte immer den Eindruck zu fliehen. Er mußte Zeit gewinnen. Er trank in einem Zug, wischte sich mit dem Handrücken den Mund ab, wagte selbst hier nicht, sofort wieder nachzubestellen und starrte die Flaschenhälse an, die aus dem Zinkbehälter hervorsahen.

Später, als er sein zweites Glas in der Hand hatte, erkannte er ein Gesicht, das der alten Blumenverkäuferin, die sich ebenfalls hierher geflüchtet hatte und die mit einem Mann, der jünger war als sie, an einem Tisch vor einem Liter Rotwein saß.

Sie schlief halb, schaute ihn einen Augenblick lang

zwischen ihren schweren Augenlidern an, brauchte lange, bis sie ein gewisses Erstaunen zum Ausdruck brachte, so, als ob ihre Gedanken von sehr weit herkämen, zuckte schließlich die Achseln und verfiel wieder in ihre Apathie.

Der Wirt, stämmig, das Hemd von dicken Bizeps gespannt, mit einem Bürstenschnitt und gewachstem Schnurrbart, ließ ihn nicht aus den Augen.

»Darf's noch was sein?«

Antoinc glaubte zu verstehen, was in dieser einfachen Frage an Furchtbarem lag.

»Noch einen.«

Und der andere, der eine der Flaschen aus dem Zinkbehälter nahm und sie über ein Glas neigte, um die Flüssigkeit aus dem Zinnschnabel laufen zu lassen, machte ein Gesicht, als wolle er sagen:

»Das ist Ihre Sache.«

Er kehrte in dieser Nacht nicht mehr zu den Boulevards zurück. Viel später, in einer noch düstereren Kneipe, wo Männer auf den Polsterbänken schliefen, zog er die Bonbonniere aus der Tasche und starrte sie lange mit seinen ausdruckslosen Augen an. Den Kopf schüttelnd, erinnerte er sich an den Satz Dagoberts:

»Wir sind ja doch Schweinehunde, Mann!«

Er wollte noch nicht in die Rue Daru zurückkehren. Es war zu früh. Zu früh oder zu spät. Er hatte beschlossen, dieses Mal zuerst zu schlafen. Er wußte nur nicht, wohin er zum Schlafen gehen sollte.

Das kam noch später, als die Geräusche in der Stadt immer seltener wurden.

»Sagen Sie, Patron, hätten Sie nicht zufällig ein Zimmer für mich?«

Zuerst hatte es ihn gereizt, auf einer Bank zu schlafen, im Nebel, der zu fallen begann, doch die Kälte hatte ihm Angst gemacht. Die Kirchen waren sicherlich geschlossen. Er erinnerte sich, daß er etwas über ihre Schließung nach der Mitternachtsmesse gelesen hatte, gerade wegen der Betrunkenen.

»Ich werde mal nachsehen.«

Er sprach mit einer Frau, die nicht die Wirtin war, sondern ein Gast, und die mit zwei Freundinnen hinten an einem Tisch trank. Alle drei begannen Antoine eingehend zu betrachten und halblaut über ihn zu reden. Schließlich kam die Dunkelhaarigste, die eine Narbe auf der Wange hatte, auf ihn zu, wobei sie den Rauch ihrer Zigarette vor sich in die Luft blies.

»Bist du das, der ein Zimmer sucht?«

Er sagte ja, sterbensmüde, so müde, daß er sich am liebsten auf den schmutzigen Boden hätte fallen lassen. Es mußte unbedingt schnell gehen.

Als könne sie sich nicht einmal vorstellen, daß er protestieren würde, zog sie ihm die Brieftasche aus der Tasche, warf einen Blick hinein und gab sie ihm befriedigt wieder zurück.

»Komm mit. Wir werden schon klarkommen.«

Der Wirt mußte ihn zurückrufen, denn er hatte vergessen zu bezahlen. Die Dirne führte ihn zu dem Hotel, das er im Vorbeigehen bemerkt hatte, und wo jetzt niemand mehr vor der Tür stand. Entweder hatte der Mond, den die Häuser verdeckten, die

Wolkendecke endlich durchbrochen oder aber das Morgenrot war schon nahe.

»Bist du in der Lage, zwei Stockwerke hochzugehen?«

Es roch wie das Hotel an der Porte Saint-Denis, nur noch stärker, und die Dirne mußte in dem Treppenhaus, das keine Beleuchtung hatte, Streichhölzer anzünden.

»Mensch, du bist aber ganz schön knülle, sag mal! Ich kann mir nicht vorstellen, daß du mir etwa heute nacht ein Kind machen wirst.«

Er suchte lange, was diese Worte in seinem Gedächtnis wachriefen, und das Fernste, was er erreichen konnte, waren die Orgelakkorde und die Kälte, die in der Kirche von der offenen Tür her auf seinen Rücken trafen. Sein Nacken war steif und schmerzte ihn.

»Warte, bis ich Licht gemacht habe. Beweg dich nicht.«

Eine elektrische Birne ging an, die grau schien. Das Bett war ungemacht, und es hatte in dieser Nacht schon jemand drin gelegen.

»Zieh wenigstens deinen Mantel aus. Warte, ich helfe dir. Was hast du denn da Hartes in deiner Tasche? Das ist doch hoffentlich kein Sprengkörper?«

Es war die silberne Bonbonniere.

Das Merkwürdige ist nur, daß niemand sie ihm gestohlen hatte und daß auch die Dirne sie ihm nicht nahm, daß er sie in seiner Tasche wiederfand, als er, sehr viel später, wieder Kontakt aufnahm mit dem Leben der Stadt.

Es war mild, und ein feiner, langsamer Regen fiel wie ein trauriger Friede auf die Welt.

4

Eine Uhr, die nicht stehengeblieben war, zeigte zehn vor zwölf, und doch fand er sich allein in einer Straße, er wußte nie, welche es war, aber es war im Stadtzentrum, niemand war auf den Bürgersteigen, kein einziges Auto auf der Fahrbahn, die Läden der Geschäfte geschlossen, während die Vorhänge hinter den Fenstern der Stockwerke wie für immer herabhingen. Es gab kein Geräusch, keine Bewegung, nichts als ihn, den die Lust ankam zu laufen, um sicherzugehen, daß das Ende der Welt nicht gekommen war und ihn vergessen hatte.

Hatte er in der Kirche nicht vorausgesehen, daß er mit einem steifen Hals wach werden würde? Nicht nur sein Nacken schmerzte ihn so stark, daß er nicht den Kopf zu drehen wagte, sondern da waren noch andere Schmerzen, ebenfalls stechend, Schmerzen, die seine Brust vollkommen durchbohrten und wie Spicknadeln zwischen seine Rippen drangen.

Sein Puls schlug schnell. Er mußte irgendwohin gehen. Er wußte schon nicht mehr, warum er so schnell das Zimmer verlassen hatte, in dem er geschlafen hatte. Man hätte meinen können, eine Panik habe sich seiner bemächtigt, als er wach wurde. Er hatte die Dirne angesehen, die neben ihm lag, und ein ganz klares Bild war ihm wiedergekommen, das mit der schonungslosen Genauigkeit eines obszönen Fotos in seinem Gedächtnis eingegraben war: Zu einem bestimmten Zeitpunkt war ein Geräusch fließenden Wassers durch seinen Schlaf gegangen: Er hatte halb die Lider geöffnet; die Lampe brannte am Ende ihrer Leitung, obgleich der Tag bereits ins Zimmer drang, und ihm gegenüber, ganz nahe, die Frau, die ihr Hemd bis zum Bauch hochgehoben hatte und in einen Eimer aus grüner Emaille urinierte, wobei sie ihn nachdenklich ansah.

Er suchte gerade seine Sachen um sich herum zusammen, als sie wach wurde und ihn mit noch heiserer Stimme fragte:

»Gehst du?«

Sie drängte ihn nicht zu bleiben, stellte ihm keine indiskrete Frage. Nur, ohne eine Antwort zu erwarten:

»Hast du Angst vor deiner Frau?«

Sie hatte ihm seine Krawatte gerichtet und ihm ihren Kamm geliehen, an dem Zähne fehlten.

»Kein allzu großer Kater?«

Dann hatte sie, wie in der Kneipe, seine Brieftasche aus der Tasche genommen und sich einen Geldschein daraus geangelt, einen einzigen, den sie unter den Handleuchter auf dem Kamin gelegt hatte. Zusammen mit dem Geldschein hatte sie, ohne es zu wollen, ein Foto von Antoine und Julie herausgezogen, das in La Bourboule von einem Wanderfotografen aufgenommen worden war, als sie im Park spazierengingen, in dem Jahr, in dem sie sich kennengelernt hatten. Der

Abzug war schon vergilbt. Die Ecken waren umgeknickt und abgebrochen. Er wagte nicht, es aus seiner Brieftasche herauszunehmen, aus Furcht, seiner Frau Kummer zu machen. Die Dirne hatte das Bild angesehen, dann ihn angesehen und das Foto schließlich wieder an seinen Platz zurückgesteckt, ohne eine Bemerkung zu machen.

»Bist du sicher, daß es richtig ist, jetzt schon wegzugehen?«

Er spürte, daß sie es seinetwegen sagte, nicht ihretwegen.

»Wie du willst. Mach nicht zuviel Lärm beim Hinuntergehen. Halte dich am Seil fest.«

Denn ein Seil, das durch Eisenringe geführt war, diente als Treppengeländer.

Sie hatte halblaut hinzugefügt:

»Viel Glück!«

Er hatte genauso zu laufen begonnen wie in der Nacht, als er die Grands Boulevards floh, doch diesmal suchte er die Menge, zumindest einen gewissen Betrieb, einen Anschein von Leben. Irgendwo begegnete er endlich Familien im Sonntagsstaat, die aus einer Kirche kamen, ein Geruch nach Weihrauch drang bis zu ihm herüber und widerte ihn an.

Als er an einer Straßenecke eine Kneipe sah, die geöffnet hatte, eine große Theke mit Tabakverkauf, leer und sehr sauber, mit frischem Sägemehl auf dem Fußboden, ging er mit der Absicht hinein, in der Rue Daru anzurufen. Es war wohl das beste, was er tun konnte.

Sah man ihm an, daß er noch seinen Anzug vom

Abend zuvor trug? Er fühlte sich krank, hatte das Bedürfnis, wieder ins Gleichgewicht zu kommen.

»Ich frage mich, was ich trinken soll.«

»Das kommt drauf an, was Sie heute nacht getrunken haben. Es heißt, das beste sei, am andern Morgen das gleiche zu trinken.«

»Es war Trester.«

»Trester auf nüchternen Magen möchte ich Ihnen nicht raten, aber vielleicht würde Ihnen ein Cognac gut tun.«

Der Wirt hatte recht. Diese Leute wissen Bescheid. Nach zehn Minuten, in denen er sich immer wieder flüchtig im Spiegel betrachtete, fühlte er sich wohler und ging auf die Telefonkabine zu.

»Sie haben die Telefonmünze vergessen. Ist es ein Stadtgespräch?«

»Ja.«

Er wählte die Nummer, bereit, alles zu hören, alles hinzunehmen, jede Nachricht, jeden Urteilsspruch zu akzeptieren. Es war Madame Arnauds Stimme am andern Ende der Leitung.

»Hallo.«

Er war darauf gefaßt gewesen, fragte mit neutraler Stimme:

»Wie geht es ihr?«

»Ach Sie sind es! Also wissen Sie, Ihre Schuld ist es nicht, wenn sie nicht gestorben ist! Ich an Ihrer Stelle . . .«

Man hörte ein Geräusch, geflüsterte Worte, dann, sofort darauf Julies Stimme:

»Bist du es?« fragte sie, obgleich sie es genau wußte.

»Ja.«

Es entstand eine Stille, wie in einer Gesellschaft, wenn die Unterhaltung ins Stocken gerät und man sagt »leise schwirrt ein Englein durch die Luft«. Er wartete auf ihren Urteilsspruch. Sie wußte es. Und auch er wußte, daß er nichts zu sagen brauchte.

»Komm zurück!« sagte sie schließlich mit beherrschter Stimme. Sie sagte noch einmal, erregter:

»Komm zurück, Antoine! Ich werde dir nichts vorjammern und dich nichts fragen.«

»Gut.«

»Wo bist du?«

Sie verbesserte sich:

»Verzeihung. Das wollte ich nicht sagen.«

»Das macht nichts. Ich bin ganz in der Nähe.«

Er legte auf, blieb noch einen Augenblick allein in der Kabine, kehrte dann an die Theke zurück und dachte laut:

»Vielleicht würde mich ein zweiter Cognac wieder völlig ins Gleichgewicht bringen?«

Er wurde ihm eingeschenkt, aber er hatte es immer noch nicht eilig, das Lokal zu verlassen. In der Zeit, die er hier zugebracht hatte, hatte sich, ohne Umschweife, in wenigen Worten, sein und Julies Schicksal endgültig entschieden. Er wagte es nicht, in die Metro hinunterzugehen, wo der Mangel an Luft ihn hätte krank machen können. Sogar die Autobusfahrt machte ihn schwindlig, und bevor er um die Ecke der Rue Daru bog, trank er an der Ecke der Rue du Faubourg Saint-Honoré noch ein Gläschen.

Madame Arnaud machte ihm die Tür auf, bevor er

den Schlüssel im Schloß umdrehte, vermied es, wahrscheinlich auf Anweisung Julies, irgend etwas zu ihm zu sagen, begnügte sich mit einem eisigen Blick. Seine Frau kam ihm nicht entgegen, blieb liegen, und er fragte sie von weitem, ohne an das Bett zu treten:

»Bist du nicht allzu sehr erschöpft?«

»Nicht allzu sehr. Und du?«

»Ich werde mich in meinem Arbeitszimmer hinlegen.«

»Ißt du nichts?«

»Nicht jetzt.«

Dieser Ton sollte in der kommenden Zeit der Ton ihrer Beziehungen sein. Sie sprachen sanft, ohne Haß oder Bitterkeit, mit einer Stimme, die ohne Schwingungen war.

Gegen drei Uhr, nach einem Schläfchen, fragte er Madame Arnaud, so, als ob das von nun an die Regel sei:

»Kann ich ins Badezimmer?«

»Ich will nachsehen, ob sie wach ist. Einen Augenblick. Sie können hineingehen, ja. Sie würden gut daran tun, zwei Aspirintabletten zu schlucken.«

Er gehorchte, wusch seinen Körper sorgfältiger als gewöhnlich. Er hatte das Gefühl, mit einem beschämenden Schmutz überzogen zu sein, bedauerte, daß er beim Heimkommen kein Bad genommen hatte, und nahm sich vor, seine Kleider in die Reinigung zu schicken. Sein Nacken und sein Rücken taten ihm immer noch weh.

»Warum hältst du den Kopf so schief?«

»Ich habe einen steifen Hals bekommen.«

Er fügte nicht hinzu, daß es in der Kirche war, aus Furcht, sie könne das als Vorwurf auffassen. Er warf ihr nichts vor. Er fragte sie nicht, was geschehen war, nachdem er das Restaurant verlassen hatte. Er wollte es lieber nicht wissen. Er hätte sie heute morgen tot vorfinden können. Er hatte daran gedacht, als er die Telefonnummer wählte, und er war ruhig geblieben, den Blick starr auf den Apparat gerichtet.

Er wußte auch nicht, ob man Dr. Bourgeois hatte rufen müssen. Er sah ihn den ganzen Tag nicht, aber Madame Arnaud blieb bis zum andern Morgen um zehn Uhr in der Wohnung, und er schlief wieder auf dem Sofa in seinem Arbeitszimmer.

Er hörte, wie sie zu Julie sagte:

»Gehen Sie heute morgen nicht aus dem Haus. Ich werde in den Geschäften vorbeigehen, um Ihre Bestellungen aufzugeben, und werde darum bitten, daß man Sie vor Mittag beliefert. Vergessen Sie nicht, was ich Ihnen geraten habe.«

Um halb eins kam Julie herein und teilte ihm mit, daß das Essen auf dem Tisch stand und aß ihm gegenüber sitzend. Zweimal stand sie auf, um in der Küche Gerichte zu holen. Am Ende der Mahlzeit zögerte er einen Augenblick, sagte schließlich:

»Wenn es dir nichts ausmacht, werde ich einen Augenblick aus dem Haus gehen.«

Es war das erste Mal, daß er keine Ausrede suchte, einfach seine Absicht kundtat, etwas Bestimmtes zu tun, und sie akzeptierte es ganz natürlich, was bewies, daß sie sich am Telefon verstanden hatten.

»Ich möchte dich nur bitten, wenn du am frühen

Nachmittag zurückkommst, mich nicht zu wecken, denn der Doktor besteht unbedingt darauf, daß ich nach dem Mittagessen zwei Stunden ruhe.«

Also war Bourgeois dagewesen. Es war die einzige Anspielung auf ihre Gesundheit, und er erkundigte sich nicht nach den Einzelheiten. Als er hinausging, hätte er beinahe gesagt: »Ich will nur etwas Luft schnappen.«

Wozu?

An der Straßenecke ging er in die Kneipe und bestellte einen Cognac. Er wußte, was er tat. Er hatte nicht die Absicht, sich zu betrinken. Er wünschte nur, ein gewisses Gleichgewicht herzustellen.

Er trank zwei Gläser, drehte eine Runde um den Häuserblock, kaufte die Zeitungen und ging in sein Arbeitszimmer zurück, um sie zu lesen. Als er hörte, daß Julie wach wurde, klopfte er an die Tür des Schlafzimmers, ohne sich klarzuwerden, daß dies zum ersten Mal vorkam. Sie sagte:

»Herein.«

»Ich wollte dich nur fragen, ob du gut geschlafen hast.«

»Sehr gut.«

Sie mußte bemerken, daß er getrunken hatte. Sie kannte ihn zu gut, um das nicht feststellen zu können, ohne daß er dazu betrunken sein mußte. Sie erlaubte sich keine Bemerkung.

Eine halbe Stunde nach dem Abendessen ging er aus dem gleichen Grunde wieder aus dem Haus und war ebenso vernünftig. Das alles sollte nach und nach Riten begründen. Nach drei Tagen hatte er die genaue Menge

Alkohol festgelegt, die er brauchte, und er hielt sich daran, wurde zu einem Uhrwerk, das man bis zu einem bestimmten Punkt aufzieht.

Gleich am ersten Abend, an dem Madame Arnaud sie allein gelassen hatte, war Julie ins Arbeitszimmer gegangen, um sein Bettzeug und sein Kopfkissen zu holen. Sie hatten im gleichen Bett geschlafen. Er hatte sich bemüht, weit genug von ihr wegzubleiben, um sie nicht zu stören, und hatte sie nur auf die Stirn geküßt.

Am andern Tag, nachdem sie ihre Toilette gemacht hatte, schien sie beunruhigt zu sein, doch er mußte bis zum Mittagessen warten, bis sie ihn zu fragen wagte:

»Meinst du nicht, daß du etwas Schlimmes mitgebracht haben könntest?«

Er verstand nicht sofort. Verlegen drückte sie sich genauer aus:

»Eine Krankheit . . .«

Er wurde puterrot, als er an die Dirne dachte.

»Warum fragst du das?«

Sie schob den Ärmel ihres Kleides hoch, zeigte ihm, auf dem weißen Fleisch, eine breite, rosige Wölbung.

»Ich bin am ganzen Körper so.«

Fünfzehn Jahre lang war das Antoine nicht mehr passiert, und es kostete ihn einige Überwindung zu gestehen:

»Es ist ein Floh.«

»Bist du sicher?«

Er nickte.

»Kann ich davon nicht . . .?«

Er erriet, woran sie dachte.

»Nein. Du brauchst keine Angst zu haben.«

»Trotzdem muß ich es los werden.«

Sie schien ihm nicht böse zu sein. Sie war resigniert. Sie hatte sich ein für allemal mit der Situation abgefunden. Am Nachmittag dieses Tages hatte sie die Fenster des Schlafzimmers weit geöffnet und das Bettzeug durcheinandergewühlt. Ohne ihm etwas davon zu sagen, hatte sie seine Kleider in die Reinigung geschickt.

Die beiden Kneipen im Viertel, in die er täglich ging, waren nichtssagend, ohne Atmosphäre. Es machte ihm nichts aus, er sah sich die Gäste nicht an, die meistens wie er in Windeseile hereinkamen. Um zehn Uhr morgens, etwa um die Zeit, in der Julie ihr Unwohlsein hatte, gab es einen Augenblick, wo er ein Glas Alkohol gebraucht hätte, um in Fahrt zu kommen. Aber um diese Zeit war er noch nicht angezogen. Er hätte also seine Gewohnheiten ändern müssen.

Nachdem er leidenschaftslos, ohne Schummeln, mit fast wissenschaftlicher Uninteressiertheit, das Für und Wider abgewägt hatte, fand er schließlich, daß es besser sei, eine Flasche zu kaufen, damit er nicht schon so früh aus dem Haus zu gehen brauchte. Er versteckte sie unter seinem Mantel, als er zurückkam, und fand einen Platz in einem alten Vorführapparat, den er früher für gewisse Kindervorstellungen benutzt hatte. Er mußte auf einen Stuhl steigen, um ihn zu erreichen, wobei er immer befürchtete, auf dem Stuhl stehend ertappt zu werden.

Er hatte keinen Grund mehr zur Heimlichtuerei, da Julie nichts mehr zu ihm sagte und keine Rechenschaft von ihm verlangte. Er hätte nicht sagen können, warum er es trotzdem tat.

In dieser ganzen Zeit arbeitete er durchschnittlich zwei- oder dreimal in der Woche, nur in Paris und in den nahen Vorstädten, denn im Winter vermied er Engagements in der Provinz, die schließlich mehr an Reise- und Aufenthaltskosten verursachten, als sie einbrachten. Er hatte eine Möglichkeit gefunden, das Zittern seiner Hände zu vermeiden und während der Vorstellung sogar mehr Selbstsicherheit an den Tag zu legen denn je: Er brauchte nur kurz vorher zwei Gläser irgendeines Schnapses zu trinken. Trotzdem gab es einige schwierige Tricks, auf die er verzichtet hatte. Er hatte seine Programme vereinfacht und zum Ausgleich dafür einige Späße eingebaut, zu denen Zuflucht zu nehmen er bisher abgelehnt hatte. Warum denn nicht, da das Publikum so was mag? Seine Schwiegermutter war nicht mehr da, um ihn einen Clown zu schimpfen.

Er wußte nicht genau, wann es angefangen hatte, aber Julie hatte jetzt täglich einen dritten Anfall, den er ihren Zwei-Uhr-früh-Anfall nannte, denn sie bekam ihn etwa um diese Stunde.

»Bist du sicher, daß du nicht liegen bleiben kannst? Ich meine . . .«

»Nein. Offenbar ist es immer so. Bourgeois hat mir gesagt, daß durch die liegende Stellung das Gefühl des Erstickens noch verstärkt wird und daß es das beste sei, aufzubleiben und zu warten.«

Sie ging jede Woche zu Dr. Bourgeois. Manchmal sprach er mit ihr darüber. Sie lebten nicht in offener

Feindschaft, und es kam noch vor, daß sie zusammen ins Kino gingen.

Bloß, aus einem Grund, den Antoine sich nicht zu erklären versuchte, machte er keine Anstalten mehr, Geschlechtsverkehr mit ihr zu haben. Sie wiederum verlangte nichts von ihm. Es war nicht ihre Art. Abgesehen davon lebten sie in etwa so, wie man Ehepaare leben sieht.

Es brauchte zwei oder drei Wochen der Enthaltsamkeit, bis das Bild der Dirne, die er nachts im Schein der elektrischen Birne gesehen hatte, ihn verfolgte. Anfangs war es nicht allzu lästig. Aber nach und nach begann er abends, nach seinem letzten Glas, während er im Eßzimmer las, unruhig zu werden.

Er zögerte noch eine Woche. Eines Abends, als er von einer Vorstellung nach Hause ging, trieb er sich vor einem Lokal in der Avenue de Wagram herum, wo immer Prostituierte stehen, und ging mit der erstbesten mit.

Er hatte überhaupt keinen Spaß dabei. Nach wenigen Minuten begriff sie, daß es unnötig war, für ihn Theater zu spielen, und die Sache lief ab, ohne daß ein Wort gesprochen wurde, wobei jeder an etwas anderes dachte.

Er war nicht ein einziges Mal versucht, wieder in die Rue Montmartre zu gehen, und noch weniger in die kleine Straße, deren Namen er immer noch nicht wußte und die für ihn die Weihnachtsstraße war.

Der nächtliche Anfall dauerte am längsten. Oft wurde er gar nicht wach, denn Julie vermied es, das Licht anzuknipsen, und machte beim Aufstehen so wenig Lärm wie möglich. Wenn er wach wurde, blieb er mit offenen Augen so lange liegen, wie es dauerte, als wäre es unanständig gewesen, wieder einzuschlafen.

Er hatte ihr die kleine Silberdose nicht gegeben. Er hatte sich nicht getraut. Er hatte sie auf den Kamin im Eßzimmer gestellt, wo sie immer noch stand. Er wiederum wußte nach wie vor nicht, was Julie für ihn gekauft hatte.

Es konnte noch lange dauern, jahrelang, Bourgeois hatte es ihm gesagt. Manchmal dachte er daran, aber er hatte eine neue Art zu denken. Er wußte nicht, ob andere in seiner Lage waren. Ein Gedanke ging ihm durch den Kopf, und er war damit einverstanden, ihn näher in Erwägung zu ziehen, tat es sogar mit einer gewissen Hartnäckigkeit, gewissenhaft, hätte man sagen können, doch ohne daß es ihn im geringsten berührte, und es lief dann ab wie Wasser.

Er lebte ein wenig wie ein Goldfisch in einem Aquarium, und sein Blick wurde zum Blick eines Goldfischs. Auch er drehte sich im Kreise, befleißigte sich, täglich die gleichen Bewegungen zu machen, leidenschaftslos, ohne daran zu glauben, weil das, wie es den Anschein hat, das Leben ist. Wenn die Wirkung eines Glases Alkohol vorbei war, war die Zeit für ein anderes gekommen, das ihn automatisch wieder in den gewünschten Zustand brachte.

Vielleicht war es die Antwort auf mindestens eine seiner Fragen, der Grund, weshalb so viele Leute keinen Selbstmord begehen: es kommt ein Augenblick, wo das, wenn man es richtig anstellt, nicht mehr notwendig ist.

Julie war da. Er war mit Julie verheiratet. Sie war seine Zeugin geworden, eine stumme Zeugin, die ihm zuschaute, wie er lebte, wobei sie es vermied, einzugreifen.

Was dachte sie über ihn? Was mochte sie Madame Arnaud erzählen, wenn diese sie besuchen kam, und beide sich im Schlafzimmer einschlossen, um leise miteinander zu sprechen?

Sicherlich kam auch in ihren Gesprächen mit Dr. Bourgeois die Rede auf ihn.

Im Grunde war es ihm gleichgültig. Dennoch war es manchmal lästig, unter den Blicken von jemandem zu leben, der nicht umhin kann, einen zu beurteilen. Es kam vor, daß er sich nicht mehr mit einem Goldfisch verglich, sondern mit den Tieren aus dem Zoo, die den ganzen Tag lang von Leuten angestarrt werden und die nicht einmal ihre Notdurft ohne Zeugen verrichten können.

Ein einziges Mal wäre er beinahe wieder betrunken gewesen. Er hatte einen Brief aus einem Krankenhaus der Rive gauche bekommen, der mit einem Namen unterschrieben war, den er nicht kannte und von dem er nach einigem Nachdenken angenommen hatte, daß es der richtige Name Dagoberts war. Der ehemalige Komiker, der seinen Namen im Telefonbuch gefunden hatte, teilte ihm mit, daß er sich ein Bein gebrochen habe, als er auf den Kais gestürzt war, daß man ihn dazu verurteile, hier zu verdursten und daß, wenn Antoine ihn besuchen und ihm heimlich eine wenn auch noch so kleine Flasche mitbringen könnte, dies die beste Tat seines Lebens wäre.

Er unterschrieb – und daran hatte ihn Antoine schließlich erkannt:

Dein gemeiner Schweinehund Hubert Doer.

Er war hingegangen, hatte eine flache Flasche unter die Bettdecke geschoben, während er ostentativ Apfelsinen auf den Nachttisch legte. Es waren mindestens zwanzig Kranke im Saal, dessen Geruch er keine fünf Minuten hatte ertragen können. Außerdem legte Dagobert jetzt, wo er was zu trinken hatte, keinen Wert mehr darauf, daß er blieb. Er ließ sich einen Bart stehen, rot und weiß, der die Aufgedunsenheit seines Gesichts noch betonte und ihm das Aussehen eines Spielkartenkönigs gab.

Als Antoine dort herauskam, hatte er zu sich gesagt, daß er jetzt erst einmal tüchtig trinken müsse, doch nach dem dritten Glas hatte er es mit der Angst zu tun bekommen und war nach Hause gegangen.

Er bedauerte, daß er alle diese Einzelheiten nicht gleich in ein Notizbuch eingetragen hatte. Aber wozu? Was geschah, ging niemanden außer ihn etwas an, und jedes Bild blieb mit der gleichen Deutlichkeit in seinem Gedächtnis haften wie der Unterleib der Dirne vor Weihnachten.

Vor allem Julies Gesicht, das in letzter Zeit nicht nur die Farbe, sondern auch die Beschaffenheit von Wachs annahm und deren Lächeln eine unangenehme Milde bekam, als halte sie es für notwendig, sich dafür zu entschuldigen, daß sie noch am Leben war.

Vor Mitte Januar war sie beruhigt genug, um ihm gewisse Besorgungen im Viertel anzuvertrauen. Da er häufig nichts zu tun hatte, hatte es ihm immer Spaß gemacht, zum Lebensmittelhändler zu gehen, zum Metzger, und einmal war es sogar vorgekommen, daß er einen Büstenhalter kaufte.

Am 2. Februar begann er ein einwöchiges Engagement in einem Kino in der Rue de la Gaîté, in der Nähe der Gare Montparnasse, wo er mit dreiundzwanzig Jahren seine erste wichtige Vorstellung gegeben hatte. Außer dem Film gab es nur zwei Nummern auf der Bühne, eine spanische Tänzerin und er, und man verlangte nur zwölf Minuten Arbeit.

Es war nicht weit weg. Er brauchte mit dem Autobus nicht einmal umzusteigen. Er war um halb zehn dran, und samstags und sonntags, zur Nachmittagsvorstellung, um vier Uhr fünfzehn.

Seine erste Vorstellung fand wie gewöhnlich am Freitagabend statt. Er hatte seine Nummer sorgfältig vorbereitet, hatte sie sogar vorsichtshalber, obgleich er nicht daran glaubte, zwei Stunden lang geprobt. Er jammerte nicht mehr darüber, daß sein alter Koffer verschwunden war.

Um zwei Uhr hatte ihm Madame Arnaud, die sich einen Augenblick lang in einem Haus in der Rue de Courcelles freigemacht hatte, wo sie einen Todkranken betreute, ans Herz gelegt, auf Julie achtzugeben. Er hatte sie gefragt warum. Sie hatte zur Antwort gegeben:

»Ich finde, daß sie nicht gut aussieht.«

Sie hatte noch gesagt:

»Wenn ihr etwas passiert, können Sie sich sagen, daß Sie sie umgebracht haben.«

Er begriff nicht, warum sie plötzlich mit ihm darüber

sprach und dann weglief, ohne daß er Erklärungen von ihr verlangen konnte.

Um sechs hatte Julie ihren Anfall gehabt, vielleicht etwas länger als gewöhnlich, aber nicht ungewöhnlich lang. Sie lag nicht im Bett. Sie war zum Abendessen aufgestanden. Er hörte, daß sie sich hinlegte, als er sich anschickte wegzugehen, und sie rief ihn:

»Antoine.«

»Ja.«

»Würde es dir etwas ausmachen, in der Apotheke vorbeizugehen und mein Rezept erneuern zu lassen? Ich habe vorhin meine letzte Tablette eingenommen.«

Er steckte die Schachtel in die Tasche. Die Apotheke in der Rue du Faubourg Saint-Honoré war bis Mitternacht geöffnet. Es gab noch eine andere, an der Ecke der Avenue de Wagram und der Avenue des Ternes, die die ganze Nacht über geöffnet hatte, aber dort kauften sie nicht.

Er war im Begriff, in die erste hineinzugehen, bevor er den Autobus nahm. Durch die Scheibe stellte er fest, daß viel Betrieb war, und da er es eilig hatte, sagte er sich, daß er auf dem Heimweg besser Zeit hätte.

Aus der Kulisse heraus sah er sich die Nummer der spanischen Tänzerin an, die genauso dunkelhaarig war wie die Dirne von Weihnachten und einen roten Rock mit goldenen Streifen trug. Er zog seine eigene Nummer mit der üblichen Akkuratesse ab. Als er fertig war, zog sich die Tänzerin in der gemeinsamen Garderobe, die durch eine spanische Wand geteilt war, um. Sie begann mit ihm zu sprechen, während er nur den oberen Teil ihres Gesichtes sah.

»Verheiratet?«

»Ja.«

»Zufrieden?«

Da er keine Antwort gab, murmelte sie:

»Ich frage mich nur, warum die Zauberkünstler immer verheiratet sind.«

Noch dachte er an nichts. Er brauchte weder seine Hose noch sein Hemd auszuziehen. Er faltete seinen Frack zusammen, räumte seine Requisiten weg, während sie ihm jetzt, eine Zigarette rauchend, zusah.

»Ich wette, daß Sie außerhalb wohnen.«

»Nein. In der Rue Daru.«

»Ich in der Rue Rochechouart.«

Sicherlich hatte auch sie keine Absichten. Sie hatte ihren Mantel angezogen, ihren Hut aufgesetzt. Er brauchte seine Koffer nicht mitzunehmen, weil er sie die ganze Woche über hier noch brauchte. Es war schon lange nicht mehr vorgekommen, daß er nach einer Vorstellung mit leeren Händen wegging.

Sie folgte ihm, als hätten sie das abgemacht, zur eisernen Wendeltreppe, und sie stießen auf einen Gehweg, an dessen Ende die Lichter der Rue de la Gaîté glänzten.

»Trinken wir noch einen unter Kollegen? Ich habe Muscheln gegessen und einen trockenen Hals bekommen.«

Er hätte auf jeden Fall sein letztes Glas nach dem Theater getrunken.

»Einen Pfefferminzlikör mit Wasser für Madame, einen Cognac für mich.«

»Jung?«

»Wer?«

»Ihre Frau.«

»Nein.«

»Alt?«

»Auch nicht.«

»Ich bin zwei Jahre lang mit einem Akrobaten verheiratet gewesen.«

»Hat er Sie sitzenlassen?«

»Er ist tot. Ein Unfall. Es hat in den Zeitungen gestanden.«

Er machte ihr nicht den Hof, er hatte kein Verlangen nach ihr. Ihre Gegenwart störte ihn eher, und er wäre gern allein gewesen.

»Noch einen?« schlug sie vor. »Diesmal bin ich an der Reihe. Ich habe gesagt: unter Kollegen.«

Darauf begann sie ihm von ihrem verstorbenen Ehemann zu erzählen, der einen italienischen Namen hatte und dessen Foto sie ihm schließlich zeigte.

»Ich halte Sie auf, nicht wahr?«

»Nein.«

»Wartet Ihre Frau auf Sie?«

»Es ist ihr gleichgültig.«

»Es ist ihr gleichgültig, wenn Sie nicht heimkommen?«

»Ich glaube.«

»Na, mein Lieber! Sie sind mir ja einer!«

Nicht er, sondern sie wurde betrunken, ohne es zu wollen. Es war eine sentimentale, weinerliche Trunkenheit. Am Ende legte sie ihren Kopf auf Antoines Schulter, um ihm von ihrem Akrobaten zu erzählen.

»Du verstehst das bestimmt, du bist ja aus der Branche . . .«

Er sah gerade auf die Uhr, als sie das gesagt hatte. Sie saßen vor der Theke, auf der eine Schale mit Chips stand, die sie beim Sprechen, zwischen zwei Schlucken grünen Pfefferminzlikörs, knabberte. Die Uhrzeiger standen auf elf Uhr zwanzig. Eine Girlande kleiner, rosaroter Blumen umgab das Zifferblatt.

Es war ihm bewußt, daß er die Tablettenschachtel mit der Rezeptnummer auf dem Deckel in seiner Tasche hatte. Manchmal, aber selten, kam der Zwei-Uhr-Anfall bereits nachts um halb eins.

»Es ist zuviel Betrieb hier«, sagte sie plötzlich. »Ich kenne ein Lokal, etwas weiter . . .«

Sie sah ihn an, runzelte die Stirn.

»Was hast du?«

»Nichts.«

»Bist du krank?«

»Nein.«

»Hat der Alkohol eine solche Wirkung auf dich? Du solltest keinen Cognac trinken.«

Er folgte ihr in die andere Kneipe, wo die Möbel aus Mahagoni und die Hocker sehr hoch waren.

»Mach mir was Erfrischendes, Fred. Ich habe zum Abendessen Muscheln gegessen und . . .«

»Einen Gin-fizz?«

»Wenn du meinst. Ich weiß nicht, was das ist.«

»Und Sie?«

»Einen Cognac.«

Es war zwanzig Minuten vor Mitternacht. Er erkundigte sich:

»Um wieviel Uhr schließen Sie?«

»Das kommt auf die Nächte an. Heute ist Freitag. Wir werden etwa bis zwei Uhr Betrieb haben.«

Im Hintergrund spielte gedämpft ein Radio. Die Tänzerin hatte seinen Arm gepackt und zwang ihn, sich nach ihr umzudrehen, während sie ihm ihr Leben erzählte.

»Was schaust du denn ständig in diese Richtung? Die Flaschen? Bist du schon so weit?«

Es waren nicht die Flaschen. Es war sein Gesicht im Spiegel, zwischen den Flaschen.

Von da an folgte er, wie das schon so oft geschehen war, dem Lauf der Zeiger auf dem Zifferblatt, und mindestens zehnmal glaubte er schlapp zu machen, mußte mehrmals zu trinken verlangen. Er verlor deswegen jedoch nicht den Zeitbegriff, seine Klarsicht ließ nicht nach.

»Wir sind ja doch Schweinehunde, Alter!« hatte Dagobert verkündet.

Er war gelassen. Er legte Wert darauf, gelassen zu sein. Er suchte keine Entschuldigung für sich, nahm keine an.

Halb zwei. Die Tänzerin aß einen Sandwich, um wieder auf die Höhe zu kommen, und verlangte ständig eingemachte Gurken, von denen ein Glas auf der Theke stand.

»Willst du nichts essen? Das würde dir gut tun.«

Es war nur noch ein Pärchen da, das in einer Ecke saß, und ein Gast, der dem Barmixer von Pferden und Nizza erzählte. Man spürte, daß die Schließung bevorstand.

»Sobald geschlossen wird, gehe ich nach Hause.«

Um fünf Minuten vor zwei wurde geschlossen.

»Bist du sicher, daß deine Frau nichts sagen wird? Setzt du mich zu Hause ab?«

Sie nahmen ein Taxi. In der Rue Rochecouart stieg er nicht mit aus.

»Du bist ein komischer Kauz.«

Der Fahrer fragte:

»Wo soll ich Sie hinfahren?«

»An die Place des Ternes, Ecke Avenue de Wagram, vor die Apotheke.«

Die andere hatte geschlossen. Der Apotheker besah sich die Schachtel und die Nummer.

»Das ist nicht von uns.«

»Ich weiß.«

»Woher soll ich dann erraten, um welches Medikament es sich handelt?«

»Es sind Tabletten gegen Anfälle von Angina pectoris.«

»Trinitrine?«

»Ich bin fast sicher, daß das der Name ist.«

»Für Sie?«

»Für meine Frau.«

»Es ist besser, Sie warten bis morgen früh und gehen zu Ihrem Apotheker.«

»Und wenn sie heute nacht einen Anfall bekommt?«

Man gab ihm keine Tabletten. Es war auch unwichtig. Er legte einfach nur Wert darauf, daß diese Unterhaltung stattfand. Vielleicht bekam er allmählich Angst davor, nach Hause zu gehen?

Er konnte nichts mehr trinken, es sei denn, er würde

in die Rue de Ponthieu gehen, denn hier war alles geschlossen.

Er sagte seinen Namen, als er an der Portiersloge vorbeiging, und nahm nicht den Aufzug. Unter der Tür war kein Lichtschein zu sehen. Er machte keinen Lärm, ging auf Zehenspitzen und öffnete vorsichtig die Schlafzimmertür.

Weil im Bad Licht brannte, sah er sofort, daß das Bett leer war. Zusammengekrümmt, eine Hand noch an ihre dicke Brust gepreßt, lag Julie auf dem Boden, vor der Badewanne, an die sie beim Fallen mit dem Kopf gestoßen war.

Er bückte sich, um sie zu berühren, und als er sich wieder aufrichtete, wußte er, daß er Witwer war.

Der Mann, den er darauf im Spiegel sah, war ein ruhiger und ausdrucksloser Mann mit blassem Teint, dessen Augen von einem inneren Feuer leuchteten, ein Mann, der nie wieder trinken und keine Fragen mehr stellen würde.

Er sah ihn lange eingehend an, als wolle er sich an ihn gewöhnen, dann begab er sich lautlos in sein Arbeitszimmer, wo er die Lampe anknipste und zum Telefon griff.

»Dr. Bourgeois?«

Er nannte nicht seinen Namen. Das war überflüssig. Es konnte nur er sein. Er sagte nur:

»Meine Frau ist gestorben.«

Den Kopf in den Händen, setzte er sich in eine Ecke, und er hatte den Eindruck, daß er dort sitzen bleiben würde, gleichgültig gegenüber allem, unter den verächtlichen Blicken der Leute, die an ihm vorüberzögen, bis zum Morgen der Beerdigung.

Schwarz gekleidet, einen Trauerflor am Hut, folgte er dem Leichenwagen. Niemand drückte ihm am Grab die Hand. Er warf die erste Schaufel Erde auf den Sarg, stand, seinen Hut in der Hand, unbeweglich im Wind, der von Westen blies.

Als er in die Rue Daru zurückkehrte, drehte ihm die Concierge den Rücken zu. Er ging langsam die Treppe hinauf, wie er sie jeden Tag hinaufgehen mußte, mit einem Gesicht, als zähle er die Stufen, und drehte den Schlüssel im Schloß herum.

Von nun an war er der einzige, der über diese Türschwelle schritt, denn er versorgte seinen Haushalt selbst, und nichts in den Räumen wurde verändert, Julies Wäsche in den Schränken blieb unberührt, weder die kleine Silberdose auf dem Kamin noch die schweinslederne Brieftasche, die er in ein Stück Seidenpapier eingewickelt unter den Hemden seiner Frau fand, bekamen einen anderen Platz. Die angebrochene Flasche Cognac blieb in der Laterna magica.

Jede Woche ging er bei jedem Wetter und immer am gleichen Tag zum Friedhof, wo er eine Grabstätte für zwei gekauft hatte. Auf dem Grabstein stand Julies Name, daneben war der Platz frei für den seinen.

Lakeville, Connecticut, 4. Dezember 1952

Georges Simenon im Diogenes Verlag

Biographisches

Intime Memoiren und Das Buch von Marie-Jo. Deutsch von Hans-Joachim Hartstein, Claus Sprick, Guy Montag und Linde Birk. Leinen
Stammbaum. Pedigree. Autobiographischer Roman. Deutsch von Hans-Joachim Hartstein. Leinen
Briefwechsel mit André Gide. Deutsch von Stefanie Weiss. Leinen
Brief an meine Mutter. Deutsch von Trude Fein. Leinen
Ein Mensch wie jeder andere. Mein Tonband und ich. Deutsch von Hans Jürgen Solbrig. Leinen
Als ich alt war. Tagebücher 1960 – 1963. Deutsch von Linde Birk. detebe 21083

Außerdem liegen vor:

Über Simenon. Zeugnisse und Essays von Patricia Highsmith bis Alfred Andersch. Mit einem Interview, mit Chronik und Bibliographie. Herausgegeben von Claudia Schmölders und Christian Strich. detebe 20499
Das Georges Simenon Lesebuch. Ein Querschnitt durch das Gesamtwerk. Herausgegeben von Daniel Keel. detebe 20500

Erzählungen

Gesammelte Erzählungen. Deutsch von Wolfram Schäfer. Diogenes Sonderband
Maigret-Geschichten. Deutsch von Linde Birk, Angelika Essig, Hans-Joachim Hartstein, Lislott Pfaff und Gisela Stadelmann Diogenes Sonderband
Der kleine Doktor. Erzählungen. Deutsch von Hansjürgen Wille und Babara Klau detebe 21025

Romane in Erstausgaben

Die Fantome des Hutmachers. Roman. Deutsch von Eugen Helmlé. detebe 21001
Die Witwe Couderc. Roman. Deutsch von Hanns Grössel. detebe 21002
Schlußlichter. Roman. Deutsch von Stefanie Weiss. detebe 21010
Antoine und Julie. Roman. Deutsch von Eugen Helmlé. detebe 21047

Non-Maigret Romane

Brief an meinen Richter. Roman. Deutsch von Hansjürgen Wille und Barbara Klau detebe 20371
Der Schnee war schmutzig. Roman. Deutsch von Willi A. Koch. detebe 20372
Die grünen Fensterläden. Roman. Deutsch von Alfred Günther. detebe 20373
Im Falle eines Unfalls. Roman. Deutsch von Hansjürgen Wille und Barbara Klau. detebe 20374
Sonntag. Roman. Deutsch von Hansjürgen Wille und Barbara Klau. detebe 20375
Bellas Tod. Roman. Deutsch von Elisabeth Serelmann-Küchler. detebe 20376
Der Mann mit dem kleinen Hund. Roman. Deutsch von Stefanie Weiss. detebe 20377
Drei Zimmer in Manhattan. Roman. Deutsch von Linde Birk. detebe 20378
Die Großmutter. Roman. Deutsch von Linde Birk. detebe 20379
Der kleine Mann von Archangelsk. Roman. Deutsch von Alfred Kuoni. detebe 20584
Der große Bob. Roman. Deutsch von Linde Birk. detebe 20585
Die Wahrheit über Bébé Donge. Roman. Deutsch von Renate Nickel. detebe 20586
Tropenkoller. Roman. Deutsch von Annerose Melter. detebe 20673
Ankunft Allerheiligen. Roman. Deutsch von Eugen Helmlé. detebe 20674
Der Präsident. Roman. Deutsch von Renate Nickel. detebe 20675
Der kleine Heilige. Roman. Deutsch von Trude Fein. detebe 20676
Der Outlaw. Roman. Deutsch von Liselotte Julius. detebe 20677
Die Glocken von Bicêtre. Roman. Deutsch von Hansjürgen Wille und Barbara Klau. detebe 20678
Der Verdächtige. Roman. Deutsch von Eugen Helmlé. detebe 20679
Die Verlobung des Monsieur Hire. Roman. Deutsch von Linde Birk. detebe 20681
Der Mörder. Roman. Deutsch von Lothar Baier. detebe 20682
Die Zeugen. Roman. Deutsch von Anneliese Botond. detebe 20683
Die Komplizen. Roman. Deutsch von Stefanie Weiss. detebe 20684
Die Unbekannten im eigenen Haus. Roman. Deutsch von Gerda Scheffel. detebe 20685
Der Ausbrecher. Roman. Deutsch von Erika Tophoven-Schöningh. detebe 20686

Wellenschlag. Roman. Deutsch von Eugen Helmlé. detebe 20687
Der Mann aus London. Roman. Deutsch von Stefanie Weiss. detebe 20813
Die Überlebenden der Télémaque. Roman. Deutsch von Hainer Kober. detebe 20814
Der Mann, der den Zügen nachsah. Roman. Deutsch von Walter Schürenberg. detebe 20815
Zum Weißen Roß. Roman. Deutsch von Trude Fein. detebe 20986
Der Tod des Auguste Mature. Roman. Deutsch von Anneliese Botond. detebe 20987
Die schwarze Kugel. Roman. Deutsch von Renate Nickel. detebe 21011
Die Brüder Rico. Roman. Deutsch von Angela von Hagen. detebe 21020
Betty. Roman. Deutsch von Raymond Regh. detebe 21057

● Maigret-Romane

Maigrets erste Untersuchung. Roman. Deutsch von Roswitha Plancherel. detebe 20501
Maigret und Pietr der Lette. Roman. Deutsch von Wolfram Schäfer. detebe 20502
Maigret und die alte Dame. Roman. Deutsch von Renate Nickel. detebe 20503
Maigret und der Mann auf der Bank. Roman. Deutsch von Annerose Melter. detebe 20504
Maigret und der Minister. Roman. Deutsch von Annerose Melter. detebe 20505
Mein Freund Maigret. Roman. Deutsch von Annerose Melter. detebe 20506
Maigrets Memoiren. Roman. Deutsch von Roswitha Plancherel. detebe 20507
Maigret und die junge Tote. Roman. Deutsch von Raymond Regh. detebe 20508
Maigret amüsiert sich. Roman. Deutsch von Renate Nickel. detebe 20509
Hier irrt Maigret. Roman. Deutsch von Elfriede Riegler. detebe 20690
Maigret und der gelbe Hund. Roman. Deutsch von Raymond Regh. detebe 20691
Maigret vor dem Schwurgericht. Roman. Deutsch von Wolfram Schäfer. detebe 20692
Maigret als möblierter Herr. Roman. Deutsch von Wolfram Schäfer. detebe 20693
Madame Maigrets Freundin. Roman. Deutsch von Roswitha Plancherel. detebe 20713
Maigret kämpft um den Kopf eines Mannes. Roman. Deutsch von Roswitha Plancherel. detebe 20714
Maigret und die kopflose Leiche. Roman. Deutsch von Wolfram Schäfer. detebe 20715
Maigret und die widerspenstigen Zeugen. Roman. Deutsch von Wolfram Schäfer. detebe 20716
Maigret am Treffen der Neufundlandfahrer. Roman. Deutsch von Annerose Melter. detebe 20717
Maigret bei den Flamen. Roman. Deutsch von Claus Sprick. detebe 20718
Maigret und die Bohnenstange. Roman. Deutsch von Guy Montag. detebe 20808
Maigret und das Verbrechen in Holland. Roman. Deutsch von Renate Nickel. detebe 20809
Maigret und sein Toter. Roman. Deutsch von Elfriede Riegler. detebe 20810
Maigret beim Coroner. Roman. Deutsch von Wolfram Schäfer. detebe 20811
Maigret, Lognon und die Gangster. Roman. Deutsch von Wolfram Schäfer. detebe 20812
Maigret und der Gehängte von Saint-Pholien. Roman. Deutsch von Sibylle Powell. detebe 20816
Maigret und der verstorbene Monsieur Gallet. Roman. Deutsch von Roswitha Plancherel. detebe 20817
Maigret regt sich auf. Roman. Deutsch von Wolfram Schäfer. detebe 20820
Maigret und das Schattenspiel. Roman. Deutsch von Claus Sprick. detebe 20734
Maigret und die Keller des Majestic. Roman. Deutsch von Linde Birk. detebe 20735
Maigret contra Picpus. Roman. Deutsch von Hainer Kober. detebe 20736
Maigret läßt sich Zeit. Roman. Deutsch von Sibylle Powell. detebe 20755
Maigrets Geständnis. Roman. Deutsch von Roswitha Plancherel. detebe 20756
Maigret zögert. Roman. Deutsch von Annerose Melter. detebe 20757
Maigret und der Treidler der »Providence«. Roman. Deutsch von Claus Sprick. detebe 21029
Maigrets Nacht an der Kreuzung. Roman. Deutsch von Annerose Melter. detebe 21050
Maigret hat Angst. Roman. Deutsch von Elfriede Riegler. detebe 21062